rororo

Sebastian Kretz, geboren 1982, ist in Ostfriesland aufgewachsen und lebt seit 2005 in Berlin. Er hat Politikwissenschaft studiert und die Deutsche Journalistenschule in München besucht. Als Autor und Reporter arbeitet er hauptsächlich für das Geo-Magazin. Die von Peggy Storch verwendeten Hightechverfahren hat er 2015 für eine Geo-Reportage beim BKA recherchiert.

Über den ersten Band der Krimiserie um Peggy Storch und Harm Harmsen urteilte BILD: «äußerst unterhaltsam», und Bremen 2 erkor den Roman zum Krimi der Woche.

SEBASTIAN KRETZ

# SCHERBEN

KRIMINALROMAN

ROWOHLT TASCHENBUCH VERLAG

Originalausgabe
Veröffentlicht im Rowohlt Taschenbuch Verlag,
Hamburg, August 2019

Redaktion Susann Rehlein
Umschlaggestaltung any.way Barbara Hanke/Cordula Schmidt
Umschlagabbildungen Christian Reister/bobsairport, Cordula Schmidt
Gesamtherstellung CPI books GmbH, Leck, Germany
ISBN 978 3 499 27439 8

# SONNTAG, 15. JULI

Kennst du Peggy Storch? Falls ja, wird dich nicht überraschen, was jetzt passiert. Falls nein, wie soll man sagen, lernst du sie gleich kennen.

Peggy Storch ist Kriminaloberkommissarin bei der neunten Mordkommission in Berlin, aber dazu kommen wir später. Im Moment sind wir mitten im Wochenende, und machen wir es kurz: Peggy kämpft. Gegen sich selber. Die anständige Peggy gegen die richtige Peggy.

Sie ist im *Ballsaal Blindes Wiesel,* außen altes Tramdepot, innen eine dieser scheinbar von Barbarella und Guillermo del Toro gemeinsam ersonnenen Zauberwelten, wo du nur reinkommst, wenn deine Nase den Typen an der Tür hundertprozentig gefällt. Oder du mit Steffi unterwegs bist, die sämtliche Typen an sämtlichen Türen persönlich kennt. Peggy ist also im *Wiesel,* und in Peggy sind vier Gin Tonic sowie ein Wodka mit diesem koffeinierten Indianertee, was nicht nötig gewesen wäre, weil in Peggy auch eine kleine türkisfarbene Pille mit einem eingestanzten S wie Superman ihre Wirkung tut sowie das Nikotin aus einer Packung Zigaretten. Außer Peggy sind da noch Steffi sowie zwei Freundinnen von Steffi, die aus Darmstadt oder Düsseldorf oder Dings kommen, dann Licht, das dauernd aus-, aber auch schnell wieder angeht, Wummsklack-Wummswummsklack aus den Boxen, bisschen monoton, aber sehr laut, schön laut, außerdem die Hitze des heißesten Sommers seit Beginn der Messungen, dumpfe Luft, halb Schweiß, halb Rauch, sowie eine undefinierbare Zahl menschenförmiger Schemen, die sich rhythmisch bewegen. Steffi hält Peggy den fünften Gin Tonic hin, die strahlt immer so, wenn sie was im Glas hat. Die Dingserinnen wollen anstoßen, Peggy reißt den albernen Strohhalm aus dem Glas, kommt ja nichts raus, und macht so eine Art Hybrid aus Taekwondodrehung und Ausfallschritt zurück auf die Tanzfläche.

Sie versucht es ja, ganz ehrlich. Auch wenn sie es ihr Leben lang vermieden hat – diesmal versucht sie es. Was gleich wieder? Ach so: das mit der Wohlfühlwelt, in der du mit deinem Freund abends Serien guckst, befreundete Paare einlädst, Wein dekantierst, gemeinsam Sofas aussuchst. Bisher, wenn Peggy das versucht hat, war es immer, wie wenn du einen richtig starken Magneten falsch rum auf einen anderen Magneten drückst: Bei der ersten Gelegenheit fliegt der in hohem Bogen weg. Diesmal ist es anders; diesmal geht es um Lars. Lars ist, magnetmäßig gesprochen, richtig gepolt. Er nervt sie nicht. Wenn sie ihn nerven will, ist er da. Ab und zu ist er plötzlich da, auch ohne dass sie ihn nerven wollte. Dann freut Peggy sich. Immerhin muss er jedes Mal aus Wiesbaden anreisen, außerdem ist ein attraktiver Mann, der unangekündigt vor deiner Tür steht, das Gegenteil von einem befreundeten Paar mit Rotwein in der Hand. Wobei Lars auch immer Rotwein in der Hand hat. Jedenfalls ist Lars jetzt Peggys Freund. Und so viel muss man ihr zugestehen: Wenn sie sich schon darauf einlässt, dann hält sie sich an die Regeln. Lässt die Finger von anderen. Bloß blöd, dass Lars nicht in Berlin lebt. Den größten Teil der Zeit muss Peggy also nicht nur von anderen die Finger lassen, sondern auch von Lars.

Aber bisschen Gucken ist ja wohl erlaubt. Peggy guckt ja auch nicht an jedem rum. Eigentlich nur an einem, der bewegt sich ganz gut, hat dichte Locken, macht ab und zu die Augen zu und tanzt einfach nur, guckt auch mal her. Die letzten zweimal, als er hergeguckt hat, hat er ein Lächeln angedeutet. Als hätte er gerade gesagt, lass uns ins Freibad einbrechen oder auf Motorhauben rumspringen oder so. Hat Peggy gefallen. Die Funktionshose mit den Seitentaschen ist nicht so ihr Fall, aber die zieht er letztlich eh aus. Also hat sie zurückgelächelt. Man kann lächeln und trotzdem die Finger weglassen. Dass er näher kommt, weiter hin- und hergelächelt wird, er eigentlich sehr nah an ihr dran ist, das geht alles in Ordnung, ist alles ohne Finger, außerdem riecht der gut. Dass sie ein bisschen miteinander tanzen, dabei geht es um die Hüften, vielleicht noch um die Beine. Ist also kein Problem, zumal Peggy ihre Finger, auch wenn sie kurz auf seiner Hüfte oder seinem Oberarm gelegen haben, wieder wegnehmen kann. In dem Fall würde sie sozusagen proaktiv die Finger von ihm lassen, und das wäre eine noch viel größere Leistung. Wenn es nach Peggy ginge, bräuchte die Liebe keine Regeln: Jeder macht, was er will, und wenn es ein Problem gibt, schreit man sich an, bis der Zorn in Begierde kippt, dann vögelt man sich in den Schlaf. Am nächsten Tag ist alles vergessen. Dumm nur, dass Peggy für diese Bonobo-Methode eine exakte Kopie von sich selbst bräuchte, bloß als Mann, und um an so was zu glauben, ist sie zu sehr

Naturwissenschaftlerin. Apropos Bonobo, Peggy ist an dem Punkt, dass ihre Lippen dauernd seinen Hals berühren und sie am liebsten reinbeißen würde und er seinen Oberschenkel zwischen ihre schiebt und sie findet, dass der da bleiben soll. Küssen kann er. Seine Hand fährt ihre Wirbelsäule entlang. Die andere fährt von ihrem Knie aus nach oben, an der Außenseite, so subtil ist er dann doch. Peggy denkt noch kurz ans Fingerweglassen. Bloß, warum in drei Teufels Namen sollte sie das tun, wenn der Kuss doch so gut schmeckt.

«Ich bin Tobias.»

«Ich nicht.» Kleiner Test von ihr. Wenn er darüber nicht lachen kann, ist er bei ihr falsch.

«Besser für dich», sagt Tobias. «Siehst eh nicht aus wie 'n Tobias. Du siehst aus wie 'n Berthold.»

Nicht dass es Peggy anmachen würde, wenn man sie Berthold nennt. Aber dass er auf ihren albernen Spruch noch alberner zurückschießt, dafür küsst sie ihn noch mal.

«Peggy.»

Tobias verkneift sich ein Lachen. «Ich bleib bei Berthold.»

«Kein Wunder, dass du keine Freunde hast.»

«Schön wär's.» Tobias verdreht die Augen und macht eine Geste in den Raum rein. «Junggesellenabschied.»

Er hätte auch sagen können, Amoklauf oder Giftgastest. Rein vom Spaßfaktor her. Andererseits ist gerade die Wahrscheinlichkeit gestiegen, dass Tobias nicht aus Berlin kommt, also nicht auftauchen wird, wenn sie und Lars, sagen wir mal, einen Sonntagsspaziergang machen. Außerdem verspürt sie diese fremdschämerische Lust zu sehen, was dem Bräutigam angetan wurde. Musste er sich als Hahn verkleiden? Als Ork? Als Trump?

«Leider ist Nilso schon weg. Der Bräutigam. Hat sich mit Andrej gestritten. Der ist inzwischen auch weg. Dennis flirtet irgendwo dahinten mit einer», Tobias weist in Richtung eines tunnelartigen Gangs, der zu einer anderen Tanzfläche führt. «Aber jetzt habe ich ja was zu tun.»

Nächster Kuss. Peggy ist zu aufgedreht, um noch länger zu quatschen. «Wo wohnst du?»

«Bramsche.»

Sie guckt aufs Smartphone. «Blöd. Der nächste Eselkarren fährt erst morgen früh.»

«Ich weiß nicht, wovon du redest. Wir sind Schweineland. Alternativ hätte ich ein Bett in unserer Airbnb-Wohnung. Da kommen wir zu Fuß hin.»

Peggy fliegt schnell bei Steffi vorbei, drückt ihr einen Kuss auf den Mund und zerrt Tobias zum Ausgang. Beinahe das Beste am Club ist, wenn du gehst. Natürlich nur im Sommer und nur, wenn es vorher gut war. Du kommst raus aus der Höhle, und dir fällt ein, dass es ja noch die Welt gibt. Du kannst dich auf eine Kanaltreppe oder Verladerampe setzen und rauchen. Du kannst dir eine riesige fettige Teigrolle mit Käse drin kaufen und die mit Bier runterspülen. Du kannst dahin gucken, wo bald die Sonne rauskommt, und diese stille Freude über das Leben genießen, die du ausschließlich nach einer durchgemachten Nacht spürst. Du kannst, statt zu gehen, einfach in deine Richtung weitertanzen. Besonders gut ist das natürlich, wenn du mit jemandem rauskommst, mit dem du nicht schon reingegangen bist, und du deinen Arm um den legen kannst oder der seinen um dich.

Peggy und Tobias, Arm in Arm, Mund auf Mund, torkeln und tänzeln die Straßen runter, bis zu einer Haustür, auf der die Schnitzereien so oft mit Ochsenblut überstrichen wurden, dass man sie kaum noch erkennen kann. Tobias fummelt an einem Schlüssel rum, doch Peggy hat die Tür längst aufgestoßen. Nicht dass sie auch noch unter die Sachbeschädigerinnen gegangen ist: Die Tür einer gewöhnlichen Mietskaserne wird sowieso alle zweieinhalb Wochen aufgebrochen. Bei dieser hier scheint, den, hellen Splittern ums Schloss nach, der letzte Tritt noch nicht lang her zu sein. Im dritten Stock brauchen sie dann doch den Schlüssel, stolpern in ein Wohnzimmer, in dem die Möbel so neu und so klapprig sind, dass Peggy nicht überrascht wäre, wenn hinter dem Sofa ein blaugelber Wichtel hervorspränge und fragte, ob man denn schon lebe. Tobias zieht sie nach rechts in ein Schlafzimmer. Nichts für ungut, der Rest ist Peggys Privatsache. Stört sie nicht grundsätzlich, wenn ihr jemand beim Sex zuguckt. Aber den oder die will sie dann schon persönlich aussuchen. Außerdem ist sie Polizistin und nicht Pornodarstellerin.

Eine halbe Stunde nachdem die Tür zu Tobias' Zimmer geschlossen wurde, wird sie wieder geöffnet. Peggy, das T-Shirt von Tobias reicht ihr bis zu den Knien, muss mal. Geht durchs Wohnzimmer in den Flur. Erste Tür links, hatte Tobias gesagt. Oder zweite Tür links? Wenn du nüchtern bist, merkst du dir so was ohne Mühe, aber in ihrem Zustand? Sie will ja keinen der Streithanseln beim Schmollen stören. Oder beim Schlafen. Oder was auch immer die in ihren Betten machen. Leider sehen beide Türen exakt gleich aus: eben weiß. Wird schon die erste gewesen sein. Oder doch die zweite? Peggy greift irgendeine, sie weiß gar nicht genau, welche, und weil sie erst mal nichts sieht, drückt sie auf der Höhe der Türklinke an der Wand rum, bis es hell wird. Da ist keine Kloschüssel und kein Waschbecken, sondern da ist ein Bett, übrigens genau das gleiche, in dem sie gerade mit Tobias gevögelt hat. Als ihre Pupillen fertig geschrumpft sind, kommt der Moment, wo es gut ist, dass Peggy nicht Pornodarstellerin ist, sondern Polizistin.

In dem Bett liegt einer und schläft. Und zwar für immer.

Die Matratze ist voller Blut, frischem, rotem Blut aus dem Hals des Toten, der offen ist, wo er zu sein sollte. Bevor Peggy irgendwas macht, stellt sie sich still hin. Atmet dreimal tief durch. Haut sich dann mit aller Wucht eine runter. Schüttelt sich wie ein Hund, der aus dem Teich steigt. Guckt noch mal hin. Der Tote ist noch da: Vielleicht eins achtzig groß, schmal, dünnes, blondes Haar, knallgelbes Poloshirt mit großflächigem Druck, schlechtsitzende Jeans. Und die rot glänzende Wunde im Hals.

An der Stelle müssen wir uns mal bedanken bei der Frau Evolution oder wer dafür zuständig ist, dass wir, wenn was richtig Krasses passiert, sofort nüchtern sind. Oder uns wenigstens vormachen können, wir seien es. Peggy, mit dieser totalen Klarheit im Kopf, rennt in Tobias' Zimmer, greift seinen Schlüssel, schließt die Wohnung von innen ab. Zieht sich an, wirft ihm seine Klamotten aufs Bett. «Zieh dich an! Dein Freund ist tot.» Und, weil sie so weit noch nicht gekommen waren: «Ich bin bei der Kripo. Kein Witz.»

Peggy rennt zurück in den Flur, reißt die Türen zu den anderen zwei Schlafzimmern auf, zerrt die beiden Typen, die da schlafen, ins Wohnzimmer, verteilt alle drei Männer auf Klippan und Bråthult, hält eine kleine Ansprache – keiner verlässt die Wohnung, gleicht kommt mein Kollege – und ruft den Alten an. Rennt zurück zu dem Toten, sichert sein Smartphone. Oder besser, statt es zu sichern, zieht sie es aus seiner Tasche, fängt an, mit bloßen Fingern darauf herumzutippen. Findet auf Anhieb nichts, was vor allem daran liegt, dass die bunten Apps auf dem Homebildschirm Karussell fahren, sobald sie versucht zu fokussieren, da braucht sie es mit dem Kleingedruckten einer Textnachricht erst gar nicht zu versuchen. Womit klar wäre, dass die Instantnüchternheit vorbei ist. Peggy füllt an der Spüle ein sehr großes Glas mit Wasser, lässt sich auf einen Poäng fallen, konzentriert sich aufs Ein- und Ausatmen.

+++

Es ist eine Unsitte, dass die Leute nur noch frühmorgens umgebracht werden, zumindest jene Glücklichen, deren Tod von Kriminaloberkommissar Harm Harmsen aufgeklärt werden soll. Dessen Glück im Unglück wiederum besteht darin, dass der Anruf nicht zugleich eine Weckfunktion ausübt: Als das Mobiltelefon klingelt, sitzt der Kommissar gerade auf dem Porzellanoval in seinem Badezimmer und entleert seine Blase. Macht in Ruhe fertig, zieht die Hose hoch, schlendert Richtung Wohnzimmer. Wer einen berechtigten Grund hat, mitten in der Nacht anzurufen, wird es lang genug klingeln lassen. Kurzer Blick auf die Standuhr, die dank siebentägiger Gangreserve die Uhrzeit auf eine Viertelstunde korrekt anzeigt, drei Uhr fünfzig. Nächster Blick auf das Handy, wegen dessen einfarbiger und berührungsunempfindlicher Anzeige Harmsen von der Storch, seiner ihm zwangsweise zur Seite gestellten Kollegin, belächelt wird. Wo wir gerade von ihr sprechen: Das Telefon zeigt ihren Namen an, genauer gesagt: Es zeigt *pegel stœrh* an, aber daran ist nicht Harmsen schuld, sondern der finnische Mobiltelefoningenieur, der sich die automatische Textvervollständigung ausgedacht hat. Harmsen weiß ja, wer gemeint ist. Auch wenn er es nie zugeben würde: In den letzten Monaten hat er ein bisschen geübt. Das Drangehen. Immer öfter trifft er auf Anhieb den richtigen Knopf. Bloß nicht um kurz vor vier. Er drückt also und sagt, so beleidigt er kann: «Moin.» Keine Antwort. Auch kein Klingeln mehr. War wohl nicht wichtig. Er tappt mitsamt dem Telefon Richtung Schlafzimmer, als es erneut klingelt. Diesmal konzentriert er sich: links zum Drangehen, rechts zum Wegdrücken. Sein Unterbewusstsein tendiert zu rechts. Harmsen reißt sich zusammen. Drückt beherzt, nicht zu lange links.

«Harmsen, Mord. Ich bin in der Wohnung, aber ich kann mich nicht drum kümmern. Erklär ich später. Du musst kommen. Fuldastraße zweiundvierzig b, klingel bei *Robart-Ferienwohnung*.»

Tut das wirklich not, will er gerade fragen, aber die Storch hat aufgelegt. Er hätte ihr auch schlecht sagen können, dass er sich lieber wieder hinlegt. Ist nämlich nicht so, dass er beim Dezernatsleiter fein raus wäre, nur weil er vor ein paar Monaten einen Ermittlungserfolg hingelegt hat. Zumal die Storch an diesem Erfolg maßgeblich beteiligt war. Harmsen steht unter Beobachtung. Er seufzt, drückt die linke Taste, wackelt in die Küche. Was den Umgang mit den Extremsituationen des Lebens angeht, fühlt

Harmsen sich den Astronauten oder Kampftauchern verbunden. Die sind auch unermesslichen Belastungen ausgesetzt. Nach ein paar Jahren werden die so cool, die zünden sich im Auge des Sturms erst mal eine Zigarette an. Wobei das mit der Zigarette in beiden Fällen schwierig ist. Unter Wasser sowieso, auf einer Raumstation aber auch. Zwischen den Zügen müsste die Zigarette ständig geschwenkt werden, damit sie nicht ausgeht, wegen der Schwerelosigkeit. Stürme gibt es da auch nicht, aber es war ja bloß eine Metapher. Harmsen zieht übrigens den Begriff *Kosmonaut* dem Begriff *Astronaut* vor. Nicht aus politischen Gründen, sondern weil ein Astronaut, dem Wortsinn nach, zu einem Stern fliegen muss und nicht auf einen Trabanten oder Planeten oder ständig im Kreis, während der Kosmonaut am Ziel ist, sobald er die Atmosphäre verlässt. Kosmonauten machen ihrem Namen also, soweit sich während des Starts kein tragischer Unfall ereignet, immer Ehre. Astronauten nie. Jedenfalls ist Harmsen, zum dritten Mal innerhalb weniger Monate zur Unzeit geweckt, belastungsmäßig auf demselben Level wie die Kollegen Kampftaucher und Kosmonauten, nur dass er nicht raucht, sondern Tee trinkt. Gute zwanzig Minuten muss man dafür schon einplanen. Dann zieht er sich an, was auch seine Zeit dauert. Wählerisch ist er nicht. Eine Hose hat zwei Beine und oben diesen Stoff, der die beiden Beine verbindet, ist vom Prinzip her also einer unteren Menschenhälfte nachempfunden. Solange ein Kleidungsstück diese Kriterien erfüllt, ist es in seinen Augen geeignet, angezogen zu werden. Genauso verhält es sich mit Hemden, bloß dass hier Ärmel die Funktion der Beine übernehmen und so weiter. Problematisch ist das Anlegen all dieser Kleidungsstücke: Einerseits ist Harmsen der Ansicht, Dinge, die einen Platz haben, sollten an diesem Platz auch sein, zum Beispiel ein Knopf in einem Knopfloch. Andererseits gehört er motorisch nicht zu den Begabtesten, außerdem ist er im Kopf schon viel weiter, nämlich bei der Frage, wo genau er gestern den Rekord abgestellt hat. Der Rekord ist Harmsens Auto, ein alter Opel, gebaut, als Harmsen jung war und voller Hoffnung. Zumindest jung. Als es ihm einfällt, würde er – unter normalen Umständen – zunächst mit Hilfe des faltbaren Stadtplans errechnen, was günstiger ist: Dass er die fünfhundert Meter Richtung Südwesten zum Rekord läuft und von dort nach Nordosten zum Tatort fährt, vor dem er vermutlich keinen Parkplatz finden wird und weitere fünfhundert Meter laufen muss. Oder dass er gleich hinläuft. Angesichts der Dringlichkeit der Situation verlässt er sich diesmal voll auf sein Bauchgefühl und geht Richtung Nordosten los. Biegt zwei Straßen weiter ab, weil sich sein Bauchgefühl umentschieden hat.

Machen wir es kurz: Harmsen kommt am Tatort an. Vielleicht, denkt er auf der letzten Stufe in den dritten Stock, ist es Zeit, Artikel elf Grundgesetz dergestalt umzuschreiben, dass höhere Stockwerke ausschließlich von Unauffälligen bewohnt werden dürfen, die Mörder weder werden noch anziehen. An der Wohnungstür steht *Robart*, sie wird von einer zerzausten, nach Alkohol riechenden Person in einem unverhältnismäßig großen T-Shirt aufgeschlossen, die gewisse Ähnlichkeit mit Harmsens Kollegin Peggy Storch aufweist.

«Im Ernst?» Die Storch guckt demonstrativ auf ihr Handgelenk, obwohl da gar keine Uhr ist.

Darauf hat er gewartet. Harmsen dreht sich um und

trottet die Treppe wieder hinunter. Wenn er sich sputet, sind noch zwei, drei Stunden Schlaf drin. Nach ein paar Stufen spürt er, wie sich ein Daumen und ein Zeigefinger um sein Schlüsselbein legen. Die Finger sind eher schmal, aber Harmsen ahnt, dass das schmerzhaft wird. Die Storch bohrt ihre Finger in sein Fleisch, als wolle sie sie unter dem Knochen wieder zusammenführen. Harmsen jault wie ein Hund, der seit vorgestern vorm Supermarkt angeschlossen ist. Dann folgt er dem Weg, den die Fingerzange vorgibt, nämlich in die Wohnung. Da sitzen drei junge Männer Anfang dreißig, auf eigentümlich bunten Sofas und gucken, als sei eine wilde Feier mitten in der Nacht durch einen schrecklichen Mord beendet worden. Freundlicherweise hat die Storch ihren Todesgriff gelöst. Das heißt, sie hat ihn vom Schlüsselbein, wo er eine Zehn auf der Schmerzskala auslöste, zum Oberarm verlagert. Dort löst er eine Neun aus, aber vor den zu befragenden Zeugen steht Harmsen minimal weniger deppenhaft da. Durch den Flur ins erste Zimmer links. Darin liegt ein Mann, etwa so alt wie die drei auf den Sofas, bloß weniger lebendig. Mit einem waagerechten Riss im Hals, dessen Machart sich beim besten Willen nicht als professionell bezeichnen lässt.

«Tot», sagt die Storch.

«Hou», macht Harmsen.

So stehen sie eine Weile da, beinahe andächtig.

Dann dreht sie sich abrupt um. «Ich muss los.»

«Was machen Sie überhaupt hier?», fragt Harmsen.

«Nicht im Dienst sein», sagt die Storch. «Vergiss einfach, dass ich da war.»

Harmsen ist sich ziemlich sicher, dass es das, was sie so

aufgekratzt und verwirrt macht, nicht im Supermarktregal gibt und auch nicht in der Apotheke. Schon bisher war er der Ansicht, dass die Storch und er, die ja nur gemeinsam ermitteln, weil der Dezernatsleiter sie dazu zwingt, besser ohneeinander auskommen würden. Jetzt erkennt er, dass sie Hilfe braucht. Allerdings nicht von ihm.

«Wer sind die versammelten Herren?»

«Keine Ahnung, Sherlock. Einer ist tot, einer heißt Tobias. Der hat 'n Alibi. Gute Nacht!» Die Storch drückt ihm die Schlüssel in die Hand und stürmt aus der Wohnung.

Der Kommissar schlurft ins Wohnzimmer. «Moin, die Herren. Harmsen, neunte Mordkommission.» Der eine mit den braunen Locken setzt sich hin, tippt fahrig auf seinem Mobiltelefon rum, steht wieder auf. Setzt sich wieder hin. Wenn Sie Harmsen fragen, was auch immer der eingenommen hat: Es wirkt noch. Der Blonde mit der Stoppelfrisur hängt schlaff und schief wie eine Gliederpuppe über dem Sofa. Immer wenn er seinen Sehapparat mal kurz aufbekommt, zuckt er zusammen, brabbelt abwechselnd die Wörter *Alter* und *was geht*. Dem pumpt definitiv auch etwas durch die Blutbahn, das da laut Betäubungsmittelgesetz nicht hingehört. Bei dem Dritten auf dem anderen Sofa ist Harmsen sich nicht ganz sicher, ob er echt oder gezeichnet ist. Die Haare millimeterkurz, die Arme verschränkt, die ohnehin schmalen Augen zu pupillenschonenden Schlitzen verengt, unter dem einen Auge ein Muttermal. Er übt sich in der Nachbardisziplin des Schlaffschiefhängens, nämlich dem Sitzliegen. Hierbei kommt es darauf an, die Wirbelsäule so weit gen Sofakissen abzusenken, dass sie beinahe parallel zu diesem verläuft, aber nicht so weit, dass man als liegend bezeichnet werden könnte. «Sie bleiben bitte alle, wo Sie sind. Wer von Ihnen ist Tobias?»

«Ja», murmelt der mit den Locken, steht auf und guckt dabei so entspannt wie ein hungriger Restaurantgast, an dem der Kellner zum fünften Mal vorbeigelaufen ist.

«Herzlichen Glückwunsch, Sie haben die ehrenvolle Aufgabe, mir zu erklären, was hier eigentlich los ist. Und was zum Teufel die Kriminaloberkommissarin Storch hier verloren hatte.»

«Unser Freund ist tot, und Sie beglückwünschen uns?», fragt Tobias. «Arschloch.» Er setzt sich wieder hin.

Das ist okay für Harmsen. Wenigstens ist der junge Mann wach.

«Sie sollten lieber aufklären, welches kranke Arschloch Nilso auf dem Gewissen hat.» Tobias steht wieder auf, guckt auf sein Mobiltelefon.

«Bin dabei», sagt Harmsen. «Kommen Sie doch mal mit, Herr Tobias.» Harmsen bewegt sich in Richtung eines der Schlafzimmer, in denen kein Toter liegt.

«Redecker», sagt Tobias und setzt sich wieder.

«Also gut, Herr Redecker, jetzt bequemen Sie sich bitte zu mir.»

Endlich steht der Junge auf und schlurft Richtung Harmsen. Leider klingelt just in diesem Moment die Frau von der Spurensicherung, sodass Redecker nutzlos im Raum herumsteht, bis Harmsen ihr das wenige bisher Bekannte mitgeteilt hat. Dann bewegt sich der Kommissar, gefolgt von Redecker, ins Nebenzimmer, wo Letzterer sich sogleich in einen Sessel fallen lässt.

«Wer ist der Tote?»

Redecker starrt ein Loch in die Luft. «Nils Plöger. Wir

sind Freunde seit der Grundschule. Das hier war sein Junggesellenabschied.» Er steht auf, fährt sich durch die Locken. «Mann, Nilso. Ist doch alles nicht wahr.»

«Bisschen aus dem Ruder gelaufen, die Feier?»

Redecker schüttelt missbilligend den Kopf. Schließlich macht er das Resigniergeräusch, Sie wissen schon: wenn einer so eine Art Tezett rauszischt und dabei die Schultern hochzieht. «Dieses Schiff», Redecker nickt Richtung Leiche oder auch Richtung Wohnzimmer, «hatte nie ein Ruder. Sie müssen sich vorstellen, Nilso kommt aus Vennermoor, der hört den ganzen Tag NDR zwei. Aber der hippe Andrej wusste ja am besten, was unser Nilso will.» Redecker hebt beide Hände und legt sie hinter den Nacken.

«Andrej?»

Der Junge nickt in dieselbe Richtung, in die er eben schon genickt hat. «Der mit den kurzen Haaren. Hat mit Nils studiert. Ist auch direkt sein Trauzeuge geworden.»

«Er hat die Feier organisiert?»

«Wochenlang bequatscht hat er uns, dass wir nach Berlin fahren. Was glauben Sie, wie Nils geguckt hat, als Andrej ihm die Überraschung verkündet hat! Der hatte so was von genug von Berlin. Wissen Sie, wie Sie Nils 'ne Freude machen? Mit 'ner Tour auf 'nem Bierbike, 'nem Pubcrawl, vielleicht danach noch in 'nen Stripclub.»

«Wieso hatte er genug von Berlin?»

«Er hat vor ein paar Monaten ein Praktikum hier gemacht. Ist wohl nicht gut gelaufen. Hat nicht drüber geredet. Wir glauben, er hat schlechte Erfahrungen mit chemischen Drogen gemacht. Hat's vorher nie probiert, war ihm auch egal. Als er wiederkam, war er wie so 'n Missionar, hat allen Vorwürfe gemacht, die ab und an 'ne Pille nehmen. Dann kommt Andrej und schleppt ihn ins *Blinde Wiesel*.»

Harmsen, der Scharfsinnige, Wachsame, der Schachspieler, will all diese Informationen speichern, um sie, wenn der Moment gekommen ist, ins Gesamtbild einzufügen. Um das Bedeutende im scheinbar Unbedeutenden zu erkennen, um die finalen Züge zu tun, dank derer er seinen Gegenspieler, wer auch immer er oder sie ist oder sind, überführen wird. Bloß, wie zum Teufel soll ihm das gelingen, wenn in der ersten Ermittlungsviertelstunde sein Verstand mit Phantasiewörtern wie «Bierbaik», «Pappkrohl» oder «Blindes Wiesel» beschossen wird.

Allerdings redet Redecker längst weiter. «… sich richtig gefetzt, die beiden. Dennis und ich haben geschlichtet, damit Nils wenigstens ins *Wiesel* mitkommt. Immerhin hatte Andrej Gästelistenplätze besorgt. Gucken Sie uns an, wir kommen aus Bramsche und sehen auch so aus. Wir wären da nie reingekommen.»

Harmsen ahnt inzwischen, dass es sich bei besagtem *Wiesel* um ein Etablissement handelt. Mit Verwirrung registriert er allerdings Redeckers letzten Satz. Seine zumindest für leichte Bergtouren geeigneten Wanderstiefel suggerieren Verlässlichkeit, die Hose mit den waagerechten Reißverschlüssen auf Kniehöhe, offenbar zur Variation der Beinlänge gedacht, ist pfiffig. Und zu Beginn des Abends wird er noch nicht so zerzaust gewesen sein wie jetzt. Wer würde einem solchen jungen Mann den Einlass verwehren?

«Leider hat der Frieden nicht gehalten. Ich hab's nicht im Detail mitbekommen, aber Nils und Andrej haben sich den ganzen Abend weitergestritten. Irgendwann hat Andrej gebrüllt: ‹Ich scheiß auf deine Freundschaft!› Nils ist rausgerannt.»

Harmsen zeigt, die Augenbrauen hochziehend, auf seine Uhr, japanisches Imitat eines Schweizer Luxusmodells. Hat ihm sein Vater vererbt.

Redecker zieht ebenfalls die Augenbrauen hoch. «Herr Kommissar, wir haben um vier Uhr nachmittags angefangen zu saufen. Das ist die letzte Uhrzeit, an die ich mich erinnere. Jedenfalls war Nils stinksauer. Erst kriegt er einen Junggesellenabschied mit dem falschen Programm, dann wird ihm die Freundschaft gekündigt.»

«Sie haben nicht versucht, ihn aufzuhalten?»

«Wir dachten, er kommt gleich zurück. Nach 'ner Weile bin ich vor die Tür, um ihn reinzuholen. Da war er schon weg. Ans Telefon ist er auch nicht gegangen. Ich hab Andrej beiseitegenommen und ihn gefragt, was das soll. Er hat bloß so was gesagt wie: ‹Nicht mein Problem, dass Nils 'nen schlechten Geschmack hat. Der soll mir dankbar sein, dass er mal was anderes zu hören bekommt als das Beste der Neunziger.› Ich hab's dann aufgegeben. Andrej ist auch irgendwann abgezogen.»

«Wohin?»

Redecker macht wieder das Resigniergeräusch, nach dem Motto, woher soll ich das wissen.

«Wann waren Sie zurück in der Wohnung? Außerdem wollten Sie mir noch erzählen, was meine Kollegin hier verloren hatte.»

Redecker hält, hustenmäßig zur Seite weglachend, als sei ihm die Pointe selber peinlich, ein grünes T-Shirt und einen schwarzen, stoffarmen Slip in die Höhe. «Als Nils und Andrej verschwunden waren, haben Dennis und ich überlegt, ob wir auch gehen sollen. Dann dachten wir, wir sind nicht alle Tage in Berlin. Und ganz ehrlich, war zwar arschig von Andrej, dass er Nils ins *Wiesel* geschleppt hat, aber der Sound war geil. Dennis ist 'n Playboy, der ist fünf Minuten später mit so 'ner Rothaarigen in irgendeiner Ecke verschwunden. Ich hab dann, wie soll ich sagen, Ihre Kollegin kennengelernt.»

«Und dann?»

«Im Ernst?» Redecker bewegt T-Shirt und Slip erneut in Harmsens Blickfeld.

«Sie waren die ganze Zeit hier im Schlafzimmer?»

«Sie arbeiten doch mit ihr zusammen. Glauben Sie wirklich, die Frau macht 'ne Pause?»

Harmsen erkennt, dass hier nichts mehr zu holen ist, und wendet sich ab.

«Herr Kommissar», hört er Redecker mit belegter Stimme in seinem Rücken, «was sollen wir denn jetzt machen?»

«Nicht abreisen», antwortet Harmsen aus dem Türrahmen. Im Wohnzimmer sitzliegt weiterhin Andrej mit verschränkten Armen und leerem Blick, während der andere, Dennis, seinen Versuch, wach zu bleiben, aufgegeben hat. Bloß sein Mund ist noch offen und sondert Geräusche ab, die Sie sich nur ausmalen können, wenn Sie mit der Akustik hochwildlicher Fortpflanzung vertraut sind. Der Kommissar geht in das Zimmer, in dem Plöger liegt.

«Immer noch tot?», fragt er die Kollegin von der Spurensicherung. Bitte verstehen Sie Harmsen nicht falsch; er versucht nicht, witzig zu sein. Aber würde er fragen, ob sie schon etwas gefunden hat oder ob seine Vermutung zutrifft, die Todesursache sei der Riss im Hals, dann fühlt die

Kollegin sich doch verarscht. Gar nichts sagen wäre auch blöd.

Die Kollegin leuchtet Plöger mit der Taschenlampe in die Augen. «Sieht so aus.» Sie richtet sich auf. «Wird zwischen zwei und vier Uhr durch Verbluten gestorben sein, wahrscheinlich mit gleichzeitigem Hirntod durch Sauerstoffunterversorgung.»

«Messer?» Sehen Sie, jetzt hat er sich doch noch hinreißen lassen.

«Scherbe. Zu unregelmäßig für ein Messer. Die Menge an Blut», sie zeigt zum Bett, dessen textile Elemente bis auf die von Plögers Kehle am allerweitesten entfernten Zipfel blutrot verfärbt sind, «und die Spritzer an der Wand hinter dem Bett sprechen dafür, dass er schon hier lag, als er getötet wurde. Allerdings», der Zeigefinger der Forensikerin macht eine Dreihundertsechziggraddrehung, «ist hier offensichtlich vorher gekämpft worden. Auch die Leiche zeigt Kampfspuren.» Sie deutet auf ein paar Kratzer und leichte Blutergüsse an Hals, Brust und Oberarm. «Fingerabdrücke und sonstige Spuren habe ich gesichert. Vielleicht wollen Sie sich das hier noch ansehen», die Kollegin zeigt auf Plögers rechtes Handgelenk; innen ist in blauen Tintenschwüngen der Name *Jeanne* tätowiert.

Dass Harmsen gähnt, versteht die Frau von der Spurensicherung offenbar als Verabschiedung. Sie packt ihre Sachen und geht. Der Kommissar schließt die Zimmertür, lehnt sich von innen dagegen, winkelt den linken Arm vor dem Körper an, stützt den rechten Ellbogen auf die so geschaffene Ablage und das Kinn auf die rechte Hand. Hilft beim Denken. Und denken muss er jetzt; die Schachpartie hat begonnen. Auch wenn sich der Kommissar und sein Gegenspieler noch mitten in der Eröffnung befinden und unmöglich abzusehen ist, welche Figuren im Endspiel noch stehen werden.

Plöger ist zwischen zwei und vier gestorben; dass die Storch ihn um drei Uhr fünfzig angerufen hat, grenzt den Todeszeitpunkt nicht wesentlich ein. Wenn er in seinem Bett getötet wurde, nicht etwa mit Gift oder einer Überdosis Drogen, sondern auf die mechanischste denkbare Weise, dann wird – Harmsen ist gedanklich weiterhin halb beim Mord, halb beim Schach – der Übergang zum Stellungsspiel darin bestehen, zu ermitteln, wer sich zwischen zwei Uhr und dem Anruf der Storch in der Wohnung aufgehalten hat.

Ruckartig öffnet Harmsen die Tür und fixiert Andrej. Besser gesagt, er fixiert das Sofakissen, auf dem Andrej vorhin saß. Und die Partie nimmt Fahrt auf. Oder finden Sie es nicht verdächtig, dass sich ausgerechnet derjenige, der mit dem Mordopfer kurz vor dessen Tod stritt, seiner Befragung dermaßen offensichtlich aus dem Weg geht? Alternativ rüttelt Harmsen Dennis wach, der weiterhin unappetitlich schnarcht. Das heißt, er will ihn wachrütteln, aber Dennis spielt nicht mit. Auch nicht, als Harmsen ihm – so früh am Morgen ist es in Ordnung, ein paar Eskalationsstufen auszulassen – eine Ohrfeige verpasst. Gerade wendet er seinen Rumpf Richtung Küche, um Eimer und kaltes Wasser zu besorgen, als sich im Flur, der vom Wohnzimmer abgeht, eine Tür öffnet. Eine schmale Gestalt kommt näher, leicht gebückt, Harmsen kann im Gegenlicht nicht erkennen, ob sie etwas in den Händen hält. Durch seinen Kopf schießt der Wunsch, nicht schon wieder schießen zu müssen. Die Gestalt tritt aus dem Gegenlicht; der Kommissar atmet auf.

Gleich zweifach: Die gebückte Haltung mit den unsichtbaren Händen kam daher, dass die Person damit beschäftigt war, ihren Hosenladen zu schließen. Andrej ist nicht seiner Befragung aus dem Weg, sondern nur austreten gegangen. Harmsen weist mit der offenen Handfläche Richtung Sofa. Andrej macht keine Anstalten, seinen schwarz umhüllten Rumpf dort niederzulassen. Er bewegt sich mit ein paar katzenhaften Schritten an der Wand entlang, verschränkt erneut die Arme und starrt ins Nichts. Harmsen erkennt, dass das unter seinem Auge kein Muttermal ist, sondern eine tätowierte Träne.

«Herr …?»

«Freindlich.»

«Wo waren Sie, als Herr Plöger starb?»

Freindlich nickt seitwärts mit dem Kopf in Richtung Flur.

«Und da haben Sie was genau gemacht?»

Der andere zieht die Augenbrauen hoch, als gäbe es auf diese Frage exakt eine, allseits bekannte, Antwort.

«Woher wissen Sie überhaupt, wann genau Plöger gestorben ist?»

Lippenschürzen, Kopfschütteln.

«Herr Freindlich, ich rate Ihnen mitzuhelfen. Ansonsten kann ich Sie auch kurz mit aufs Revier nehmen», lügt Harmsen, der einen wie Freindlich, der sich nur in Details von einem Panther unterscheidet, nirgendwohin mitnehmen könnte. Schon gar nicht auf ein Revier, so etwas gibt es in Berlin nämlich nicht, und selbst wenn, hätte er als Kriminalpolizist da nichts verloren. Womit ein weiterer Beweis erbracht wäre, dass Harmsen sich im Schachspiel zu Hause fühlen mag; im Poker ist er es nicht.

Freindlich schweigt weiter.

«Sie hatten sich gestritten?»

Mit schief gelegtem Kopf zieht der junge Mann die Schultern hoch, als fände er maßlos übertrieben, dass dieses Gespräch überhaupt stattfindet.

«Plöger verlässt die Discothek, Sie folgen ihm. In Plögers Zimmer kommt es zu einem Kampf. Wenig später ist er tot. Herr Freindlich, Sie haben ein Problem, und Sie tun nichts, um es zu lösen.»

Als Harmsen *Discothek* gesagt hat, hat Freindlich zum ersten Mal angedeutet, dass er Gefühle empfinden könnte, und zwar mit einem Indianerlächeln. Sie wissen schon, am Marterpfahl festgebunden und immer noch voller Verachtung für den Feind. Jetzt taut er richtig auf: «Kein Kampf. Ich habe Nils Hand gegeben, wir haben uns versöhnt wie Männer. Seitdem ich lag in Bett.»

Harmsen tippt auf Russisch. Könnte auch ukrainische oder polnische Färbung sein. «Allein?», fragt der Kommissar.

Freindlich pustet Luft zwischen den Lippen durch, dann saust seine Faust unter Harmsens Nase, wobei sein Daumen zwischen Zeige- und Mittelfinger durchguckt. Fragen Sie nicht, was das bedeuten soll.

«Gut», sagt Harmsen und will in die Innentasche seines Trenchcoats greifen, bleibt jedoch mit der Japaneruhr am Mantelaufschlag hängen. Er versucht, die Hand zurückzuziehen, sie hängt immer noch fest. Er ruckelt hin und her, ohne dass sich Hand, Uhr oder Aufschlag bewegen würden. Erst als er das Gelenk um hundertachtzig Grad dreht, gelingt es ihm, die Hand Richtung Innentasche zu schieben und dort nach seinem Notizbuch zu greifen.

Nicht ganz einfach, die Hand samt Notizbuch aus diesem Nadelöhr zu befreien, aber der Kommissar hat eh keine Termine: Immerhin bringt er Freindlich auf diese Weise zu einem zweiten Indianerlächeln. «Ihre Telefonnummer, bitte.» Er ist schon halb bei Dennis, der weiterhin geräuschvoll seinen Schlafbedarf stillt, da fängt Freindlich plötzlich noch mal an zu reden.

«Dennis hat MDMA gekauft. Von Dealer. Nils nimmt nichts, nicht mal Gras. Als Dealer hat geklingelt, Nils war sauer. Dennis hat Lieferung genommen. Nils reißt Dealer Geld aus Hand. Kleines Männchen, weißt du. Bomberjacke, aber keine Muskeln. Beine wie Ziege. Dann Nils hat Tür zugeknallt.»

Als Harmsen fertig ist mit Umdrehen, schweigt Freindlich schon wieder. «Bitte bleiben Sie in Berlin», sagt der Kommissar und versucht sich erneut daran, Dennis zu wecken. Dennis wacht nicht auf. Der Kommissar guckt auf die Uhr: Normalerweise würde er gerade aufstehen. Womit die Frage beantwortet wäre, ob Harmsen wirklich den Wassereimer holt, um die Schnaps- oder Chemieleiche zu einer Befragung zu zwingen. Er lugt in das Zimmer von Redecker, der auf der Bettkante hockt und auf seinem Mobiltelefon herumdrückt.

«Wären Sie so freundlich, mir mitzuteilen, wie Ihr bewusstloser Freund telefonisch zu erreichen ist?»

«Klar», sagt Redecker. «Wenn Sie so nett wären, mir die Nummer Ihrer Kollegin mitzuteilen.»

Ein wenig Mitgefühl mit Redecker hat der Kommissar schon. Nicht dass ihm selber die Storch gefallen würde. Höchstens ein bisschen. Aber wenn man eine Nacht miteinander verbringt, und plötzlich springt der oder die andere abrupt auf, rennt aus der Tür und verschwindet auf Nimmerwiedersehen, das stellt er sich unangenehm vor. Vor allem aber hat die Storch ihn mitten in der Nacht hierher bestellt; dafür sind ein paar Sehnsuchtsanrufe von Redecker eine absolut verhältnismäßige Rache. Er gibt ihm aber bloß die Durchwahl der Storch im Dezernat.

Redecker reicht seinerseits einen Zettel rüber, auf dem neben einer Mobilfunknummer der Name *Dennis Bünte* steht.

«Er soll sich melden, wenn er ansprechbar ist. Ist Herr Bünte heute Nacht eigentlich vor Ihnen zurückgekommen?»

Redecker schüttelt den Kopf.

«Ich nehme an, Ihnen ist nicht aufgefallen, wann er die Wohnung wieder betreten hat? Und ob er allein war?»

«Richtig», sagt Redecker bloß und wendet sich wieder dem Bildschirm in seiner Hand zu.

Der Kommissar verteilt seine Visitenkärtchen, verlässt die Wohnung und arbeitet sich die drei Stockwerke straßenwärts. Unfair findet er, dass er jetzt – statt heute Morgen – bemerkt: Am Ende des Gangs zum Hinterhaus, wo die Kinderwagen stehen, wäre ein Aufzug gewesen. Er tritt auf die Straße und geht zum Spätkauf gegenüber, frühstücken. Die Frau hinter der Theke, die einen eindrucksvoll toupierten Haarhelm trägt, gießt einen mächtigen Schwall Kaffee in einen Porzellanbecher mit vernachlässigungswürdig winzigen Scharten am Rand und reicht ihm einen Wurst-Tomaten-Käse-Klumpen im Teigmantel. Bei manchen Speisen mögen sich die Geister scheiden, aber dass die Erfindung der Minikaltpizza kulinarisch wie handhabungsmäßig ein Geniestreich war, darüber dürfte sich die Menschheit einig sein. Und wann könnte sie, heruntergespült mit einem beherzten Schluck Filterkaffee, besser schmecken als zum Frühstück nach einem außerplanmäßigen und viel zu früh begonnenen Arbeitssonntag?

Doch selbst in Momenten höchsten Genusses ist der Ermittler in Harmsen hellwach: «Entschuldigen Sie noch mal, ich heiße Harmsen, Kriminalpolizei.» Wie alle Menschen, die das Wort hören, lässt die Helmfrau sofort liegen, womit sie gerade beschäftigt war, und guckt mit ernstem, leicht besorgtem Blick hoch. «Heute Nacht gegen halb vier ist in einer Wohnung in dem Haus gegenüber», Harmsen zeigt Richtung Tatort, «ein junger Mann getötet worden. Um die dreißig, Kopf größer als ich, dünne, kurze Haare. Blond. Gelbes Polohemd mit Muster drauf. Sie wissen nicht zufällig was?»

«Ick weeß allet, wat im Kiez passiert.»

Harmsen bezweifelt den Wahrheitsgehalt der Behauptung. *Alles* weiß praktisch keiner, und wüsste doch einer alles, wäre er Gott. Andererseits scheint die Frau an der Kaffeemaschine bezüglich ihrer Haare die Schwerkraft besiegt zu haben, insofern sind übernatürliche Kräfte nicht ausgeschlossen.

«Jelbet Poloschört, jelbet Poloschört.» Sie streicht sich mit der Hand übers Kinn. «Klar is der jestern Nacht bei mir jewesen, kurz vor zweie. Hat drei Flaschen Bier jekooft. Wennse mir fragen, der war ziemlich fertig mit der Welt. Sah aus, wie wenn er 'n Jespenst jesehen hätte. Nur am Brabbeln.»

«Was hat er denn gebrabbelt?»

Die Helmgöttin guckt mitleidig. «Schwer zu sagen. Groß nüchtern isser nich jewesen. Dit Eenzije, wat ick verstanden hab, war so wat wie: ‹Von wegen Lunogott. Für mich biste tot.› Oder so ähnlich, nagelnse mir nicht druff fest. Danach is übrigens noch wat Interessantet passiert. Kurz nachdem Ihr Toter ins Haus spaziert is», sie nickt zu dem Altbau mit dem ochsenblutfarbenen Eingang, «kam so 'n Männeken anjestürmt und hat jeklingelt wie 'n Besessener. Aber die Tür is nicht uffjejangen. Wat wollnse machen, wennse unbedingt rinwolln und keener uffmacht. Hat er also die Tür einjetreten. Bin richtich erstaunt jewesen, weil dit so 'n Kleener war, dicke Jacke an, aber drunter spindeldürr.»

Harmsen, an Nahrung wie an Information gesättigt, verlässt den Spätkauf, legt nach gewonnenem Zweikampf gegen den Trenchcoat denselben gefaltet auf den Beifahrersitz, lässt sich hinterm Steuer nieder, verflucht die Sonne, die seit Wochen tut, als scheine sie über Andalusien, kurbelt das Seitenfenster runter und rollt auf der Autobahn Richtung Osten. Nicht dass er da irgendwo hinmüsste. Aber zum einen muss er auch nirgendwo anders hin, zum anderen kann der Rekord etwas, das niemand sonst so gut kann, nicht mal die Bibi. Er stimuliert Harmsens Denkapparat, und zwar durch jenes von leichter Überforderung zeugende, hin und wieder ins Kreischen übergehende Brummen des geriatriereifen Motors im vierten Gang. Da auf dieser Wellenlänge lockere Schrauben und mit ihnen der ganze Rekord zu schwingen beginnen, fühlt Harmsen sich, Tempo sechzig vorausgesetzt, wie ein Fötus im Mutterleib.

Lunogott, Lunogott, Lunogott. Kommt Harmsen bekannt vor, der Klang des Worts. Hat nichts mit Gott zu tun, da ist er sicher. Eher was mit früher.

Etwa auf Höhe der Ausfahrt acht, die sich dadurch auszeichnet, dass sie *Flughafen Berlin-Brandenburg* heißt, aber nicht zu einem Flughafen führt, zumindest zu keinem funktionierenden, springt bei ihm im Kopf ein Film an: Er sieht sich als Sechsjährigen über den mit der Nagelschere gestutzten Rasen tollen, als sein Vater ihn ins Haus ruft. Er zeigt auf den nussbaumfarben verkleideten Kasten vom Volumen eines Umzugskartons, aus dem damals das Fernsehen kam. «Nu kiek di dat ins an», sagt der Vater. «De Russen hebbt 'n Auto up de Mond schoten.» Der junge Harm sieht Bilder einer Art Wanne auf acht Rädern, und der Nachrichtensprecher sagt so was wie, der Sowjetunion sei es gelungen, nach ihrer Niederlage in der bemannten Mondfahrt nun immerhin das erste ferngesteuerte Gefährt auf den Trabanten zu schicken, und dessen Name laute *Lunochod*. Diese Erinnerung gibt übrigens das erste in einer Reihe von Ereignissen wieder, die dazu führten, dass Harmsen ein Cineast geworden ist. Hätten Sie nicht gedacht, was? Natürlich ist Harmsen ein Cineast im Wortsinn, leiht also weder Videokassetten noch DVDs aus. Dass er von Internetfernsehen noch nie gehört hat, ist sowieso klar. Harmsen geht ins Kino, seit vierzig Jahren so gut wie jede Woche. Und da können Sie mal sehen, dass es sich sehr wohl lohnt, nicht jede Mode mitzumachen. Oder haben Sie vielleicht noch einen Videorecorder im Wohnzimmer stehen? Eben. Wenn Sie Harmsen fragen, wird sich auch das mit dem Internet über die Zeit erledigen. Das Kino aber bleibt. Jedenfalls ist es nur ein kleiner Schritt für Harmsens massiv stimulierten Denkapparat, womöglich aber ein großer Sprung für die Ermittlungen im Fall Plöger, die Verbindung zwischen einem vom künftigen

Mordopfer gebrabbelten russischen Wort und seinem russischstämmigen Nicht-mehr-Freund herzustellen. Und ganz ehrlich: So richtig hat Harmsen den Russen noch nie über den Weg getraut. Selbstverständlich zieht ein Denker vom Format eines Harm Harmsen keine voreiligen Schlüsse. Da ist die Person, die sich gewaltsam Zutritt zum Haus verschaffte und exakt Andrejs Beschreibung des Dealers entspricht. Der hatte definitiv eine Rechnung mit Plöger offen. Da ist der nicht ansprechbare Dennis Bünte. Und da ist der schlaue Tobias Redecker, der sagt, die Storch habe ihm gar keine Zeit gelassen, sich beispielsweise mit einer Glasscherbe an Plögers Hals zu schaffen zu machen. Bloß, selbst wenn die Storch heute früh etwas ganz Ähnliches gesagt hat: Wie viel ist ein Alibi wert, das jemandem von einer bis zur Schädeldecke mit Alkohol und Drogen vollgepumpten Polizistin mit einem nachweislich laxen Verständnis von außerdienstlicher Zurückhaltung verschafft wird? Ist die Storch überhaupt in der Lage, sich zu erinnern, ob Redecker die ganze Zeit bei ihr war?

+++

Wenn du Leben vor allem aus dem ziehst, was passiert, statt aus dem, was da ist, macht es nicht groß Sinn, Zeug anzuhäufen. In dem einen Zimmer von Peggys Wohnung stehen ein Bett, in das zwei Personen über-, aber nicht nebeneinander passen, und ein Kleiderschrank, der bei anderen Leuten nicht mal für die Unterwäsche reichen würde. In dem anderen steht ein moosgrünes Plüschsofa, dessen zerschlissener Stoff alle Handbreit grüne Knöpfe draufhat. Erbstück von einer Großtante. Dann steht da noch ein leeres Schreibpult, das Peggy besorgt hat, als man Nachrichten noch am Computer schrieb. Von der Decke hängt ein Boxsack. So viel zum Mobiliar. Wesentlich voller als ihre Wohnung ist Peggys Kopf, als sie am Nachmittag verschwitzt aufwacht. Zum einen mit Schmerz; deshalb steht neben dem Bett eine coladosengroße, mit Ibuprofen randvolle Plasteflasche, die ihr ihre ansonsten leider unbrauchbare Cousine Jessika aus Amerika mitgebracht hat. Vor allem aber ist ihr Kopf voll mit gestern Nacht. Sie setzt sich auf die Bettkante, Ellbogen auf den Knien, und schaufelt die Haare aus dem Gesicht. Welchem der beiden unangenehmen Gedanken, die an der morschen Tür zwischen Verdrängung und Erinnerung rütteln, soll sie zuerst die Stirn bieten: Mord oder Sex? Ganz abgesehen von dem konturlosen Höllenwesen aus schwarzem Rauch, das alle paar Monate in ihr Bewusstsein einbricht und die Frage flüstert, wie lange dieses Leben, das Peggy führt, noch andauern kann. Sie lässt sich wieder aufs Bett fallen und fängt mit dem Mord an. Oder sagen wir, mit dem, was der Mord für sie bedeutet. Daran, wie sie den Toten entdeckt und Harmsen herbeigeholt hat, kann sie sich eh kaum erinnern. Dafür ist ihr glasklar, welche Art Fragen die Nummer beim Dezernatsleiter aufwerfen wird: Warum haben Sie nicht sofort mit der Zeugenbefragung begonnen, Frau Storch? Warum haben Sie sich vom Tatort entfernt, als der Kollege Harmsen eintraf, Frau Storch? Warum haben Sie ihn nicht über ihr Verhältnis zu einem der Zeugen unterrichtet, Frau Storch? Der Dezernatsleiter in ihrem Kopf ist schon wieder ein solches Arschloch, dass sie den Schmerz vergisst und die Tablettenflasche, die das Pech hat, gerade in Reichweite zu sein, gegen die Wand schleudert. Du kannst dir denken, dass der Deckel von der Flasche aufspringt und die zehntausend Scheißpillen über die Dielen kullern. Womit der Weg frei wäre für Problem Nummer zwei. Soll sie es Lars sagen? Wird er ihr verzeihen? Will sie, dass er ihr verzeiht? Will sie ihn überhaupt noch? Wollte sie ihn jemals? Oder ist er der eine Typ auf der Welt, dem sie hätte treu bleiben sollen? Peggy wälzt sich an den Bettrand, der Kopfschmerz lässt kein Stück nach, sie gibt einen Arm der Schwerkraft preis, tastet auf dem Boden nach zwei oder drei Ibuprofen, wirft den Fund samt Wollmaus ein und ringt sich zu einem schonungslosen Blick auf den Grund ihrer Seele durch: Es hat überhaupt keinen Zweck, in diesem Zustand über irgendwas nachzudenken. Geschweige denn Dritte zu kontaktieren. Sie macht den Kanal mit den besten Taekwondo-Kämpfen an, ihren Lieblingskanal auf Youtube.

# MONTAG, 16. JULI

Falls Sie zu denen gehören, die ihre Gene an die Folgegeneration weitergegeben haben: Erinnern Sie sich mal daran, wie Ihr Kind etwa fünf Monate alt war. Sein ganzes kurzes Leben hat es in flauschigen Stoffhüllen auf dem Arm wohlmeinender Bezugspersonen verbracht. Dann kommt die Großtante aus Castrop-Rauxel und besteht darauf, den Wurm hochzuheben und jeden Quadratmillimeter unbedeckter Haut mit einem Zigarettenrauch ausdünstenden Speichelfilm zu überziehen. Klar, dass das Balg sich die Stimmbänder aus dem Leib schreit und die Gliedmäßchen so lange durch die Luft schleudert, bis es wieder da ist, wo es seiner Ansicht nach hingehört, also auf Ihrem Arm. Exakt so ergeht es Harmsen, seit ihm die Storch ans Bein gebunden wurde. Nur dass sie ihn bisher nicht eingespeichelt hat. Genau genommen hat sie ihn auch noch nie hochgehoben, obwohl sie dazu sicher in der Lage wäre. Aber dieses Gefühl, aus einem Schutzraum vertrieben worden zu sein, in dem die Menschenwürde, die ja auch die Harmsenwürde umfassen sollte, mehr ist als irgendein Wort in irgendeinem Büchlein in irgendeinem Juristenregal, dieses Gefühl teilt er durchaus mit besagtem Säugling. Wobei sich sein Protest anders äußert, nämlich nicht akustisch oder akrobatisch, sondern gar nicht. Er wäre zwar bereit, sich auf den Boden des Dezernatsleiterbüros zu schmeißen, zu strampeln und zu schreien, bis die Storch aus seinem Leben entfernt wird, aber sein Hirn hat errechnet, dass sich dieses Ziel so nicht erreichen lässt. Im Gegenteil, der Verdacht polizeilicher Nachlässigkeit, dessentwegen Harmsen zur Zusammenarbeit mit der Storch überhaupt erst gezwungen worden ist, würde sich erhärten. Und der Kommissar müsste um sein Lebensziel bangen, das erschwernisfreie Hinübergleiten in den Ruhestand.

Als Alternative hat Harmsen das Verfahren entwickelt, möglichst dort zu sein, wo die Storch nicht ist. Was am Montagmorgen dadurch erschwert wird, dass der Dezernatsleiter beide in sein Büro gebeten hat. Die Storch, die Streberin, ist schon da.

«Tach, Harmsen», sagt der Chef aus seinem faltenreichen Anzug heraus. Die Storch sagt nichts. «Na dann erzählnse mal, Sie beide. Was war da gestern Nacht los?»

Die Storch guckt zu ihm her. Ungewohnte Situation für Harmsen. Er könnte ihr ein Bein stellen, und zwar so, dass sie sich ganz sicher die Nase bricht. Da die Storch nicht der Typ Mensch ist, der drei Wochen zu Hause bleibt, bloß weil er sich die Nase gebrochen hat, stellt sich die Frage: Was hätte er davon? Und, um ehrlich zu sein: Die Storch nervt, sie ist vorlaut und unbeherrscht. Aber wenigstens ist sie aufrichtig. Wenn sie nicht gerade kurz davor ist, jemanden zu verprügeln, ist sie manchmal sogar eine gute Polizistin. Und im Gegensatz zum Dezernatsleiter ist sie kein Arschloch.

«Die Kollegin Storch rief mich gestern Nacht vom Tatort aus an. Klarer Fall, Vier-Augen-Prinzip, Sie kennen ja das

Handbuch.» Soweit Harmsen sich erinnert, gibt es weder ein Vier-Augen-Prinzip noch ein Handbuch. Das Gute an Typen wie dem Dezernatsleiter: Die sind Dezernatsleiter, weil sie den Leuten weiter oben geholfen haben, irgendeinen Schwager vor der Justiz zu bewahren. Ob es ein Handbuch gibt und was dadrin stehen könnte, wissen die nicht. Was die wissen, ist, wie man sich durchs Leben schwindelt.

Der Dezernatsleiter haut Harmsen auf die Schulter. «Guter Mann, guter Mann.»

Der Kommissar ist erstaunt; weiter als bis zu dem handbuchgemäßen Anruf ist er noch nicht gekommen, und den hat die Storch abgesetzt.

«Und Sie, Peggy, was können Sie zur Ermittlung beitragen?»

Harmsen sieht es ihr richtig an; wie sie dem Chef am liebsten an die Gurgel springen will. Zum zweiten Mal an diesem Morgen verspürt er ihr gegenüber ein Gefühl, das man als Großneffen des Wohlwollens bezeichnen könnte, vierten Grades.

«Bräutigam ist nach Junggesellenabschied die Kehle aufgeschlitzt worden. Ferienwohnung. Kamen ausm Westen, Oldenburg oder so.»

«Osnabrück», sagt Harmsen. Nichts für ungut, das macht einen Unterschied. Von Ostfriesland aus gesehen, liegt Oldenburg gerade noch im bewohnbaren Teil der Welt. Osnabrück dagegen dürfte schon zu Schwaben oder so gehören.

«Die Stimmung war ziemlich gereizt», fährt die Storch fort. »Der Kollege Harmsen hat die Anwesenden befragt, nacheinander. Ich habe aufgepasst, dass die anderen schön sitzen bleiben. Zu den Details der Befragungen müssen Sie also bitte den Kollegen fragen.»

Harmsen, was selten vorkommt, verspürt das Bedürfnis zu lachen. Wenn die Storch auf irgendwas aufgepasst hat, dann darauf, den Ehrentitel der verantwortungslosesten Polizistin Berlins zu verteidigen. Aber wie gesagt, er will ihr kein Bein stellen. Nicht vor dem Dezernatsleiter. Außerdem, denkt er, könnte es einmal von Nutzen sein, dass die Storch ihm einen Gefallen schuldet (falls Sie finden, diese von Psychologen als Tit-for-Tat bezeichnete Taktik sei im Schach, das Harmsen ja als seine Königsdisziplin betrachtet, völlig nutzlos, haben Sie recht, aber Harmsen beherrscht eben auch die Kunst der Diplomatie).

«Es waren drei Zeugen anwesend», übernimmt er. «Bisher kein akuter Verdacht, wobei sich Trauzeuge und Bräutigam wohl kurz vor der Tat gestritten haben. Der eine war gestern nicht ansprechbar. Um den kümmere ich mich heute.»

«Ausgezeichnet», sagt der Dezernatsleiter. «Sprechen Sie gegebenenfalls auch mit den Eltern. Sie glauben nicht, was die Eltern für einen Einfluss ausüben können.» Bevor Sie denken, da steckt eine wertvolle Botschaft drin oder dass er Harmsen irgendwelches Wissen voraushat: Vergessen Sie's. Wahrscheinlich hat der Dezernatsleiter, der seit zehn Jahren keine Leiche mehr gesehen hat, in der Zeitung etwas über Psychotherapie gelesen und weiß jetzt, dass Eltern die Persönlichkeit ihrer Kinder beeinflussen. In einem anderen Fall wies er Harmsen darauf hin, dass er, sollte die Verdächtige einen Hund besitzen, an dessen Verhalten unter Umständen erkennen könne, ob die Frau lüge. Der Dezernatsleiter ist damals nicht darauf eingegangen, wie genau der Hund sein Frauchen verraten würde. War eh egal, denn die Verdächtige hatte keinen Hund, und überhaupt ist das optimale Verhalten in solchen Fällen, das Büro des Dezernatsleiters so schnell wie möglich zu verlassen.

Als sie in Richtung ihres eigenen Dienstzimmers zurücktrotten, findet Harmsen, sie könnte sich ruhig bei ihm bedanken. Andererseits hätte es ihn nicht gewundert, wenn sie so tun würde, als sei gar nichts passiert. Stattdessen guckt die Storch zu ihm her, und als er ihren Blick erwidert, macht sie etwas, das noch nie eine Frau und wahrscheinlich auch kein Mann Harmsen gegenüber gemacht hat: Sie zwinkert ihm zu, als hätte sie seinem achtjährigen Ich gerade ein Gummibärchen zugesteckt. Dabei war *er* es, der *ihr* den Arsch gerettet hat!

Apropos Dienstzimmer. Bisher hat der Kommissar sich nicht recht daran gewöhnen können, dass da jetzt die Storch mit ihm sitzt. Einfach weil sie in all den Jahren zuvor nicht da gesessen hat. In den Jahren zuvor befanden sich in Harmsens Büro neben Harmsen selbst ausschließlich Dinge, die da hingehören. Etwa Aktenschränke, deren klapprige Blechhüllen die wunderbare Eigenschaft besitzen, verschließbar zu sein, sodass sie sich für einen Stapel nicht weiter benötigter Formulare oder ein akut störendes Brötchentütenknäuel jederzeit als Endlager anbieten. Oder nehmen Sie den Niederflorbodenbelag aus blauem Kunststoff, pflegeleicht und schmeichelhaft fürs Auge. Das kabelgebundene Festnetztelefon in all seiner unerschütterlichen Zuverlässigkeit. Von Harmsens Schreibtisch, der noch nie zum eigentlichen Schreiben diente, sondern immer nur als Altpapierzwischenlager, ganz zu schweigen. Jetzt ist da eben auch die Storch, und die gehört da nicht hin. Schon gar nicht mit ihrer irritierenden Neigung, nichts zu haben.

Keinen Terminkalender, kein Altpapier, keine sonstigen Knäuel. Selbst ihre Notizen tippt die in ihr Mobiltelefon ein.

Die mit leibhaftiger Tinte auf leibhaftiges Papier gebannte Notiz auf Harmsens Schreibtisch stammt also eindeutig nicht von ihr: Dennis Bünte hat mitgeteilt, er sei von nun an in einem Hostel namens *Donaustel* zu erreichen. Das bewegt den Kommissar dazu, seinerseits dem zuständigen Verwaltungsfachangestellten eine Notiz anzufertigen, die darüber informiert, dass das Wort *Hotel* ohne s zu schreiben sei. Übrigens selbst im Französischen, wo das kleine Dach über dem o darauf verweise, dass der einst dahinter vorhandene Konsonant im Lauf der Jahrhunderte getilgt worden sei. Endlich ergibt sich für den Kommissar die Möglichkeit, da zu sein, wo Peggy nicht ist. Gleichzeitig hat er ein neues Problem. Bekanntlich hat sich die Sonne dem Ziel verschrieben, Röstzwiebeln aus den Menschen zu machen. Laut dem einen von der AfD und auch laut dem Freund von Harmsens Nachbarn, der auf einer Ölplattform die Klos putzt, lässt sich gegen dieses unfreundliche Gebaren des Klimas nichts unternehmen. Der Kommissar sieht das anders. Beispielsweise können Sie, wenn es warm wird, weniger anziehen. Klar, gegen sieben Jahre Dürre hilft das nicht, und bloß weil Sie nackig herumlaufen, wird der Tsunami nicht zur Wohlfühldusche. Aber so akut, im Kleinen, nützt es schon was. Was Harmsen Sorgen bereitet, ist der Funktionsfaktor. Ein Mindestmaß an Dingen muss er mit sich führen. Selbst wenn er, was ihm recht wäre, das Mobiltelefon dalassen könnte: Autoschlüssel, Dienstausweis und Bargeld bleiben unverzichtbar, und für eine Herrenhandtasche fühlt er sich noch nicht reif. Was also tun – Trenchcoat tragen und schwitzen oder mit vollgepackten Händen luftig im kurzärmligen Bügelfreien gehen? Harmsen entscheidet sich für den Trenchcoat, einfach weil es schon am Vormittag so heiß ist, dass er auch ohne Trenchcoat schwitzen würde.

Er verspürt Behagen, als der Rekord ans Hotel ranrollt und just in diesem Moment vor ihm einer eine Parklücke freigibt. Die Lücke ist so bequem geschnitten, dass selbst Harmsen relativ schnell reinzirkelt. Jetzt wo er darüber nachdenkt, ist er gar nicht so froh über die Reibungslosigkeit, mit der die Parkplatzsuche verlaufen ist. Als Mensch, der es so gut wie nie eilig hat und Erwerbsarbeit im Wesentlichen des Feierabends wegen betreibt, rechnet er folgendermaßen: Ein Arbeitstag hat acht Stunden minus die Dreiviertelstunde, um die er die Mittagspause überzieht. Macht vierhundertfünfunddreißig Arbeitsminuten. Wenn er zum Einparken zehn Minuten braucht und zum Ausparken noch mal zehn, sind vier Komma sechs Prozent des Arbeitstags durch.

Jedenfalls ist der Rekord direkt vor dem Hotel zum Stillstand gekommen. An dem steht in Leuchtbuchstaben *Donaustel*, darunter in kleinerer Schrift ******Hostel*. Damit das klar ist: Der Kommissar hat schon mitbekommen, dass Jugendherbergen, die ihr Geschäft außerhalb des dafür eigentlich zuständigen Deutschen Jugendherbergswerks betreiben, unter dem Begriff *Hostel* auftreten. Wenn Sie aber, wie Harmsen, in Jahrhunderten denken, machen Sie da keinen Unterschied. Der Engländer hat das Wort auch bloß vom Franzosen übernommen; etymologisch handelt es sich also um Hotels, und Harmsens Ansicht nach sieht das hier nicht aus wie ein Fünfsterneladen. Alles sehr bunt, alles aus Kunststoff, und auf den grünen, pinken und gelben Sitzmöbeln, die keine Lehnen, möglicherweise überhaupt keine festen Teile besitzen, lümmeln junge Leute herum, die alle über irgendwas lachen und in ihre Mobiltelefone gucken.

«Hey, kann ich dir helfen?», ruft eine junge, gut gelaunte Frau mit einem irritierend kurz geschnittenen Pony in Harmsens Richtung.

Der Kommissar dreht sich um. Hinter ihm steht keiner. Ihn kann sie nicht gemeint haben, denn Harmsen ist sicher, dass er die Frau noch nie in seinem Leben gesehen hat. Mit der ist er unmöglich per du. Trotzdem hält sie genau auf ihn zu.

«Alles klar? Suchst du jemanden?»

«Äh. Bünte.»

«Oha. Keine Ahnung, wo der steckt. Bünte, wo bist du am Chillen?», schreit sie in Richtung der Kinderzimmermöbel. Als keiner antwortet, wendet sie sich wieder Harmsen zu: «Weißt du, wie er mit Nachnamen heißt?»

«Bünte», sagt der Kommissar in leicht fragendem Ton, die Handflächen nach oben wendend. Sie kennen das, dieses unterschwellig Genervte, wenn man etwas wiederholen soll, das schon vorher klar war.

«Genau!», ruft die Frau mit dem Pony und wird noch ein bisschen fröhlicher.

Armes Mädchen, denkt Harmsen. Vielleicht hilft es, wenn er es noch mal ganz langsam sagt: «Den. Nis. Bün. Te.»

«Ach, Dennis! Der aus Bramsche, wa?»

Harmsen nickt.

«Zimmer acht. Da den Flur runter.»

Bünte, noch immer mit Augenringen, öffnet die Tür zu einem Raum, der nach ungewaschenen Männersocken riecht. Drei Etagenbetten, auf jeder Matratze Rucksäcke, die von einem halb verhungerten Wolf ausgeweidet worden sein müssen. Harmsen weiß nicht recht, wohin mit sich. Vor ihm erstreckt sich ein Hindernisparcours aus Unterhosen, Schirmmützen, Handtüchern sowie Alufolieknäueln in Styroporschachteln in orange durchscheinenden Plastiktüten. Auf ein fremdes Bett setzen mag er sich nicht. Auf die molluskenartigen Sitzmöbel traut er sich auch nicht. Schließlich bleibt er kurz hinter der Tür stehen wie der lebensgroße Pappaufsteller eines Schlagersängers, der nachts den Eingang zum Elektronikmarkt versperrt. Bünte sitzt auf seinem Bett: eigentlich ein hübscher Junge, die Haut vielleicht etwas arg brathähnchenfarben. Auch versteht der Kommissar nicht, warum junge Männer sich das Haupthaar zu Panzersperren modellieren. Aber das mag daran liegen, dass ihm das zu modellierende Haupthaar fehlt.

«Sie sind wach.»

Bünte lächelt mit einem Mundwinkel. «Entschuldigen Sie, Herr Kommissar, anscheinend hat mir jemand Drogen ins Glas geschüttet. Ich bin eigentlich sehr zuverlässig.»

Harmsen ist kein Wahrheitsfanatiker. Sicher, als Polizist ermittelt er von Berufs wegen die Wahrheit. Aber er versteht, dass Menschen flunkern, flunkert selbst gelegentlich. Allerdings schätzt er es nicht, wenn er so blöd angeflunkert wird, dass es seinen Verstand beleidigt. In solchen Fällen ist Zurückflunkern die beste Verteidigung. «Herr Bünte, Sie mögen sich nicht erinnern: Gestern habe ich mit Ihren beiden Kumpanen gesprochen. Ihre BtMG-Verstöße sind uns bekannt; der Kollege Meisner von der dreiundvierzig wartet schon auf dem Flur. Dreiundvierzig wie Rauschgiftkriminalität.»

Büntes Augen weiten sich. Vor der Drogenabteilung scheint er mehr Angst zu haben als vor der Mordkommission.

«Sie spielen besser mit offenen Karten, sonst wandern Sie ganz schnell ins Kittchen.» Tatsächlich blufft Harmsen, nicht nur, was den Kollegen Meisner angeht, der seines Wissens gerade auf den Malediven tauchen lernt, sondern auch betreffs einer eventuellen Haftstrafe, die Bünte sicher nicht wegen besagten Drogenkonsums ereilen wird.

Aber woher soll Bünte das wissen. «Okay. Was wollen Sie hören?»

«Alles.»

«Wir wollten Nilso doch bloß 'ne Freude machen. Dass er mal richtig abgeht. Berlin und so, Techno, Pillen, die ganze Palette. Der hatte immer so 'nen Stock im Arsch. Konnte doch keiner ahnen, dass die Nummer in die Luft geht.» Bünte macht eine Pause. Dann verschränkt er die Arme, lässt das Kinn sinken. «Nilso war immer da», sagt er leise. «Jetzt ist er weg.»

Wenn Harmsen in die Rolle des Trösters gedrängt wird, ist das wie ein Glücksspiel: Mal kommt das Falsche aus seinem Mund, mal gar nichts. Dass er das Richtige sagt, ist wie die Null beim Roulette. Bei Bünte gelingt es ihm immerhin, so zu tun, als wären die Worte der Trauer nie gefallen.

«Die Drogenlieferung hatten Sie organisiert?»

Bünte nickt; Harmsen erfragt und notiert die Telefonnummer des Lieferanten. «Sie kannten ihn?»

Der andere lacht auf. «Den? Nee! Kam über drei Ecken, der Tipp mit dem. War der dümmste Verchecker, den ich je gesehen habe. Und auch der dünnste. Hat sich von Nilso die Kohle abnehmen lassen wie 'n Anfänger.»

In Harmsens Weltbild würde Bünte mit seinen ballonförmigen, von tätowierten Ranken umschlungenen Oberarmen selbst einen guten Dealer abgeben. Trotzdem scheint er sich des Prinzips, das dem Drogenhandel zugrunde liegt, nicht bewusst zu sein. Man kann es als Marktwirtschaft plus x bezeichnen. Marktwirtschaft bedeutet: Ware gegen Geld. X bedeutet: Wenn kein Geld, dann Krankenhaus. Kein Drogenverkäufer der Welt lässt sich ohne Folgen sein Geld abnehmen. Und wenn doch, dann klingelt eine halbe Stunde später nicht er, sondern sein Chef.

«Jedenfalls», macht Bünte weiter, «war Nilso sauer. Er war ja schon sauer, weil Andrej den falschen Club ausgesucht hat. Die Pillen haben dann noch einen draufgesetzt. Wir haben ihn so lange bequatscht, bis er doch noch mitgekommen ist. Hat nicht lange gehalten, er ist ziemlich schnell wieder abgerauscht. Ich wollte mir den Spaß nicht verderben lassen, Sie wissen, was ich meine.»

«Nee.»

«Na, Chicas checken.»

Harmsen versucht erst gar nicht, etwas zu sagen.

«Eine abschleppen, flachlegen, scoren. Nix für ungut, aber Matratzensport: Bin ich ganz gut drin. Hab dann auch schnell eine gefunden. Heißes Teil, sag ich Ihnen. Redhead.» Bünte zwinkert.

Harmsen wird ein bisschen übel, aber als Profi überspielt er das.

«Die war richtig wild. Musste sie nicht groß bequatschen, bis sie mit mir nach Hause gehen wollte. Hat sich dann leider als Missverständnis rausgestellt.»

«Sie war ein Mann?»

«Alter!», ruft Bünte. «Würde mir nie passieren. Riech

ich zehn Meter gegen den Wind, ob da 'ne Pussy unterm Rock ist. Wir wollten Liquid nehmen. Haben wir auch.»

«Liquid?»

«Macht nicht nur high, sondern auch geil. War übrigens ziemlich gothic drauf, die Maus. Schwarze Spitze und so. Ist doch klar, dass ich denke, da geht was. Aber als ich sie küssen will, schubst sie mich weg. Springt richtig empört auf und rennt raus. Wollte anscheinend echt nur high sein. Vielleicht besser so. Ich war schon ziemlich schlapp, wenn Sie wissen, was ich meine.»

Weiß Harmsen nicht. Oder vielleicht doch, bloß vom Rest hat er nicht viel verstanden. «Wann genau ist Ihre Freundin gegangen?»

«Wir sind aus dem Club, kurz nachdem Tobi los ist. Auf die Uhr hab ich nicht geguckt. Als die Rothaarige weg war, bin ich rumsdibumsdi eingeschlafen. Nur halt ohne bumsdi. Richtig ausgeknockt war ich gewesen. Aufgewacht bin ich erst, als Ihre Kollegin» – Bünte lässt die Zeigefinger links und rechts neben seinem Gesicht hüpfen – «mich geweckt hat.»

«Wie heißt denn die Dame?»

«Kranich oder Reiher oder so.»

«Nicht meine Kollegin. Ihre Rothaarige.»

«Uff», macht Bünte. «Keine Ahnung. Kann Ihnen aber die Telefonnummer geben.»

Das sind die Momente, in denen Harmsen merkt, *wie* wenig er die Jugend versteht. «Sie haben sie nach ihrer Nummer gefragt, aber nicht nach ihrem Namen?»

Bünte zwinkert bloß. «Kleiner Pick-up-Trick, können Sie sich merken. Wenn eine ständig am Handy rumspielt, warten Sie einfach, bis sie mal kurz wegmuss, Klo oder Bar oder so. Wenn sie das Smartphone nicht mitnimmt, holen Sie es sich schnell aus der Handtasche. Die wenigsten Ladys haben 'ne Sofortsperre eingestellt. Meistens haben Sie ein, zwei Minuten Zeit, bevor das Teil den Code verlangt. Dann rufen Sie sich selber an.»

Der Kommissar notiert die Nummer der Unbekannten.

«Wie war Ihr Verhältnis zu Plöger?»

Bünte haut sich auf die Brust. «Tipptopp. Erstes Bier, erstes geklautes Fahrrad, erstes Mal gekotzt: Denne und Nilso.»

Harmsen hat, allein schon wegen des plötzlichen Verfalls jeglichen Satzbaus in Büntes Rede, vorerst genug.

Auf der Straße überlegt er, wie er die Rothaarige kontaktieren soll. Die von ihm bevorzugte Option wäre, ins Dezernat zu fahren und den auf seinem Schreibtisch fest installierten, altpapierfarbenen Telefonapparat zu benutzen. Der Nachteil besteht darin, dass der Telefonapparat sich im Dezernat befindet und Harmsen nicht. Mit dem Mobiltelefon hat er es ja versucht, echt wahr. Er hat sogar einen Kurs an der Volkshochschule belegt, *Handy für Senioren.* Aber wenn er derjenige ist, der einen Anruf aktiv auszulösen hat, zieht er Alternativen vor. Er trägt stets das *Verzeichnis der Berliner Telefonzellen* bei sich. In diesem Zusammenhang begrüßt Harmsen die flächendeckende Verbreitung von Mobiltelefonen durchaus. Sie hat das Verzeichnis deutlich kompakter werden lassen, das ist gut für die Trenchcoattasche. Leider nur, weil die Zahl der Telefonzellen ebenfalls kompakter geworden ist, wie übrigens auch die Telefonzellen selber. Sie müssten eigentlich Telefonsäulen heißen. Am nahe gelegenen Rathaus steht eine.

Harmsen tippt die Nummer, die Bünte ihm genannt hat.

«Hallo?», sagt eine Frauenstimme.

«Ja, moin, Kriminaloberkommissar Harm Harmsen hier.»

«Schon klar», sagt die Stimme und legt auf.

Harmsen versucht es noch mal. Diesmal geht niemand dran. Das weiß sogar er, dass eine unterdrückte Rufnummer, beispielsweise die einer Telefonzelle, eher nicht dafür spricht, dass der Anrufer ist, wer er vorgibt, zu sein. Also fährt er ins Dezernat, und wie er die Tür zu seinem Büro öffnet, sitzt da die Storch. Beine auf dem Tisch. Als sauber kann man die Sohlen ihrer Schuhe nicht gerade bezeichnen.

+++

Nach dem Termin beim Dezernatsleiter knallt Peggys Po aufs Polster des Drehstuhls. Der Alte. Sie ist sich sicher gewesen, dass er sie beim Dezernatsleiter verpfeift. Polizistin auf Drogen vögelt mit Mordzeugen. Okay, vögeln dürfen auch Polizisten, zumindest in Berlin. Guck dir die Kollegen von der Einsatzbereitschaft an, die sich kürzlich von dem Gipfel in Hamburg wieder nach Hause gefeiert haben. Aber tief in sich drin, das liegt in der Natur des Berufs, ist der Bulle konservativ. Und das muss man nun wirklich keinem erklären: Die Konservativen, die immer so keimfrei tun, haben die schmutzigste Phantasie. Wenn dann eine kommt und ihre Phantasie auslebt, dann werden sie sauer. Weil sie selber sich das nicht gönnen. Über Drogen müssen wir gar nicht erst reden. Zumal der Dezernatsleiter ihr ja genau deshalb eine Schlaftablette wie den Alten ans Bein gebunden hat: weil sie sich bei nix zurückhalten kann. Insofern, danke, Harmsen, fürs Nichtverpfeifen.

Was ihr gestern Nachmittag in ihrem Elend nicht aufgefallen ist: Sie wird sich nicht nur mit der Frage auseinandersetzen müssen, was ihre Eskapade vom Wochenende für die Sache mit Lars bedeutet. Sie muss sich auch mit der Eskapade persönlich auseinandersetzen. Übrigens kein Zufall, dass sie gerade jetzt darauf kommt: Das Telefon auf ihrem Schreibtisch klingelt. Im Display steht eine Nummer, die sie aus gutem Grund nirgends einspeichern würde, erst recht nicht auf ihrem Dienstapparat. Die sie aber schon mal gesehen hat, auf einem Papierschnipsel, den sie gestern Abend irgendwann aus ihrer Hosentasche gefingert hat. Sie fährt den Arm aus, die Hand schwebt über dem Hörer. Die bequeme Peggy würde nicht drangehen. Die Vollekraftvorauspeggy würde drangehen. Klar, wer gewinnt, oder?

«Woher hast du meine Durchwahl?»

«Ähm. Tobias hier. Von Samstagnacht.»

«Ich weiß. Woher hast du meine Durchwahl?» Selber schuld, wer bei den Bullen anruft, wird verhört.

Tobias schweigt kurz. «Dein Kollege war so nett.»

Harmsen, dieser Arsch! Dann muss sie lachen. Kann Tobias ja nichts dafür, dass sie einen Freund hat. Wenn sie sich recht erinnert, hat sie ihm gegenüber Lars gar nicht erwähnt. Und wenn er ihr nicht gefallen hätte, wäre sie nicht mitgegangen. Wobei gefallen hier ein ziemlich abstrakter Begriff ist; sie könnte nicht mal beschreiben, wie Tobias überhaupt ausgesehen hat. «Was gibt's? Ich hoffe, du willst über die schöne Hälfte des Abends sprechen.»

Tobias räuspert sich. «Dafür hättest du mir deine Privatnummer geben müssen.» Eins zu null für ihn. «Ich habe vorhin mit Janne gesprochen. Sie kommt heute Mittag an. Ist ziemlich aufgekratzt.»

«Janne?»

«Nilsos Verlobte.»

«Heißt die nicht Jeanne?»

«Ach, das Tattoo. Lange Geschichte. Jedenfalls will sie unbedingt mit dir sprechen.»

«Mit mir?»

«So von Frau zu Frau. Sie hat eine These zu Nils' Tod.»

Oh Gott. Als Polizistin machst du ja ziemlich viel mit. Als sie mal einen festsetzte, der pampig wurde, hat der sich in die Hose gepisst. Hat Peggy erst gemerkt, als es auch an ihrem Bein warm wurde. Ein anderes Mal hat eine nur geheult. Nicht die Freundin von einem Mordopfer oder so, sondern irgendeine unbeteiligte Zeugin, weil die Welt böse ist oder weiß der Geier, warum. Nicht zehn Minuten oder eine halbe Stunde hat die geheult, sondern *nur*. Peggy hat sich wirklich zurückhalten müssen, dass sie der nicht einen Jumok-Jirugi aufs Auge knallt, einfach, damit sie wenigstens einen Grund zum Heulen hat. Aber das Schlimmste, schlimmer als alle Angstpisser und Dauerheuler auf einem Haufen, sind Leute, die dir beim Ermitteln helfen wollen. Gefolgt von Leuten, für die Menschsein so eindimensional ist, dass sie glauben, gleiche Geschlechtsteile bedeutet gleiche Wellenlänge.

«Aha», macht Peggy.

«Sie ist gegen eins bei uns im Hostel. Kommst du?»

Das meint er nicht ernst. Er hat doch in der Nacht zu Sonntag genau gemerkt, dass es ihr gefallen hat. Wie kann er sie in ein Hostelzimmer einladen, wo überall Betten rumstehen! Klar, vielleicht denkt er daran gar nicht. Immerhin ist sein Freund gestorben, und dann kommt auch noch die Witwe, oder wie man das bei Verlobten nennt. Aber Peggy denkt so! Hoffentlich ist es ein Mehrbettzimmer, in dem betrunkene Australier Rugbyspielzüge üben.

Peggy geht erst mal in den Zoo. Der liegt neben dem Dezernat. Macht sie immer, wenn sie nix zu tun hat. Manchmal auch, wenn sie zu viel zu tun hat. Wenn sie durchs Elefantentor auf diese breite Allee tritt, die direkt auf den Pandagarten zuführt, dann hört sie für eine Weile auf zu grübeln. Vielleicht, weil die Probleme, die man als Mensch mit sich rumträgt, den Tieren dermaßen egal sind, dass du sie selber nicht mehr so wichtig nehmen kannst. Peggy hat den Pulli ausgezogen, der schon heute früh zu warm war; der Stoff ihrer Hose besteht zu neunzig Prozent aus Luft. Trotzdem stellt sie sich in den Schatten, als sie sich eine Zigarette anzündet. Falls du mal im Zoo warst, kennst du das: Vögel, die du sonst höchstens von weitem siehst, laufen dir hier über den Weg. Und zwar wörtlich, von links nach rechts über den Weg. Oder andersrum. Zum Beispiel wie jetzt gerade der Kranich. Daneben ein Eichelhäher, eine Bande Spatzen und zwei Nebelkrähen. Falls du dich erinnerst, Peggy macht diesen Tierkanal auf Instagram. Klar, dass sie daran nicht vorbeigehen kann. Sie setzt sich auf eine Bank, legt einen knallbunten Filter über das Bild und baut eine Textblase ein, in der steht: *Viel zu viele interessante Vögel in dieser Stadt*.

Du musst wissen, dass Peggy mit ihrem Smartphone genauso eine Minimalistin ist wie mit ihrer Wohnung. Was nicht nötig ist, fliegt raus. Deshalb kann sie auch Leute nicht verstehen, die ihren Homebildschirm nicht aufräumen. Noch schlimmer ist, wenn jemand seine Mails oder Whatsapps nicht bearbeitet, und dann hängt an dem bunten Quadrat kein kleiner Kreis mit einer Eins oder Zwei drin, sondern ein langer Schlauch mit einer Zwölftausendfünfhundertvier. Wenn Peggy so was sieht, schüttelt es sie richtig. Logisch, dass ihr sofort auffällt, wenn in ihrem Postfach was nicht stimmt. Wenn da zum Beispiel eine rote Elf hängt.

Die Nachrichten sind alle von Jessika. Das ist die Cousine aus Amerika, die mit den Schmerztabletten aus der Dose. Jessika ist die Art Cousine, die in Amerika ganz gut aufgehoben ist oder von Peggy aus auch in Kasachstan, einfach weit weg. War schon immer so, aber seit sie bei dieser Pfingstkirche ist, wo alle dauernd singen, wie wahnsinnig positiv der liebe Gott sie macht, ist Peggy extrafroh, dass zwischen ihr und Jessika ein achttausend Kilometer starker Puffer liegt.

*Liebe Peggy, ich hoffe, Dir geht es gut, und die Pfade, auf denen Du durchs Leben wandelst, haben sich begradigt! Ich schicke Dir allerbeste Grüße aus Tulsa und habe gute Nachrichten: Ich komme nach Berlin! Du hast sicher gehört, dass Poem of the Mountain einen Kongress in Berlin veranstaltet. Jetzt halt Dich fest: Gerade rief mich Global Senior Pastor Johnston an! Ein Preacher ist krank geworden – möge Gott ihm rasch zu alter Stärke verhelfen – und ich werde einspringen, als Musikerin und als Predigerin! Ich kann Dir nicht sagen, wie viel mir das bedeutet, Peggy: Ich darf das Wort Gottes zurück nach Deutschland bringen! Ich freue mich auf zwei Tage voller Liebe und Musik. Und natürlich freue ich mich darauf, Dich endlich wiederzusehen! Ich werde sehr beschäftigt sein, aber ich bin sicher, wir werden Zeit finden zu reden. Du weißt, liebe Peggy, was auch immer Dich beschäftigt: Nicht nur Gott hat immer ein offenes Ohr für Dich, sondern auch Deine Cousine! Und das Beste ist: Ich bin von Anfang an dabei! Am einfachsten wäre es, wenn Du mich morgen Abend aus Tegel abholst (LH 202 aus Frankfurt). Ich nehme an, ein Auto hast Du inzwischen? Ich schlafe gerne wieder auf der Couch!*

*Peggy, ich kann Dir nicht sagen, wie sehr ich mich freue! Möge Gott Dich segnen! Deine Jessika*

*PS: Ich schicke Dir gleich noch einige meiner Songs und Predigten aus den letzten Monaten. Als ich sie schrieb, habe ich auch an Dich gedacht, es geht um die ups and downs im Leben, um Richtig und Falsch. Ich bitte Dich, sie Dir anzuhören – enjoy! – und Dir Gedanken darüber zu machen. Ich würde gern mit Dir darüber sprechen!*

Erster Impuls: Handy auf ein Nashorn spießen. Zweiter Impuls: Handy auf einen Elefantenstoßzahn spießen. Dritter Impuls: Besuch bei den Bonobos, Affenpornos drehen, unkommentiert an Jessika schicken. Aber dann würde die nur noch eifriger versuchen, ihre Cousine ins Licht zu führen. Überhaupt fragt Peggy sich, was will die bei ihr. Bloß weil sie verwandt sind! Kann doch nicht sein, dass Jessika unter den Berliner Jüngern von Global Senior Pastor Johnston mit all deren Nächstenliebe keinen findet, der ihr ununterbrochenes Geschnatter zwei Nächte erträgt. Aber wahrscheinlich gehört das zur Mission: ohne eine Handvoll unterschriebener Glaubensbekenntnisse samt Spendenzusage keine Rückkehr ins Gelobte Land. Das Problem ist: Peggys Familie mag aus widersprüchlichen Figuren bestehen, die Mutter mit ihrem Ökofimmel, ihr Vater mit seiner Konsumsucht, sein Bruder, Jessikas Vater, damals in der Friedensbewegung gewesen, Schwerter zu Pflugscharen und so. Nur Gastfreundschaft, das ist wie ein Heiligtum in Peggys Familie. Dass sie einer Verwandten oder überhaupt irgendwem sagt, dass die nicht bei ihr wohnen darf, dafür würden ihr gar nicht die Worte einfallen. So freundlich, ihr auch noch zu antworten, ist sie aber nicht. Peggy wischt die zehn Nachrichten mit den Videos spitzfingrig in den Papierkorb, guckt, einfach aus Seelenverwandtschaft, trotzdem schnell bei den Bonobos vorbei, holt ihr Fahrrad und rast los.

Das Hostel mit dem bekloppten Namen *Donaustel* kennt Peggy. Sie hatte eine Weile was mit einem, der da an der Bar arbeitet. War ganz lustig, er hat gute Drinks gemixt. Wobei Peggy sagen muss, Hostelpublikum ist anstrengend. Die sind alle so ähnlich drauf wie Jessika, bloß nicht mit Religion, sondern mit Reisen. Du musst reisen, damit du die Welt verstehst, veränderst, glücklich wirst. Eigentlich musst du sogar reisen, um das Recht zu erwerben, überhaupt den Mund aufzumachen. In Wirklichkeit wollen die alle bloß bunte Pillen und ins Berghain und tausend andere Leute treffen, die alle genauso sind wie sie. Das hätten sie in Vancouver auch haben können, nur ohne die Kosten für den Flug. Kann aber auch daran liegen, dass Peggy über dreißig ist und die Leute im Hostel alle drunter.

Tobias öffnet die Tür. Ach, so sah der aus. Hui. Schöne Haare. Rest auch gut. Er atmet hörbar ein und wieder aus, dann ringt er sich zu diesem Fünfprozentlächeln durch, du weißt schon: Peinlich, aber müssen wir jetzt durch. Er stellt sich so hin, dass sie sich ganz sicher nicht berühren, wenn Peggy das Zimmer betritt, und sagt: «Ich lass euch mal allein.» Der Raum gleicht dem Zimmer eines jugendlichen Kiffers, der vor zwanzig Sekunden unerwartet das Auto der Eltern hat parken hören: Rucksäcke, Klamotten, Essensreste, alles in einem Rutsch an die Wand gekehrt, in der eilig reingelassenen Frischluft hat sich der Mief nicht verflüchtigt. Auf einem Bett sitzt eine brünette Kurzhaarige mit einer schmalen, in Metall gefassten Rechteckbrille und guckt nicht hoch. Nicht anwesend: Bünte und Freindlich.

«Sie wollten mich sprechen», sagt Peggy knapp.

Die andere holt Luft, streckt den Oberkörper durch, schlägt die Beine übereinander, faltet die Hände überm Knie und schaut Peggy aus geröteten Augen an: «Wir müssen reden. Über Nils.» Sie steht auf, kommt auf Peggy zu und streckt die Hand aus. «Janne Lütkemeier.»

«Ja.»

«Können wir uns duzen, Peggy, so von Frau zu Frau?»

«Nein.»

Lütkemeier macht den Mund auf, es kommt aber nichts raus. Dann setzt sie sich wieder, streicht die Haare hinter die Ohren. Sie sind exakt so lang, dass sie da nicht bleiben werden. Peggy fragt sich, warum Leute sich eine Frisur schneiden lassen, die nicht macht, was sie soll. Vielleicht, damit es was zu tun gibt, wenn man verlegen ist.

«Es war nicht alles gut zwischen uns», fängt sie mit brüchiger Stimme an. «Aber er war mein Verlobter, und wenn ich helfen kann, dann mache ich das auch.» Peggy hat nicht den Eindruck, als bahne sich gerade große Hilfe an. «Nils hat im Frühling ein Praktikum in Berlin gemacht. Am Anfang war er ziemlich verhalten. Hat mich jeden Tag angerufen. Ich glaube, er fühlte sich einsam. Nach ein, zwei Wochen war er plötzlich total begeistert, hat nur noch erzählt, wie toll es ist. Die verrückten Leute auf der Straße, das Nachtleben. Auf einmal fing er an, in Technoklubs zu gehen. Hat wohl auch Ecstasy genommen. Verstehst du, Nilsi war eigentlich ganz normal. Hat mal einen übern Durst getrunken, ist ab und an spät nach Hause gekommen.

Aber Drogen, Techno und bis nachmittags durchmachen? So kannte ich ihn nicht. Dann rief er immer seltener an, und wenn, hat er nichts erzählt. Ich war mir sicher, dass er eine andere hatte. So 'ne Technomaus, die ihn auf diese ganzen Ideen gebracht hat. Tja, dann bin ich schwanger geworden.» Lütkemeier streichelt ihren Bauch, der auf den ersten Blick nicht rundlicher wirkt als der Rest von ihr. «Dritter Monat», sagt sie, als sie Peggys Blick bemerkt. «Ich hab's ihm am Telefon erzählt. Er ist aus allen Wolken gefallen. War nicht direkt geplant. Er ist dann am nächsten Wochenende nach Hause gekommen. Ich glaube, an genau dem Wochenende hatte er Schluss machen wollen.»

«Wie kommen Sie darauf?»

«Auf einmal hatte er dieses beschissene Tattoo. *Jeanne*. Wenn er sich den Namen einer anderen Frau tätowieren lässt, noch dazu von so 'ner schicken Französin, wird er wohl kaum bei mir bleiben.»

«Er hat die Affäre gestanden?»

Lütkemeier lacht auf. «Er wollte mir weismachen, dass der Tätowierer eigentlich *Janne* stechen sollte. Ganz ehrlich, Peggy, so blöd ist doch keiner!»

Peggy hat ziemlich viele Tattoos gesehen, als Polizistin und auch privat. Sagen wir mal: Ein überflüssiges *e* gehört zu den harmlosen Fehlern.

«Ich hab ihn auf den Pott gesetzt. Nils, hab ich gesagt, egal, mit welchen Madames du dich in Berlin rumtreibst: Das hört jetzt auf. Du wirst Vater, du hast Verantwortung. Er hat weiter behauptet, es wär nix. Dabei hab ich genau gesehen, wie fertig ihn sein schlechtes Gewissen gemacht hat. Und stell dir vor, am Sonntagabend, bevor er zum Bahnhof gegangen ist, hat er mir den Heiratsantrag gemacht.»

«Vielleicht war er bloß fertig, weil er plötzlich Vater werden sollte. Haben Sie mal überlegt, ob er vielleicht wirklich keine Affäre hatte?»

«Du kennst das doch, Peggy. Wenn die Männer eine Gelegenheit kriegen, schlagen sie zu. Die springen von einer zur nächsten, und wenn die ihnen langweilig wird, suchen sie sich eine Neue.»

Stimmt, Peggy kennt das. Allerdings eher von sich selbst als von den Männern.

«Manchmal müssen wir Frauen einfach Fakten schaffen, verstehst du?», sagt Lütkemeier und guckt zu ihrem Bauch runter. «Er hat dann auch aufgehört, so zu tun, als wäre er der König des Nachtlebens. Wie so 'n Konvertit – war auf einmal total gegen Drogen und diesen Technokult. Aber ganz ehrlich, so richtig zusammengefunden haben wir nicht wieder.»

«Was hatte jetzt die Affäre mit seinem Tod zu tun?»

«Berlin», sagt Lütkemeier bloß.

«Berlin?»

«Na, hier hat er rumgehurt, hier ist er gestorben. Glaubst du vielleicht, das ist Zufall?»

Aha. Wie erwartet. An dem Punkt, wo es polizeimäßig interessant wird, kommt nix mehr. Peggys Arbeitshypothese: Die ist so gekränkt wegen Plögers tatsächlicher oder eingebildeter Affäre, dass sie versucht, die Polizei für ihre eigene Eifersuchtsrecherche einzuspannen. Aber ihre Arbeit muss Peggy schon noch fertig machen.

«Wie gut kennen Sie die drei Jungs, die mitgefeiert haben?»

«Tobi und Denne seit immer, wir sind alle zusammen zur Schule gegangen.»

«Wie war deren Verhältnis zu Ihrem Verlobten?»

«Peggy, ich sag dir, wir sollten unsere Anstrengungen wirklich auf diese Jeanne konzentrieren.»

Peggy spürt, wie sich von dem tiefsten Punkt in ihrem Innern eine Dunkelheit ausbreitet und die Gefäße zusammendrückt, dass sie beinahe anfängt zu zittern. Wenn diese Wolke ihren Körper komplett übernimmt, kann sie nur noch schreien oder um sich schlagen.

«Frau Lütkemeier», sagt sie mit gepresster Stimme, «wenn Sie versuchen, von Personen abzulenken, für die sich die Polizei interessiert – was denken Sie, wozu das führt?»

«Na, dass ich endlich rausfinde, wer diese verdammte Jeanne ist!»

«Es führt dazu, dass Sie sich verdächtig machen.»

Lütkemeier guckt Peggy an wie ein Seehundwelpe. Wenigstens spart sie sich das Sieglaubendochnicht. «Tobi und Denne, die tun keiner Fliege was zuleide. Denne sieht vielleicht ein bisschen aggro aus, mit seinen Muskeln und den engen T-Shirts. Aber ganz ehrlich, wenn dem einer blöd kommt, rennt der schneller, als du gucken kannst. Und Tobi, der ist der ausgeglichenste Typ der Welt. Wenn der draußen rumwandern darf, ist er glücklich.»

«Was ist mit Andrej Freindlich?»

«Kann ich nicht viel zu sagen. Den kennt Nils aus Osnabrück. Haben zusammen studiert. Keine Ahnung, warum Nils sich so wahnsinnig gut mit dem verstanden hat. Reden tut er nicht gerade viel. Ich werd nicht schlau aus dem.»

Peggy verabschiedet sich. Das Einzige, was sie noch davon abhält, sich abzukühlen, ist Plögers Smartphone. Gut, dass das Dezernat auf dem Weg zum See liegt.

+++

Der Kommissar greift erst zum Hörer, als die Storch verschwunden ist. War peinlich genug gerade, das Gespräch in der Telefonzelle. Muss er nicht haben, dass auch noch jemand daneben sitzt und zuhört, schon gar nicht die Storch.

«Harmsen noch mal, Kripo. Schlagen Sie die Durchwahl ruhig nach, LKA, Abteilung eins, Dezernat elf. Ich habe Ihre Nummer von Ihrem Freund Dennis.»

«LKA?», sagt die Frauenstimme am anderen Ende. «Dennis?»

«Ihre spontane Bekanntschaft vom Wochenende. Blond, Stoppelhaare, Junggesellenabschied.»

Am anderen Ende der Leitung ist es ziemlich lange still. Das heißt, es ist nicht wirklich still, Harmsen hört dieses Klackern, wie wenn jemand eine Tastatur bedient.

«Aha: neunte Mordkommission, Keithstraße dreißig», sagt die Frauenstimme. «Woher haben Sie meine Nummer?»

«Habe ich Ihnen gerade gesagt. Dennis Bünte.»

«Und woher hat der meine Nummer?»

«Das müssen Sie ihn fragen. Ich würde gern mit Ihnen sprechen. In der Ferienwohnung, in die Sie Herrn Bünte begleitet haben, haben wir eine Leiche gefunden. Den Bräutigam.»

«Oh.»

«Ja.»

«Tut mir leid. Aber was wollen Sie von *mir*?»

«Mal einen Krimi gesehen?»

«Nee.»

«Sie waren dort, Sie sind Zeugin.»

«Ich hab keinen Mord gesehen.»

*Hoppla*, denkt der Kommissar. «Von Mord war doch gar keine Rede.»

«Warum ruft mich dann die Mordkommission an?»

«Geben Sie mir bitte Ihre Adresse durch, sonst schicke ich Ihnen einen Kollegen vorbei, der Sie aufs Dezernat bringt.»

«Wie wollen Sie mir jemanden vorbeischicken, wenn Sie meine Adresse nicht kennen?»

«Paragraph hundert-j, Strafprozessordnung. Bestandsdatenauskunft gegenüber Telekommunikationsdienstleistern.»

Am anderen Ende wieder das Tastaturklackern.

«Na gut.» Sie gibt eine Friedrichshainer Anschrift durch.

«Bei wem darf ich klingeln?»

«Preslak», sagt die Frau und legt auf.

Jeder, der den Kommissar kennt, weiß, dass er ein Großmeister der Spitzfindigkeit ist. Als Freund ausgleichender Gerechtigkeit hat er auch nichts dagegen, dass ihm selbst gegenüber hin und wieder einer spitzfindig wird. Aber er erwartet, dass diese Person erkennt, wann Spitzfindigkeit unangebracht ist, nämlich immer dann, wenn Harmsen keine Lust darauf hat. Jedenfalls, bevor eine wie die ihn zu einer Phantasieadresse fahren lässt, schlägt er das lieber nach: Im Melderegister steht unter der angegebenen Adresse tatsächlich eine Tamara Preslak.

Nach Friedrichshain fährt er im Prinzip gern, weil man da auch als fauler Autofahrer gut hinkommt. Man braucht eigentlich nur vom Dezernat aus in den Tiergarten reinzurollen, rechts abzubiegen und dann größtenteils geradeaus zu fahren. Und wenn Harmsen beim Autofahren nicht übers Autofahren nachdenken muss, kann er über anderes nachdenken. Zum Beispiel darüber, ob er seine Zeit verschwendet, indem er Frau Preslak besucht: Angesichts der

Umstände, unter denen sie und Bünte sich kennenlernten, lässt sich ausschließen, dass sie irgendetwas mit Plögers Tod zu tun hat. Gut möglich, dass sie ihn nicht einmal gesehen hat, weder in der Discothek noch in der Wohnung. Andererseits ist es beim Schach manchmal so, dass ein Bauer beinahe das ganze Spiel lang in seiner Startposition herumlungert. Dann macht der Gegner einen unbedachten Zug, der Bauer läuft los und entscheidet die Partie. Soll heißen, die Preslak braucht nicht gleich die Mörderin zu sein, um ermittlungsrelevante Details zu kennen. Außerdem ist Harmsen sauer, dass sie ihn zweimal hintereinander so hat auflaufen lassen. Allein deshalb muss er ihr auf die Nerven gehen.

Wenn er auf dieser Strecke nach Friedrichshain reinrollt, schaudert es Harmsen immer. Er muss dann an die Pläne der Nazis für ihre Reichshauptstadt Germania denken. Die hatten doch damals ein paar Hitlerjungen vor eine Karte von Berlin gestellt und sie reihenweise Bauklötze drauflegen lassen. Diese Achsen sollten dann in echt gebaut werden. Ist größtenteils nichts draus geworden. Der Genosse Stalin hatte ähnliche Pläne in der Schublade, bloß dass seine Komsomolzen die Bauklötze mit zuckergussverkrümelten Fingern auf die Karte legten. Was kam raus? Die Stalinallee, heute Karl-Marx-Allee, drei Kilometer Architektur, die sagen: Du bist klein, und wenn wir wollen, zermalmen wir dich.

Die Preslak wohnt in einer Seitenstraße. Über dem Klingelbrett, auf dem er nach längerem Suchen ihren Namen findet, steht *Hinterhaus rechts*. Anscheinend eines der drei Gebäude in Berlin, die nicht in den letzten fünf Jahren saniert worden sind. Auch nicht in den letzten siebzig, den Einschusslöchern im Hof nach zu urteilen. Harmsen ist ein bisschen versöhnt, weil er nur in den ersten Stock muss. In der Wohnung mehrere Computer, die alle an sind und dieses fahle Licht machen. Zumal es ansonsten ziemlich dunkel ist. Wahrscheinlich, weil die Wände schwarz gestrichen sind. Überhaupt ist alles schwarz, bis auf ein oder zwei Möbelstücke, die dunkelviolett sind. Für den Kommissar wäre das nichts. Er gehört nachweislich nicht zu der Sorte Mensch, die Wert auf Schönheit legt. Er versteht auch nicht, warum die Leute neuerdings die Wände in ihren Wohnungen durch riesige Fenster ersetzen wollen. In einem Sommer wie diesem werden die praktisch zu Lupen oder, wie man früher gesagt hat, zu Brenngläsern. Harmsen war mal zu einer Zeugenbefragung in so einer Wohnung. Es gab kein Entrinnen; egal wo er sich hingesetzt hat, die Sonne hat ihn angestrahlt mit ihrer durch das Glas verzehnfachten Heizkraft. Aber dass man versucht, Helligkeit komplett draußen zu halten, das geht ihm auch nicht in den Kopf. Allein schon, weil das menschliche Auge bei Helligkeit am besten funktioniert. Auch Preslaks Kleidung ist schwarz, ein schwarzes, langärmliges Oberteil, eine schwarze Jeans, breite, schwarze Lederbänder um Hals und Handgelenke. Bloß ihre Haut ist schneeweiß. Und die Haare, die sind feuerrot. Oder orange. Wie Haare eben sind, wenn sie nicht blond oder braun oder schwarz sind. Sie hat eine schmale Nase und weit auseinanderliegende, grüne Augen. Harmsen findet sie apart.

«Frau Preslak, Sie waren in der Nacht zum Sonntag mit Herrn Bünte in der Ferienwohnung in der Donaustraße?»

Die Rothaarige guckt wie eine Eckkneipenwirtin, bei der einer ein Glas Milch bestellt. «Herr Bünte?»

«Laut Dennis Bünte sind Sie beide gemeinsam nach Hause gegangen.»

Preslak, immer noch im Flur der Wohnung, setzt sich hinter einen schmalen Schreibtisch mit einem Monitor drauf. Blöd für Harmsen, der um sie herumgehen muss, damit er ihr ins Gesicht gucken kann. Er sieht sie gerade noch nicken.

«Um wie viel Uhr sind Sie in der Wohnung angekommen?»

«Herr Kommissar», Sie macht wieder die Kneipenwirtin, «waren Sie schon mal im *Wiesel*?»

Harmsen schüttelt den Kopf.

«Ich gehöre da mehr oder weniger zum Inventar. Sie können mir glauben, wenn ich sage, dass niemand, der ins *Wiesel* geht, da so wieder rauskommt, dass er eine Uhr lesen kann.»

Harmsen denkt kurz an seine eigene Jugend. Wer in Ostfriesland aufwächst, wird im frühen Teenageralter simultan von mehreren Zweigen der Familie sowie älteren Freunden, Fußballtrainern oder sonstigen Rollenmodellen an den beherzten Konsum von Korn herangeführt. Sei es in Form der mit Apfelsaft oder Vanillecreme versetzten Einsteigervariante, sei es als milder Dreißigprozentiger, sei es als Doppelkorn: Sie kommen nicht drum rum. Harmsen kennt jede denkbare Form des Vollrauschs: die stabile Euphorie bis in den rettenden Schlaf, das Gefühl der Allmacht, etwa in Bezug auf das Lenken eines Mofas durch ein Getreidefeld, das Wegfallen jeglichen Respekts gegenüber jeglicher Respektsperson, die totale motorisch-verbale Entgleisung, das Erbrechen gefühlt sämtlicher Eingeweide, der mit Stecknadeln punktierte Kopf am Tag danach, das selektive Vergessen der Tiefpunkte des eigenen Auftritts. Aber dass sich heute partout niemand an überhaupt nichts mehr erinnert, das findet er doch auffällig. Bleibt zu klären, ob diese Amnesie den ungleich potenteren Rauschmitteln geschuldet ist, die den jungen Leuten zur Verfügung stehen. Oder ob ihnen die interessanten Details aus ganz anderen Gründen entfallen.

«Sie könnten zur Tatzeit mit Herrn Bünte in der Wohnung gewesen sein», macht er weiter. «Ist Ihnen irgendetwas aufgefallen?»

«Allerdings. Nämlich dass Herr Bünte aufdringlich geworden ist. Der hat mich abgeschleckt wie 'n Cornetto. Danach wollte ich nur noch weg. Sorry, da konnte ich leider nicht den Hilfssheriff für Sie spielen.»

«Warum sind Sie denn mit ihm mitgegangen?»

«Ach, an dem Punkt sind wir jetzt: Wenn sie mit ihm mitgeht, muss sie auch die Beine breitmachen, ja?»

Seufzend wendet Harmsen den Kopf zur Seite. «Den Toten kannten Sie nicht?»

«Keine Ahnung. Haben Sie ein Foto?»

«Nils Plöger.»

«Noch mal: Ich bin mit dem Blonden in die Wohnung gekommen. Wir wollten chillen, mehr nicht. Er fing an zu fummeln, ich bin verschwunden. Woher zum Teufel soll ich Ihren Toten kennen?»

«Kein Streit zwischen den anderen Männern? Hat vielleicht noch jemand die Wohnung betreten?»

Preslak rollt mit den Augen. «Welchen Teil von ‹ich bin nicht Ihr Hilfssheriff› haben Sie nicht verstanden, Herr Kommissar?»

Der Herr Kommissar erkennt, dass es Zeit wird, den Fokus aufs Angenehme zu lenken: die Bibi. Er wendet sich ab, lässt die Preslak die Augen alleine weiterrollen, geht runter, klettert in den Rekord. Eigentlich erstaunlich, wie lange der ihm schon die Treue hält. Das Baujahr kennt er nicht genau, groß später als 1970 kann es nicht gewesen sein. Hat diesen rostroten Farbton, der damals als Trikolore mit moosgrün und dunkelorange die Welt beherrschte. Wenn Sie Harmsen fragen, war das eine bessere Welt. Schauen Sie sich an, was die Leute heute mögen. Sofas, Mobiltelefone, Kleider, Autos: alles entweder schwarz oder weiß. Da darf sich doch keiner wundern, wenn die Leute anfangen, sich gegenseitig in Schwarz und Weiß einzuteilen. Harmsen zieht erdnahe Zwischentöne vor. Jedenfalls, der Rekord. Vermächtnis von Tante Hinnertje, eigentlich die Tante seiner Mutter. War in die Welt hinausgezogen, hatte die Siebziger als Sozialpädagogin in Oldenburg verbracht. Als sie starb, waren alle überrascht, wie viel sie zu vererben hatte. So viel, dass für den Großneffen ein ganzes Auto übrig war.

Auf halber Strecke, der Kommissar biegt gerade ab, sagt der Rekord so etwas wie *klonk* und bleibt liegen. Und das ist ungerecht. Einem Mann, der seit Jahrzehnten dem Staat dient – gut, mehr oder weniger eifrig, aber zumindest immer nach Vorschrift –, der noch nie jemanden übers Ohr gehauen hat, der, wenn er eine richtige Freundin hätte, diese nie betrügen oder ihr etwas vorschwindeln würde, der felsenfest auf dem Boden der freiheitlich-demokratischen Grundordnung steht, der stets von seinem aktiven Wahlrecht Gebrauch macht und überhaupt ein vorbildlicher Bürger, ja, ein guter Mensch, ist, diesem Mann bleibt mitten auf der Straße das Auto liegen! Und sobald kein Fahrtwind mehr zum Fenster reinweht, ist im Rekord

Sahara. Aussteigen wäre eine Lösung, bloß ist da so viel, über das Harmsen vorher nachdenken muss. Wie bekommt er den Schlitten von der Straße? Wie gelangt er jetzt zur Bibi? Laufen ist schon bei milder Witterung keine Option; was er vom öffentlichen Nahverkehr hält, wissen Sie ja, oder wenn nicht, müssen Sie seinen ersten Fall lesen. Fürs Taxi ist er zu knauserig, außerdem müsste er sich dann dauernd Verschwörungstheorien anhören. Da unterscheiden sich deutsche und türkische Taxifahrer kein Stück, außer vielleicht, was den konkreten Inhalt der Verschwörungstheorien angeht. Hinter ihm fangen die Leute an, wie irre zu hupen. Aber die schneiden sich ins eigene Fleisch; damit treiben sie seinen Denkprozess nur in die Länge.

Jetzt steigt er doch aus. Zwei der hupenden Autos werden von ihren Fahrern verlassen, einer davon ist jung und groß, schwingt beim Laufen so mit den Schultern. Und ein alter Grauhäutiger, der Harmsen sicher gleich mitteilen wird, was man in seiner Jugend mit solchen wie ihm gemacht hätte. Harmsen beobachtet, wie sie sich auf dem Weg zu ihm gegenseitig anstacheln. Früher hätte er sich das Vergnügen gegönnt, die beiden erst mal reden zu lassen. Wer im Recht ist oder glaubt, im Recht zu sein, oder glaubt, vor achtzig Jahren wäre er im Recht gewesen und wird es bald wieder sein, der gibt nicht Ruhe, bis der andere sich unterwirft oder im Arbeitslager ist. Heute, mit Mitte fünfzig, holt er gleich den Dienstausweis raus. Sagen muss er gar nichts. Der Junge zieht die Brust ein, der Alte murmelt irgendetwas, und ein breitbereifter Audi und ein kompakter Mercedes rollen davon. Der Dritte, der ausgestiegen ist und Harmsen wegen seines erstaunlich präzise auf eine millimeterschmale, kieferbegleitende Linie gestutzten Vollbarts auffällt, schaut den beiden amüsiert hinterher. «Was für Opfer, wallah», er nickt Richtung Fahrersitz, wo Harmsen zwecks Bedienung des Lenkrads Platz nimmt, und schiebt den Rekord auf die Parkspur.

Selten war Harmsen froher über das *Verzeichnis der Berliner Telefonzellen*. Leider ist keine in der Nähe. Jetzt gilt es abzuwägen, einen Pannendienst mit dem Mobiltelefon heranzurufen, was erfahrungsgemäß schiefgehen wird. Oder einen Kilometer zum nächstgelegenen öffentlichen Fernsprecher zu laufen. Es sind alltägliche Gelegenheiten wie diese, bei denen sich zeigt: Harm Harmsen ist ein unkonventioneller Denker, dessen Geistesblitze um drei Ecken leuchten. Denn er entscheidet sich für eine dritte Option: Der Rekord bleibt einfach stehen.

Wie kommt er jetzt zur Bibi? Machen wir es kurz: Harmsen wählt den öffentlichen Nahverkehr. Faltet den Trenchcoat überm Arm und steigt in die Tram. Die Fahrt erweist sich als unerwartet kurzweilig, zumindest ist der Kommissar beinahe auf der gesamten Strecke beschäftigt: mit dem Fahrkartenautomaten. Als er das Ticket hat, ist er auch schon da, das heißt am ersten Umsteigebahnhof. Die Bibi wohnt in der Nähe vom Flughafen Tegel, da wird er noch eine Weile unterwegs sein. Harmsen stellt sich auf die Rolltreppe und fährt in den Untergrund ein. Dann wirft sein Hirn die berechtigte Frage auf, warum die S-Bahn nicht U-Bahn heißt, wenn sie doch im Untergrund verkehrt. Just am Ende der Rolltreppe beantwortet sich sein Hirn die Frage selber: Da unten fährt die U-Bahn und nicht die S-Bahn. Also Rolltreppe wieder hoch. Am Bahnsteig dann die nächste Entscheidung: In welche Richtung soll er einsteigen? Wenn Sie selten mit den Öffentlichen fahren, kennen Sie die Linien nicht auswendig, und bis zum nächsten Aushang des Netzplans ist es immer weit. Endlich offenbart der Jahrtausendsommer eine gute Seite: Die Sonne scheint ununterbrochen, sodass sich jederzeit ermitteln lässt, wo die Himmelsrichtungen sind. Harmsen braucht nicht groß zu peilen, es ist eindeutig: An Sommernachmittagen steht die Sonne im Westen, und da will er hin.

Dass er sich dann doch noch verfährt, beim nächsten Umsteigemanöver im U-Bahn-Schacht, wo die Sonne nicht scheint, unterschlagen wir. Als er das System des öffentlichen Nahverkehrs verlässt, durchgeschwitzt von Aufregung und dem Mikroklima unterirdischer Bahnhöfe im Juli, tut er den heimlichen Schwur, den Rekord nie wieder verkrüppelt am Straßenrand zurückzulassen.

Bei der Bibi schiebt er seine Knochen erst mal unter die Dusche. Falls Sie die Bibi noch nicht kennen: Vor zehn Jahren oder so war Harmsen in einer Kneipe, die er vorher nicht kannte, und da hat ihn die Bibi angequatscht. Eher unüblich, dass die Frau den Mann anquatscht, jedenfalls in einer Altersklasse, deren Verständnis von Geschlechterrollen sich, wohlwollend formuliert, als alte Schule bezeichnen lässt. Außerdem reift Harmsen nicht wie George Clooney oder ein Spitzenbordeaux, sondern eher wie ein Schneemann. Kurz, er ist nicht der Typ, den Frauen ansprechen. Er ist aber auch nicht der Typ, der sich über so was Gedanken macht. Die Bibi hat ihm gefallen, weil sie dreckig gelacht und Sachen gesagt hat, die er auch so sieht. Und weil sie ehrlich genug war, ihm nach ein paar Minuten zu sagen, worum es geht, nämlich um Sex für Geld. Zuerst war er verdattert. Harmsen hat es gern, wenn Frauen mit ihm schlafen. Aber er ist keiner von diesen Dampfkesseln, die Amok laufen, sobald sie zweieinhalb Tage niemanden penetriert haben. Er kann auch mal einen Monat warten oder ein Jahr. Also eher kein Freier. Trotzdem ist er mit zur Bibi gegangen. Einfache Rechnung: Er mag sie (und es kommt gar nicht oft vor, dass er jemanden mag). Geld ist ihm egal. An Fortpflanzung hat er nie gedacht. Die große Liebe hält er für eine Erfindung Hollywoods, um Filme mit Julia Roberts zu verkaufen. Seitdem besucht er die Bibi ein-, zweimal die Woche.

Er hat drei Stunden mit ihr, insofern braucht er sich nicht zu beeilen. Außerdem ist ihm nicht nach Sex. Hat nichts mit dem Alter zu tun. Zumal Mitte fünfzig, wie er kürzlich anlässlich einer Vorsorgeuntersuchung seiner Prostata im Lesezirkel erfuhr, das neue Anfang dreißig ist. Es hat eher damit zu tun, dass, wie soll er sagen, die Bibi für ihn eben kein Sexspielzeug ist wie für die anderen Männer, die sie empfängt. Sie ist seine Freundin. Das heißt, nicht *seine* Freundin, zumindest aus der Sicht von der Bibi, sondern *eine* Freundin. Macht aus der Sicht von Harmsen aber keinen Unterschied, weil er nur *eine* Freundin hat und auch sonst niemanden. Außer dem Vampir vielleicht. Mit dem kann man ganz gut saufen und diskutieren. Eventuell auch kuriose Todesarten besprechen, immerhin ist der Vampir Rechtsmediziner. Aber reden, einfach reden? Oder auf dem Sofa liegen und einfach atmen? Mit einem Südtiroler Bildungsneurotiker, der in die schönste Stille hinein noch über neue Erkenntnisse zum Sonnenkult der Azteken referieren würde? Nach der Bibi ist das Nächstnahe an einer Freundin, das Harmsen hat, schon die Storch. Und hier kommt die Zeit ins Spiel. Als er damals die Bibi kennenlernte, hielt Harmsen wie gesagt das ganze Theater um die Liebe für eine Erfindung, auf einer Stufe mit der bürgerlichen Kleinfamilie als optimalem Lebensentwurf oder der Nation als natürlicher Einheit. Aber mit Harmsens Gefühlen für die Bibi ist es umgekehrt wie beim Rest der Menschen. Die verlieben sich Hals über Kopf in jemanden, rennen zum Standesamt und nach sechs, sieben Wochen, wenn die erste Begeisterung nachlässt, lassen sie sich scheiden. Begeisterung mag bei einem wie Harmsen das falsche Wort sein; trotzdem kann man sagen, dass seine Wertschätzung gegenüber der Bibi eine mäßig steile, aber stetig ansteigende Gerade beschreibt. Wie wäre es also, hat Harmsen in letzter Zeit mit zunehmender Frequenz gedacht, wie wäre es, wenn die Bibi und er ein richtiges Paar wären? Sie müssten ja nicht gleich miteinander leben. Er hätte nicht einmal etwas dagegen, wenn sie weiter Männer empfängt, zumindest eine Weile lang. Überbrückungsweise könnte er sein Gehalt auch für etwas Sinnvolleres einsetzen, als Überschüsse aufs Sparbuch zu überweisen, wo sie am Ende des Jahres, egal wie groß die Summe ist, achtundzwanzig Cent Zinsen bringen. Das heißt, falls die Bibi ihren aktuellen Job im Bereich des Geschlechtsverkehrs niederlegen würde. Davon abgesehen, hat sie durchaus was gelernt, und zwar Manufakturporzellanmalerin. Es würde sich gar nicht viel ändern, weder in ihrem noch in seinem Leben, außer dass Harm Harmsen ein Promille weniger allein wäre. Gescheitert ist es bisher daran, dass er ihr nichts von seinem Plan erzählt hat. Und als er mit seinem Handtuch um die Hüften aus dem Bad tappt, verlässt ihn schon wieder der Mut. Was, wenn sie ihre mächtige Lache von der Leine lässt? Oder, noch schlimmer: wenn sie ihm sagt, dass er nur einer der

Männer sei, mit denen sie leichtes Geld verdiene, weil sie lange bleiben, aber nicht lange durchhalten.

Harmsen tut, als sei nichts, und hält nicht besonders lange durch.

«Wat is denn mit dir los, Härmchen?», fragt die Bibi. «Hast ja keene Miene verzojen. Wie wenn du 'ne Leiche jesehn hättest!» Als ihr auffällt, dass diese rhetorische Figur bei einem Mitarbeiter der Mordkommission nicht die volle Wirkung entfaltet, lässt sie die Lache los, die klingt, wie wenn Sie mit einer Heckenschere eine Reihe morschen Bambus einkürzen.

«Junggesellenabschied. Alle gehen schlafen, plötzlich liegt der Bräutigam tot im Bett. Jetzt rate mal, wer wieder mitten in der Nacht rausmusste.»

«Haben ihn seine Freunde vor 'nem schlimmen Fehler bewahren wollen, wa?» Schon wieder die Bibilache. «Aber wenn alle jeschlafen haben, wie hamse ihn dann jefunden?»

«Die Storch.»

«Wie, wat, die Storch! Jeht nachts auf Patrullje und klopft an Schlafzimmer?»

«Lag bei einem von denen im Bett, dann hat sie sich in der Badezimmertür geirrt.»

Bibilache, zum Dritten. «Und wer isset jewesen?»

Harmsen zuckt mit den Schultern. «Einer von den drei Jungs war ziemlich unterkühlt. Aber ein Motiv hat der auch nicht.»

«Liebe, Härmchen, Liebe», sagt die Bibi, als wolle sie ihm eine Brücke zu seinem eigentlichen Anliegen bauen. Will sie aber nicht. «Is doch glasklar: Wird doch keener janz zufällig an seinem Junggesellenabschied umjelegt. Dit is 'n symbolischer Akt, verstehste? Da hat eene 'n jebrochenet Herz. Oder eener, je nachdem.»

Allgemein schätzen es Kriminalpolizisten wenig, wenn Laien ihnen ungefragt das Wesen des Verbrechens erklären, da ist Harmsen keine Ausnahme. Leider verhält es sich mit der Bibi so, dass sie meistens recht hat, selbst auf diesem Feld. Deshalb reagiert er zwar auf ihre Einlassungen wie ein Bundesminister in einer Talkshow, der sich mit Vertretern der Zivilgesellschaft auseinandersetzen soll, nämlich gar nicht. Aber was konkret die Bibi sagt, das merkt er sich ganz genau.

Gegen einundzwanzig Uhr, die Freundinnenfrage hat er – wenn er richtig gezählt hat, zum vierzehnten Mal – vertagt, bewegt Harmsen seinen Rumpf die Treppen hinunter. Erinnert sich, dass er kein Auto mehr hat. Verfällt beim Gedanken an dieses sogenannte Nahverkehrsnetz aus Falschbeschilderung, Fehlprogrammierung und Irreführung in Panik. Ruft ein Taxi heran und setzt sich für dreiundzwanzig Euro der nicht vollständig widerspruchsfreien These aus, das globale Verkehrssystem, Berliner Taxilizenzen inklusive, sei in seiner ganzen Absurdität von der geheimen Weltregierung der Echsenwesen gezielt installiert worden, um die Menschen langsam, aber sicher zum Aussterben zu veranlassen.

+++

Das Gute am Radfahren bei Sommerhitze: Fahrtwind. Wenn du läufst, brät dich die Sonne. Du kannst dir höchstens am Späti eine Flasche Wasser kaufen und aufs Hirn schütten. Aber wenn du die Straße runterbretterst, dann ist das, wie wenn du vor einem Flugzeugpropeller stehst. Bloß blöd, dass der Körper nachschwitzt. In einer perfekten Welt könntest du den Fahrtwind der ersten zehn Minuten, wenn du noch nicht schwitzt, im Rucksack aufbewahren und ihn dir nach der Fahrt ins Gesicht pusten lassen. Blöd auch, wenn du nur ein ärmelloses Oberteil trägst, mit dem du dir nicht den Schweiß von der Stirn wischen kannst. Mit der Haut geht das nämlich nicht. Schon mal probiert? Die ist ja dafür da, dass der Schweiß aus ihr rauskommt. Bedeutet umgekehrt, dass er nicht in sie reingeht wie in einen Ärmel aus Stoff.

Jedenfalls sind wir zurück im Dezernat, und von Peggys Stirn fällt eine salzige Perle auf das Display von Plögers Smartphone. Danke, Plöger: endlich mal ein Handy ohne Sperre. Leider findet sie nix. Die Nachrichten bestehen im Wesentlichen aus irgendwelchem Buddytalk – *Was geeeht, Dicker. Krass, Alter!* –, jeweils garniert mit blöden Smileys. Etwas ernsterer Ton mit Janne, aber nichts, das deren Aussagen was Neues hinzufügen würde. Der Einzige, der den Buddytalk nicht mitmacht, ist Freindlich, was ihn Peggy sympathisch macht. Komischerweise ist der beinahe ein Poet. Dabei hat doch der Alte behauptet, er sei so auskunftsfreudig wie ein Grabstein. Zum Beispiel waren Plöger und Freindlich mal angeln. Daraufhin schickte Freindlich eine Seeansicht mit so einem hübsch entsättigenden Filter und dazu den Kommentar: *Wenn Welt ist still, Herz wird groß*. Wahrscheinlich russische Schwermut, denkt Peggy. Die Mails sind komplett belanglos. Als sie alle Apps geschlossen hat und auf dem Homebildschirm landet, stutzt sie kurz. Unten rechts hängt eine knallgrüne Fitness-App. Sie könnte schwören, dass gestern Morgen da ein anderes

Symbol war. Kommt wahrscheinlich daher, dass sie an ihr eigenes Handy gewöhnt ist, und da hängt nirgends eine knallgrüne Fitness-App rum, schon gar nicht unten in der Ecke. Außerdem war sie nicht direkt nüchtern. Ist aber egal, denn auch die Infos über Plögers Fitness erweisen sich als nutzlos.

Peggy rennt die Treppen runter, springt aufs Fahrrad und rast los, zum See. Sportliche Strecke. Sie fährt eine Route, auf die du nicht sofort kommen würdest. Die führt fünf Kilometer an der Autobahn entlang, was halb so schlimm ist, wie es klingt, weil die Autobahn mitten durch den Grunewald führt. Man könnte also sagen, es ist ein Waldweg. Und der geht schnurstracks geradeaus; falls du dein Rad auf vierzig Stundenkilometer beschleunigen willst, ist das kein Problem. Als Naturwissenschaftlerin muss Peggy allerdings festhalten: Der Kühlungseffekt durch Fahrtwind beschreibt eine Parabel, deren Höhepunkt bei Tempo dreißig liegt. Bei allem, was darüber liegt, schwitzt du wie bekloppt. Wurscht: Sie fährt ja zum See. Peggy schließt ihr Rad an einen jungen Baum, zupft den Badeanzug aus der Hosentasche, zieht sich aus, den Badeanzug an und springt rein. Übrigens, kleiner Tipp: Klamotten nicht zum Rad legen. Dann versteckt sie dir garantiert irgendein Spaßvogel. Einfach fünf Meter weiter unter einen Busch packen.

An der Uni hat Peggy mal einen Kraulkurs gemacht. Kann sie nur jedem empfehlen, der gern schwimmt, aber sich vorkommt wie ein halbseitig gelähmter Elefant. Als Erstes lernst du, die Beine schön gerade auf- und abzuschlagen. Dann kommen die Arme dazu. Wenn du den Rhythmus einmal raushast, fühlst du dich wie ein lebendiges Metronom, du schwimmst und schwimmst und merkst überhaupt nicht, dass du schon am anderen Ufer bist.

Doch, doch, Peggy hängt auch mal mit Steffi oder so am See ab, kauft Pommes und lässt sich einen Bikiniabdruck auf die Haut brennen. Aber das hier ist Runterkommen auf die Peggy-Tour. Je schwerer der Körper ackert, desto leichter wird der Geist.

Nach einer halben Stunde klettert sie an Land, lehnt sich an einen Baum, steckt sich eine Zigarette an, macht eine Halbliterdose Pils auf und lässt sich in der Sonne trocknen. Den Gedanken an den Besuch von Jessika kann sie locker noch bis morgen aufschieben. Nützt sowieso nichts. Sie wird kommen, sie wird bei ihr wohnen, und sie wird nerven. Am besten geht man damit um wie mit einem Regenschauer auf einem Festival. Du tust, solange es geht, als würde er gar nicht kommen. Wenn er dann da ist, feierst du erst recht weiter. Was sie nicht weiter verdrängen kann, ist die Geschichte mit Tobias. Oder besser, die Geschichte mit Lars. Sie hat noch mal drüber nachgedacht, mit ganz nüchternem Kopf. Du erinnerst dich vielleicht, dass Peggy nicht so die Nestbauerin ist. Das heißt aber nicht, dass sie sich partout auf nix einlassen will. Sie sucht halt nicht danach, und sie will weder bemuttern noch bevatert werden. Genau deshalb wäre es – Ergebnis ihres Nachdenkens – massiv bescheuert, einen Typen wie Lars nicht zu behalten. Erstens: Er bevatert sie eben nicht. Er hört zu und fragt auch mal nach. Aber er will nicht alles gemeinsam entscheiden. Will nicht zweimal im Jahr gemeinsam in den Urlaub fahren, kein gemeinsames Konto eröffnen, nicht mit ihr zusammenziehen. Oder besser, er hat zu alldem bisher einfach nichts gesagt, und genau so gefällt er ihr. Zweitens: Wenn er sagt, er ruft an, ruft er an. Wenn sie bei ihm ist und er sagt, er bringt auf dem Rückweg zwei Döner mit, hat er zwei Döner in der Hand, wenn er die Tür aufschließt. Wenn er bei ihr ist und sie zu ihm sagt, dass sie nach der Arbeit scharf auf ihn sein wird, dann macht er sich die Mühe, abends noch mal zu duschen und im Schlafzimmer die Heizung hochzudrehen. Jetzt im Sommer natürlich nicht mehr. Was zu drittens führt: Er küsst gut. Er berührt gut. Er vögelt gut. Und zwar alles so, dass sie einen wie Tobias eigentlich gar nicht braucht.

Kurz: Was sollte das eigentlich in der Nacht auf Sonntag?

Falls du dich gefragt hast, die Zigarette ist längst geraucht, die Bierdose leer, die zweite auch, Peggy also exakt in dem Zustand, in dem es unmöglich ist, Fehler zu machen. Sie beschließt, das folgendermaßen zu regeln: Sie will Lars. Sie will ihn wirklich. Und jetzt, da sie diese wichtige Entscheidung getroffen hat, ist es okay, die Detailarbeit – was passiert mit dem Wissen um diese Nacht, wird es mit Lars geteilt, bleibt es für immer in Peggy drin? – auf einen Zeitpunkt zu verschieben, an dem die späte Nachmittagssonne nicht so schön scheint.

# DIENSTAG, 17. JULI

Peggy ist irgendwie beschwingt, als sie am Morgen die Bürotür aufstößt. Das hält sogar an, als da der Alte sitzt, Zeitung lesend, Tee trinkend und irgendwie unbeschwingt. Aber der Alte hat ja auch keinen Lars. Nimmt sie mal an.

«Du, Harmsen, hab ich das geträumt, oder hatte der Russe 'n Tränentattoo unterm Auge?»

Der Alte guckt aus der Zeitung hoch. Guckt wieder runter. Auf die Masche fällt Peggy nicht mehr rein. Sie schweigt einfach selber. So gut kennt sie ihn inzwischen: Solange es nicht um digitale Forensik geht, die er auch dann nicht versteht, wenn er sie erklärt bekommt, will er irgendwann mitreden.

«Geträumt? Wohl eher halluziniert.»

Schöner hätte sie es nicht sagen können.

«Lassen Sie mich raten», macht er weiter. «Sie wollen ihm die tätowierte Träne rausschneiden und in einem haushohen Computer untersuchen, der dann zum Ergebnis kommt, dass es sich um eine tätowierte Träne handelt?»

Peggy schnipst mit den Fingern und zeigt mit dem Zeigefinger auf den Alten. «Ich hab auf Plögers Handy rumgeguckt. Zwei Sachen gefunden. Meiner Meinung nach ist auf dem Homebildschirm eine App, die da vorher nicht war.

Aber das kann auch», Peggy räuspert sich, «an meinem Zustand gestern Nacht liegen. Das andere ist 'ne Nachricht von Freindlich. Du hast doch gesagt, er war unterkühlt und wortkarg. Anscheinend hat er auch 'ne melancholische Seite.» Peggy zeigt Harmsen Plögers Smartphone.

«Ich bin nicht schlau geworden aus dem», sagt der Alte bloß. «Schien ihm alles völlig egal zu sein: dass er der Letzte war, der mit Plöger gesprochen hat, dass sie sich auch noch gestritten hatten, dass sie beide kurz nacheinander die Discothek verlassen haben. Der hat nicht den Hauch eines Alibis.»

«Aber auch kein Motiv. Die waren Freunde. Du bringst doch nicht einen Freund um, weil dem dein Partyplan nicht gefällt.»

«Vielleicht sprechen Sie noch mal mit ihm. So unter jungen Leuten.»

Junge Leute, schon klar. Frag mal Peggys Cousine – nicht Jessika, die andere, von der Schwester ihrer Mutter die Tochter. Die ist neunzehn, und du kannst dir nicht vorstellen, wie oft die Peggy bloß anguckt, die Augen rollt und irgendwas sagt wie, dafür bist du eh zu alt. Trotzdem will Peggy mit diesem Freindlich sprechen: Weil sie ihn interessant findet. Geht nicht dran. Hat auch keine Mailbox an. Also kriegt er eine SMS, er soll sich bitte melden oder direkt ins Dezernat kommen. Wenn's geht, heute.

«Ich hätte noch was», sagt der Alte. «Die Person, die Bünte und seinen Freunden die Pillen gebracht hat.»

«Das Drogentaxi», präzisiert Peggy.

«Der Fahrer des Drogentaxis», präzisiert der Alte zurück. «Wir sollten mit dem sprechen.»

«Meinen Segen haste.»

«Frau Storch, ich kann dem Herrn schlecht am Telefon mitteilen, dass ich von der Kriminalpolizei bin.»

«Dann solltest du's lassen.» Peggy weiß längst, worauf das hinausläuft. Aber sie lässt ihn zappeln.

«Ich bin, wie soll ich sagen, nicht sehr trittsicher in diesem Milieu. Wenn ich vortäusche, ich will mir von ihm etwas liefern lassen, schöpft er sicher Verdacht.»

«Yep.»

«Und wenn ich sein Telefon orten lasse, dann weiß ich zwar, wo er ist. Bloß komme ich ohne Einsatzkommando nicht an ihn ran.»

«Schieß einfach dein Magazin leer. Einen Treffer wirst du schon schaffen.» Falls du den ersten Fall, den Peggy zusammen mit dem Alten lösen musste, nicht kennst: Harmsen musste einen Verdächtigen an der Flucht hindern und hat erst mit der letzten Patrone getroffen, und auch das eher zufällig.

Interessant: Harmsen guckt, als würde in einem Paralleluniversum die fröhliche Ausgabe von ihm gerade lächeln. «Ich hätte noch einen anderen Vorschlag», fängt der Alte an.

«Ich mach's», unterbricht Peggy ihn. «Ist aber nicht so einfach, wie du dir das vorstellst, Harmsen. Die liefern nicht an jeden. Da muss dich erst einer empfehlen. Dennis Bünte kommt dafür eher nicht in Frage.» Sie greift nach dem Zettel mit der Telefonnummer des Dealers und geht runter auf die Straße. Steffi ist besser vernetzt als sie. Muss aber auch erst Sascha anrufen. Der kennt die Nummer und antwortet prompt: *Typ heißt ronny. Weiß bescheid, dass du dich meldest. Wenn du mich fragst, ruf ihn nur an, wenn sonst keiner kann. Kein profi.*

So weit war Peggy auch schon. Bei den Taxis, wo sie bestellt, würde der Fahrer nie hochkommen, erst recht nicht in die Wohnung. Der lässt dich schön nach unten steigen, und wenn du nicht in Fahrtrichtung an der Straße stehst oder die Kohle nicht abgezählt hast, dann fährt er sofort weiter. Peggy muss natürlich darauf bestehen, dass Ronny nicht hochkommt. Weil, hoch würde ja heißen, ein halbes Gramm Koks in ein Dienstzimmer in Dezernat eins des Landeskriminalamtes zu liefern. Bestellt sie ihn lieber vor das Steakhaus auf der Kreuzung. Ist schon halb draußen, als ihr einfällt, dass sie keine Ahnung hat, wer da im Auto sitzen wird. Ob der wirklich so dämlich ist, wie alle sagen. Also wieder hoch, die P6 einpacken.

Es hält ein oller Kleinwagen, darin sitzt ein wirklich dünnes Männchen mit ebenso dünnen schwarzen Haaren und einem Überbiss. Es trägt tatsächlich eine Bomberjacke, als beginne gerade der Herbst und nicht die Verwandlung Berlins in ein Lavafeld. Das Männchen nickt zur Rückbank, Peggy steigt ein.

«Du kommst also von Sascha», sagt es.

«Sorry, dass ich dich verarscht habe», sagt Peggy und zieht den Dienstausweis. «Mordkommission.»

Das Männchen reißt den Kopf nach links, dann nach rechts, als warte es darauf, aus dem Auto gezerrt zu werden. Dann schielt es Richtung Handschuhfach, was auch immer es dadrin hat.

«Vergiss es», sagt Peggy und tippt auf das Halfter an ihrem Gürtel. «Deine Geschäfte sind mir scheißegal. Es geht um die Nacht zum Sonntag. Junggesellenabschied.»

Peggy sieht, wie es in seinem Hirn rattert. Oder vielleicht ist rattern das falsche Wort. Sagen wir, sie ahnt, wie in seinem Hirn ein Ochse unterm Joch sich von zehn auf elf Schritte pro Minute hochquält.

«Keine Ahnung, wovon du redest.»

Peggys Körper schnellt vor, in der gleichen Bewegung greift ihre Hand unter sein Kinn und drückt seinen Schädel an die Kopfstütze. «Du bringst den Jungs Pillen, der Bräutigam wirft dich raus, bevor du kassieren kannst. Schlechtes Geschäft für dich, was? Eine Zeugin beobachtet dich, wie du zurückkommst und die Haustür eintrittst. Kurz danach wird dem Bräutigam der Hals aufgeschlitzt.»

Das Männchen zuckt mit den Schultern. «Sagt mir nix.»

Peggy glaubt ihm ungefähr so, wie du einem Gebrauchtwagenhändler glauben würdest, der sagt, er macht das nicht fürs Geld. Sie drückt noch fester zu, so fest, wie sie darf, ohne dass das Männchen erstickt. Wenn es wirklich so ein Anfänger ist, müsste es jetzt eigentlich aufgeben. Aber es schweigt. Bisschen ist Peggy sogar beeindruckt. Sie hat die Dienstmarke gezeigt, sie hat die Pistole gezeigt, sie würgt ihn bis kurz vor die Atemnot, sie stehen vor einem Dezernat des Landeskriminalamts.

«Lass mich raten: Wo du in der Nacht von Sonnabend zu Sonntag, zwischen halb drei und halb vier, warst, weißte auch nicht mehr.»

Der Ochse im Hirn des Männchens gibt noch mal alles. Dann sagt es: «Groß Köris.»

«Groß Köris», wiederholt Peggy.

«Richtung Spreewald», sagt das Männchen. «Fass mal in meine rechte Jackentasche.»

Hätte sie mal statt der P6 ein Paar Handschuhe eingepackt. Mit spitzen Fingern fisselt sie aus Ronnys Bomberjacke eine zerknitterte, abgestempelte Fahrkarte, auf der steht, *RB24 Groß Köris – Berlin-Lichtenberg, Abfahrt 4:27 Uhr, Kaufdatum 15. Juli, 3:07 Uhr.*

Was noch lange nicht bedeutet, dass er nicht schnell um zwei Plöger den Hals aufgeschnitten hat.

«Und in Groß Köris hattest du nachts um drei was genau zu erledigen?»

Das Männchen guckt Peggy an wie eine Vierzehnjährige im Minirock ihren Vater, der sie gerade gefragt hat, ob sie wirklich so rausgehen will.

«Du fährst an einem Sonnabend nachts von *Berlin* nach *Brandenburg*, um Stoff zu verticken?»

«Für gute Kunden ist kein Weg zu weit.»

«Mit der Regionalbahn.»

«Besser fürs Klima.»

Entweder er ist dreist genug zu glauben, dass sie ihm diesen Quatsch abkauft. Dann stellt sich die Frage, was er sich davon versprochen hat, nach dem Mord in ein brandenburgisches Nest und gleich wieder zurück zu fahren. Oder aber seine Geschichte stimmt. Zumindest hat Peggy nicht den Eindruck, dass der mal eben mit einer Glasscherbe eine Kehle aufschlitzt. Sie bleibt sitzen, holt das Handy raus und lässt das Kennzeichen überprüfen. Der Halter heißt tatsächlich Ronny, womit seine Personalien bekannt wären.

Peggy steigt aus, läuft einmal um den Block, dann schwingt sie sich aufs Rad und fährt nach Neukölln. Will mal mit der Vermieterin sprechen, die wohnt im selben Haus, sagt der Alte. Außerdem erinnert sie sich kaum daran, wie die Wohnung aussah. Und, nix für ungut, der Alte ist ganz gut im Kombinieren und so. Aber einen Tatort lesen, mitdenken, welche Spuren im Labor irgendwohin führen könnten: Nicht seine Stärke.

Babett Robart. Peggy klingelt. Hinter der Tür schleicht jemand in Hausschuhen rum. Klassische Verwechslung von absolut und relativ, denkt Peggy: Es klingelt an der Tür, du willst nicht aufmachen. Aber wissen, wer klingelt, willst du schon. Du tippelst relativ leise zur Tür. Also leiser als sonst. Aber nicht absolut leise. Irgendein Geräusch machst du. Aber dann kannst du dir das Getue auch sparen. Weil, welchen Unterschied macht es, ob man dich laut oder leise hört. Dann doch lieber hinpoltern und schreien: Wir kaufen nix. Jedenfalls, Peggy steht an der Tür, und zwanzig Zentimeter weiter, bloß eben mit dem Türblatt dazwischen, steht Babett Robart.

«Frau Robart, ich weiß, dass Sie zu Hause sind. Kriminalpolizei.»

Echt wahr, Peggy hört durch die Tür, wie Robart Luft holt, eine größere Menge Luft. Aber es tut sich nichts.

«Frau Robart, ich kann Sie atmen hören. Machen Sie die Tür auf.»

Wieder nix. Doch, halt. Gerade als Peggy mit den ersten Drohungen anfangen will, kommt doch noch was.

«Woher weiß ich, dass Sie wirklich bei der Polizei sind?», sagt eine Frauenstimme zögerlich.

Peggy hält den Dienstausweis vor den Spion.

«Ganz schön jung für eine Kriminaloberkommissarin. Woher weiß ich, dass der Ausweis echt ist?»

«Wissen Sie nicht. Aber wenn Sie nicht öffnen, verspreche ich Ihnen: Das Einsatzkommando mit der Türramme ist garantiert echt.»

«Ich brauche eine Bestätigung, dass Ihr Ausweis echt ist.»

«Hiermit bestätigt.»

«Geben Sie mir die Telefonnummer von Ihrem Chef.»

Peggy sagt ihr die Durchwahl.

«Woher weiß ich, dass die Telefonnummer echt ist? Vielleicht sitzt da Ihr Komplize.»

«Google», sagt Peggy.

Auf der anderen Seite wieder Schweigen. Peggy stellt sich vor, sie würde mit dem Alten sprechen. «Telefonbuch», schickt sie hinterher.

Auf der anderen Seite wieder Tapsen. Dann Rascheln. Dann die Frauenstimme, so gedämpft, dass Peggy nichts versteht. Dann wieder Tapsen.

«Bitte halten Sie den Ausweis noch einmal vor den Spion.»

Peggy verdreht die Augen und klatscht die Karte vor die Linse.

«Mehr Abstand. Ruhig halten. Ich kann die Nummer ja gar nicht erkennen.»

Gemurmel, Kritzeln, Tapsen, Rascheln, Dämpfstimme, Tapsen, Stöhnen, Tapsen, Klimpern, Tapsen, Wurschteln. Tür geht auf. Das heißt, die zehn Zentimeter, bis die Kette greift. Jedes Kind, zumindest jedes Kind von Polizisten oder Einbrechern, weiß, dass diese Ketten einem beherzten Tritt exakt nullmal standhalten. Als Kriminalkommissarin weißt du aber auch, das Sicherheitsempfinden der Leute ist rein subjektiv: Diejenigen, die mit der höchsten Wahrscheinlichkeit Opfer eines Gewaltverbrechens werden, nämlich männliche Jugendliche, fühlen sich kein Stück unsicher. Die laufen die Straße runter, als wären sie drei Meter breit. Die Gruppe, die eher nix abkriegt, nämlich ältere Frauen, fürchten an jeder Ecke einen Raubüberfall.

Hinter der Kette taucht eine schmale Frau auf, Peggy

würde sagen, Anfang sechzig, die unter schwarz gefärbten Haaren eine kleine, dicke Brille trägt.

«Ja, bitte?»

«Es geht um Ihre Wohnung im dritten Stock. Haben Sie mitbekommen, dass da vorgestern einem die Kehle aufgeschlitzt worden ist, ja?»

«Ich hab nichts damit zu tun.»

«Seien Sie doch so nett und geben mir den Schlüssel.»

Robart pustet. «Also, den hab ich jetzt wirklich nicht zur Hand.»

«Wo hamse ihn denn?»

Robart dreht den Kopf zur Seite, als würde sie nachdenken. «Schwer zu sagen.»

«Frau Robart, der schnellste Weg, wie Sie mich loswerden, ist, mir den Schlüssel zu geben. Übrigens auch der einzige.» Peggy hält die Hand auf.

Robart seufzt, tapst weg, irgendwas klappert, sie kommt zurückgetapst.

Peggy greift nach dem Schlüssel.

Robart zieht die Hand zurück. «Erst unterzeichnen Sie mir bitte das Übergabeprotokoll.» Sie reißt einen Zettel von einem Block mit Vordrucken, trägt in klaren, schnörkellosen Druckbuchstaben Peggys Namen ein, greift hinter sich an eine Kommode, nimmt ein Lineal heraus, streicht das Wort *Ausweis-Nr.* durch und schreibt in derselben, winzigen Schriftgröße *Nr. des polizeilichen Dienstausweises* darüber und trägt die Nummer ein, die sie sich offensichtlich gemerkt hat. Dann fasst sie sich an den Kopf. «Ihren Personalausweis bräuchte ich trotzdem.»

«Wie bitte?»

«Für Ihre Meldeadresse.»

Peggy nennt sie ihr.

«Woher weiß ich, dass das tatsächlich Ihre Meldeadresse ist? Den Ausweis bitte.»

Ist das erste Mal in Peggys Laufbahn, dass sie auf der anderen Seite steht. Auf der Seite, die einer misstrauischen Obrigkeit ihre Dokumente zeigen soll. Fühlt sich scheiße an. Peggy beschließt, in Zukunft bei so was freundlicher zu sein.

Sie hält Robart den Perso hin und bekommt den Schlüssel sowie einen Durchschlag des Übergabeprotokolls, auf dem vermerkt ist, dass der Schlüssel bis dreizehn Uhr dreißig zurückzugeben ist, also in einer halben Stunde. «Bringen Sie nichts durcheinander in der Wohnung!»

Peggy geht hoch in den dritten Stock und lässt sich rein. Geht in das Zimmer, in dem Plöger geschlafen hatte. Die Tatortreinigung war anscheinend schon da; neue Spuren wird sie hier nicht finden. Freindlichs Zimmer, Büntes Zimmer, auch nichts. Sie schaut sich noch mal im Wohnzimmer um; auch hier nichts Auffälliges. Die klapprigen Schwedenmöbel, die Küchenzeile, die paar schwarzen Regale: alles wie vorgestern Nacht. Sie geht durchs Wohnzimmer in Tobias' Zimmer. Da kann eigentlich nichts zu finden sein, denn bei allem, was Tobias zwischen zwei und vier gemacht hat, war sie, wenn sie sich richtig erinnert, unmittelbar dabei. Eigentlich geht sie auch nur wegen dieses Gefühls rein, du weißt schon: Auf diesem Bett ist es passiert. Jetzt steht es da wie eine frisch formatierte Festplatte, bereinigt von jeder Erinnerung an geflüsterte Grobheiten, an Finger, die von der Wange in den Mund wandern und vom Mund über die Brust, über Haut, die glänzt von Schweiß und Speichel. Frisch und sauber und leer steht das Bett da, als wäre nie was darin passiert. Aber in Peggys Kopf, da ist die Erinnerung drin. Fühlt sich nicht gut an. Aber auch nicht schlecht. Du kennst das, du machst einen Fehler, einen schlimmen Fehler vielleicht, und dann liegt der für immer quer in deinem Kopf. Wie du vor dem Bewerbungsgespräch für den Traumjob feiern warst und die dich mit deiner Fahne gleich wieder nach Hause geschickt haben. Wie du unbedingt mit deinen Freundinnen übers Wochenende wegfahren musstest, als dein Opa krank wurde, und du dich nie von ihm verabschieden konntest. Wie du aus einer Laune heraus deinen Freund betrogen hast und es nie wieder wurde, wie es war. Wie ein Morgenstern in einem Bällebad ist diese Erinnerung in deinem Kopf. Jedes Mal, wenn du drauftrittst, spürst du diesen höllischen Schmerz. Bloß, den spürt Peggy eben nicht. Also sie spürt schon was, wenn sie an die Nacht mit Tobias denkt, aber es fühlt sich nicht an wie ein Morgenstern, sondern wie ein warmes Kribbeln zwischen ihren Beinen. Und wenn sie dieses Gefühl hat, egal was sich ihr Kopf seitdem überlegt hat, dann dringen nicht wirklich viele Argumente zu ihr durch, warum sie es nicht jederzeit wieder tun sollte. Insofern gut, dass zwei Stockwerke tiefer eine Überdosis Anaphrodisiakum wartet.

«Ich hätt noch ein paar Fragen», sagt Peggy, als sie Babett Robart den Schlüssel zurückgegeben hat.

«Die können Sie mir doch schriftlich stellen.»

«Ist eigentlich nur eine: Was wissen Sie über die Tatnacht?»

Robart atmet laut ein und guckt demonstrativ auf die Uhr. «Also gut. Viel zu erzählen gibt es sowieso nicht. Die Herren sind am Nachmittag angekommen. Ich habe Herrn

Freindlich die Schlüssel übergeben. Dann haben sie die Wohnung bezogen. Mehr hatte ich nicht mit ihnen zu tun.»

«Den ganzen Abend lang haben Sie nichts Ungewöhnliches beobachtet?»

Robarts Kopf geht ruckartig hoch. «Wieso beobachtet?»

«Sie nehmen doch alles extragenau. Vielleicht ist Ihnen was aufgefallen.»

«Wissen Sie, ich bleibe gern für mich. Was die in der Ferienwohnung machen, ist nicht meine Sache.»

«Laut den Anwesenden hat es mehrfach Streit gegeben, einmal auch mit jemandem von außerhalb der Gruppe.»

«Zweimal», sagt Robart, und noch als sie es sagt, guckt sie erschrocken. «Denk ich mal. Dem ständigen Lärm nach zu urteilen. Vielleicht auch drei- oder viermal.»

Aber der Zug ist abgefahren. «Frau Robart, woher wissen Sie, wie oft es Streit in der Wohnung gab?»

«Das. Das war eine reine Vermutung.»

«Sie zählen wirklich jede Erbse, die Sie finden, und legen sie dreimal auf den Kopierer, aber dann verheddern Sie sich mit zwei und drei und vier?»

Das Gute bei Superpedanten wie der ist: Die fürchten nix mehr, als die Kontrolle zu verlieren. Bevor sie diese Ungewissheit ertragen, schmeißen sie lieber alles hin.

Und tatsächlich, jetzt zittert sie richtig. «Ich …», fängt sie an. «Ich hab nachgeguckt.»

«Heimlich die Tür aufgeschlossen und ins Wohnzimmer gelinst? Wo Sie doch so gern für sich bleiben.»

Robart tritt auf der Stelle, als müsste sie dringend ihre Blase entleeren.

Peggy tritt einen Schritt näher; viel Platz ist nicht mehr zwischen ihnen. Robart weicht ihrem Blick aus. Peggy macht eine ruckartige Bewegung, wie wenn sie Robart packen oder boxen wollte. Die zuckt zusammen.

«Also gut. Ich habe eine Aufzeichnung erstellt.»

«Eine Kamera?»

Robart nickt. «Über dem Eingangsbereich der Wohnung.»

Peggy ist erstaunt. Die lässt sich Übergabequittungen auf Durchschlagpapier geben wie unterm Kaiser, aber betreibt Überwachungstechnik, die weder Peggy noch die Spurensicherung finden. Wahrscheinlich hat eine Nichte im Informatikkurs aufgepasst.

Peggy hält die Hand auf.

Robart, die schmalen Schultern hochgezogen, die Hände vor dem Bauch zusammengepresst, schüttelt den Kopf.

«Frau Robart, wissen Sie, wie lange Sie für so ein Filmchen in den Knast wandern können?»

«Ich denke, ich habe das Recht, in meiner eigenen Wohnung eine Kamera zu installieren.» Klingt nicht, als würde sie sich selber glauben. Dann gewinnt sie Boden unter den Füßen. «Wenn ein Gast ein Glas zerbricht oder ein Handtuch stiehlt, wie soll ich das sonst nachweisen?»

Peggy hat die Ferienwohnung spaßeshalber gegoogelt. Die kassiert pro Nacht hundertfünfzig Euro, wie wär's, wenn sie ein neues Glas kauft. «Zwei Jahre.»

Robart schaut erschrocken. Das ist das Gute an Leuten, die Übergabeprotokolldurchschlagblöcke benutzen: Die sind ehrfürchtig gegenüber den Buchstaben des Gesetzes. Peggy hat kein Mitleid mit ihr. Einen Typen wie Ronny, den verpfeift sie nicht. Die Leute, die er beliefert, machen das aus freien Stücken, nicht weil sie Junkies sind. Aber Fremde ohne Grund mit einer Kamera zu überwachen, wie arm ist das denn. Allerdings: Die Kamera könnte der Jackpot im Fall Plöger sein.

«Sie haben Glück, Ihre kleine Doku interessiert mich. Deshalb machen wir das so, Sie zeigen mir den Film, und ich verpfeife Sie nicht.»

Robart zögert. «Kommen Sie mit», sagt sie schließlich. Peggy folgt ihr in eine vollgestellte Kammer, in der ein kleiner Schreibtisch steht und darauf ein Computer. Ein paar Klicks später öffnet sich ein mittelmäßig scharf aufgezeichnetes Schwarzweißvideo, das die Eingangstür der Ferienwohnung von innen zeigt. Die Aufzeichnung beginnt am Sonnabendmittag, leider ohne Ton. Peggy schiebt Robart beiseite, setzt sich auf den Schreibtischstuhl, spult vor, bis die Männer in der Wohnung eintreffen. Verfolgt, wie die ersten Flaschen Bier geöffnet werden, wie der Streit zwischen Plöger und Freindlich ausbricht und wieder abflaut, wie Ronny durch die Tür kommt und von Plöger rausgeworfen wird, wie kurz danach alle vier die Wohnung verlassen. Alles exakt so, wie es die Männer beschrieben haben. Gegen zwei wird es spannend. Die Tür geht auf, und herein taumelt Plöger, offensichtlich völlig besoffen, ansonsten aber wohlauf. Er verschwindet mit drei Flaschen Bier aus dem Sichtfeld der Kamera, kehrt mit einer zurück und stellt sich vor den Spiegel. Peggy kann es nicht genau erkennen; es scheint, als würde er lebhaft mit sich selber diskutieren. Er gestikuliert, tritt mal zurück, hält die Handflächen nach oben. Dann schnellt er vor, mustert sein Spielbild eindringlich. Sieht auf den ersten Blick irre aus. Aber wie Peggy so drüber nachdenkt: Manchmal, wenn sie richtig voll ist und irgendwas passiert, das sie beschäftigt, dann macht sie das auch. Nicht so theaterreif wie Plöger, aber dass sie sich selber im Spiegel anschaut und so was fragt wie: *Was machst du hier eigentlich?* Oder: *Wer bist du überhaupt?*, das kennt sie. Zwischendurch verschwindet Plöger für ein paar Minuten. Als er zurückkommt, sieht er noch zerzauster aus. Gegen Viertel nach zwei dreht er sich plötzlich um, guckt zur Tür. Wendet sich wieder zum Spiegel. Dann zurück zur Tür, diesmal mit deutlich genervtem Blick. Schließlich macht er die Tür auf, und herein tritt, bestimmt, aber ohne Gewalt einzusetzen, ein gar nicht so großer Kerl, kurze, schwarze Haare, hübsch, sportlich, und redet auf Plöger ein. Wer zum Teufel ist denn der? Definitiv weder Freindlich noch Bünte noch Tobias. Auch ganz sicher nicht Ronny. Plöger legt sich auch mit dem an. Haut ihm mit der flachen Hand auf die Schulter, schubst ihn. Der Typ weicht kein Stück zurück. Wenn du Kampfsport machst, siehst du sofort, wer überlegen ist. Der Typ ist fitter als Plöger. Nüchterner. Aber das ist es nicht. Er ist überlegen, weil er komplett ruhig bleibt. Dass Plöger ihm eine Gerade verpassen würde, damit hatte er aber nicht gerechnet. Als er den Kopf wieder hochnimmt, schubst er Plöger mit einer einzigen, federnden Bewegung aus dem Sichtfeld der Kamera, sagt irgendwas, geht hinterher. Etwa zwei Minuten später verlässt er die Wohnung. Dabei sieht Peggy ihn nur von hinten. Sieht nicht, wie er guckt. Wie zerknittert er ist. Ob er voller Blut ist. Um kurz vor halb drei ist das Batteriesymbol oben links komplett durchsichtig geworden; ein paar Minuten später bricht die Aufzeichnung ab.

Peggy lehnt sich zurück, fährt sich durch die Haare. Klar, Plöger war besoffen und stinksauer. Möglich, dass er sich danach noch mit weiteren Leuten angelegt hat. Aber hey, ein Unbekannter kommt zur Tür rein. Schubst den Mann, dessen Sterbezeitfenster vor einer halben Stunde aufgegangen ist, in genau dieses Schlafzimmer. Dann kommt er alleine wieder raus. Wie viele Lesarten der Geschichte kannst du dir vorstellen?

Sie dreht sich zu Robart um, die stumm in der Tür steht. «Wer ist der Typ?»

«Sieht aus wie einer von den Islamisten aus dem Keller.»

Peggy schweigt.

«Die Soundso-Moschee. Was weiß ich, wie die heißt, ich kann kein Türkisch.»

Wenn Peggy sich recht erinnert, war das Arabisch und nicht Türkisch auf dem Schild neben dem Abgang zum Keller. Sie verabschiedet sich, oder besser, sie verabschiedet sich nicht, sondern kopiert das Video auf ihr Handy und verschwindet.

Auf dem Schild steht *Deutsch-Arabische Bruderschaft e. V.* sowie etwas auf Arabisch, das auch mit *e. V.* aufhört. Peggy macht die Tür auf. Hinter der Tür geht eine kurze Treppe abwärts; unten stehen im Licht einer Neonröhre mehrere Paar Schuhe auf einem Teppich mit verschlungenen Ornamenten. «Hallo?» Kommt keiner. «Hallo?» Gut, guckt sie halt nach. Als sie die paar Stufen beinahe geschafft hat, tritt ein älterer Herr mit schwarzgrauem, kurzem Vollbart und diesem morgenmantelmäßigen Gewand an die Treppe. Er hält Peggy die Handfläche vor die Nase. «Keine Frauen.»

«Heute machen Sie mal 'ne Ausnahme.» Peggy zieht den Dienstausweis, keine Reaktion. «Polizei!» Klarer geht's ja wohl nicht. Aber er schüttelt den Kopf. Ist die Frage, was tun. Am liebsten würde sie ihn zu Boden schicken, nur so fürs Protokoll, und sich in dem Laden mal umschauen. Andererseits ist hier nicht direkt Gefahr im Verzug. Genau genommen weiß sie nicht mal, ob der Typ vom Video überhaupt zu der Gemeinde gehört. Zumindest das könnte sie rausfinden. Sie fummelt in der Hosentasche nach ihrem Handy. Als sie es in der Hand hat, nickt der Bärtige zur Seite und sagt etwas auf Arabisch. Zwei jüngere Männer bauen sich am Ende der Treppe auf, einer mit verschränkten Armen, der andere in dieser Türsteherhaltung, mit den Händen vor dem Schritt. Bewegen sich beide nicht wie Kämpfer, haben auch nicht die Körper dafür. Aber ob sie mit beiden auf einmal fertigwerden würde, ist schwer zu sagen. Die beiden kommen ihr entgegen, die Treppe hoch, sodass sie eigentlich rückwärtsgehen muss. Jetzt stell dir das vor, jemand zwingt Peggy Storch in den Rückwärtsgang. Mit einem Dollyo Chagi – halbe Drehung, Tritt auf Augenhöhe – würde sie den einen runterwischen; den anderen müsste sie bloß noch schubsen. Bleibt die Frage: Was dann? Und vor allem: Wie wird der Dezernatsleiter das finden? Peggy fixiert den einen, dann den anderen. Beide senken den Blick. Man kann also sagen, Peggy hat gewonnen. Sie beißt die Zähne aufeinander, dreht sich mit einem Ruck um und geht die Treppe hoch.

Gut, dass der Weg zurück ins Dezernat über den ehemaligen Flughafen führt, wo du ohne Ampeln und Kreuzungen rasen kannst. Peggy beschleunigt, bis ihre Oberschenkel brennen. Das Tempo hält sie dann eine sechs Kilometer lange Extrarunde. Baut Wut ab. Dann rollt sie quasi bis zum Dezernat aus, duscht und platzt ins Zimmer.

«Harmsen! Wir haben 'nen neuen Verdächtigen. Ich war bei der Vermieterin. Die hatte 'ne geheime Videokamera installiert. Und als Plöger allein in der Wohnung ist, wer springt zur Tür rein und geht sofort auf ihn los?»

«Kowawawa», sagt der Alte, in der Hand ein angebissenes Fleischkäsebrötchen. Er kaut. Schluckt runter. Wischt sich den Mund ab. Macht den Mund auf. «Keine Ahnung», sagt er diesmal verständlich, «wer da reingekommen ist.»

«Ich auch nicht!» Die Pointe hat sie versemmelt.

«Warum fragen Sie dann so, als wüssten Sie's?»

«Meine Güte, Harmsen, hör auf mit der Klugscheißerei! Anscheinend gehört der Typ zu dieser Moschee im Keller.»

«Ich hab hier auch was ...», fängt der Alte an, dem Peggys Erkenntnisse offensichtlich egal sind.

«Kscht», macht Peggy. Der Alte ist ein Klugscheißer, kein Alphatier: Er macht tatsächlich den Mund zu. «Der Herr Imam, oder wer auch immer er war, wollte mich nicht reinlassen.» Der Gedanke daran macht Peggy schon wieder so wütend, dass sie einen Stapel Akten vom Schreibtisch fegen will. Ist blöd, wenn auf deinem Schreibtisch nie welche liegen. Dabei kommt der unangenehme Teil erst noch: «Könntest du mal hingehen?»

Harmsen atmet hörbar ein, lehnt sich zurück, verschränkt die Arme hinterm Kopf, sagt nix. Als ob das nicht auch sein Fall wäre! Aber so viel hat sie inzwischen über ihn gelernt: Der krümmt keinen Finger mehr als nötig, schon gar nicht für Peggy. Immerhin hat er so was wie Sportsgeist: Heute Morgen hat sie ihm geholfen – er schuldet ihr was.

«Na, dann erzähl doch mal, Harmsen, wie es heute mit dem Dealer gelaufen ist, den du ganz allein aufgespürt hast. Ich wette, ihr habt euch auf Anhieb verstanden.»

Der Alte braucht eine Sekunde, bis er kapiert, was Peggy sagen will. «Haben Sie ihn getroffen?»

Peggys Zeigefinger winkt hin und her. Schön der Reihe nach. «Gehst du zu den Moslems und fragst nach dem Typen vom Video?»

Tatsächlich: Er nickt. Du weißt schon, dieses gequälte Nicken, wenn du den Kopf runtermachst und erst eine Sekunde später wieder hoch.

«Der Dealer behauptet, er hätte zur Tatzeit in Groß Köris Geschäfte gemacht», sagt Peggy. «Hatte sogar 'ne Fahrkarte. Auf dem Video aus der Wohnung taucht er nicht auf. Müsste schon zum Fenster eingestiegen sein, damit aus dem ein Täter wird. So, jetzt kannste mir meinetwegen deine Geschichte erzählen.»

Harmsen hält ein in winziger, sehr regelmäßiger Schrift ausgefülltes Formular hoch. «Der Kollege Hinterlechner aus der Rechtsmedizin hat für uns ein bisschen in Plöger herumgestöbert. Hören Sie mal: *Der Leichnam weist hinter dem linken Ohr drei oberflächliche Kratzwunden auf, die vermutlich von Fingernägeln verursacht worden sind. In Zusammenschau mit dem Bluterguss am Hals deutet dies darauf hin, dass die Person während der Tötung gewürgt wurde. In einer der Wunden befindet sich ein Bruchstück eines Fingernagels (siehe Asservatenbeutel FG-391), das höchstwahrscheinlich von dem Angreifer hinterlassen wurde.*»

«Na dann», sagt Peggy. «Sequenzierung läuft, nehme ich an.»

«Hm», macht der Alte, wobei nicht klar ist, ob er *M-hm* meint oder *M-m*. Vermutlich hat er keine Ahnung, was Sequenzierung bedeutet.

«Was genau hast du denn mit deinem Fingernägelchen vor, Herr Kollege?»

Der Alte merkt, dass sie ihn aus diesem Würgegriff nicht

rauslässt, und tastet – nicht wirklich unauffällig – nach der Zeitung. «Na, untersuchen.»

«Und da dachtest du an Messer und Gabel?»

«Na, mit Genen.» Harmsen zieht die Zeitung an einem Papierzipfel zu sich.

«Dann hast du ja sicher die Gene von Freindlich und Bünte eingesammelt?»

Und schon hat sich der Alte in den Sportteil vertieft.

Wie Peggy es schafft, dieser Situation etwas Gutes abzugewinnen? Sie denkt an den Dezernatsleiter. Der hat Peggy und den Alten aufeinandergehetzt, damit sie sich gegenseitig ihre Macken austreiben. Wenn sie sich stattdessen decken, ist das ein unsichtbarer Mittelfinger für den Chef. Nur deshalb ist sie bereit, sich selber darum zu kümmern, dass sie von Bünte eine DNA-Probe bekommt. Von Redecker muss sie auch eine nehmen, auch wenn sie sicher ist, dass er es nicht gewesen ist. Und Freindlich. Was ist eigentlich mit Freindlich? Der hat sich gar nicht zurückgemeldet. Der geht immer noch nicht dran. Peggy schreibt ihm noch mal, diesmal in einem Ton, der klarmacht, wie seltsam es aussehen würde, wenn ausgerechnet er abtaucht.

+++

Vorlaut war die Storch schon immer, aber allmählich nimmt es überhand. Harmsen, als der Polizist in diesem bizarren Gespann, geht mit der Absicht, solide Ermittlungsarbeit zu machen, in ein Gespräch. Und was macht die Storch? Beansprucht sämtliche Redezeit für sich, weil irgendein Gerät gepiepst hat. Aber, das lernen Sie mit dem Alter, es gibt praktisch kein Problem, das sich nicht durch Zurücklehnen, Schweigen, Abwarten lösen ließe. Im vorliegenden Fall werden allerdings lediglich Symptome vorübergehend unterdrückt. Die Ursache des Problems – das grundsätzliche Vorhandensein der Storch – bleibt unberührt. Zwar ist es so, dass Harmsen durchaus drei, vier Tage auf den Calvados zum Feierabend verzichten würde oder auch anderthalb Wochen auf die Bibi, wenn sich dadurch die Storch in Luft auflösen würde. Aber seien wir ehrlich, um das zu erreichen, müsste Harmsen – aus Sicht der Mordkommission – die Seiten wechseln. Doch, kurz vorm Einschlafen hat er mal dran gedacht: Die Storch, durch einen versehentlich losgegangenen Schuss leider tödlich verletzt. Bloß ist er dafür ein viel zu schlechter Schütze.

Er steckt das Bildschirmfoto ein, das Plögers nächtlichen Sparringspartner zeigt, und geht runter, zur Moschee fahren. Falls Sie nicht zufällig praktizierender Muslim sind: Waren Sie mal in einer Moschee? Die machen ja immer Tage der offenen Tür, aber geht da jemand hin? Selbst Menschen wie Harmsen, die sich die Überzeugung nicht nehmen lassen, dass die einen und die anderen sehr wohl friedlich zusammenleben können und dass die Anwesenheit der anderen nicht bedeutet, dass die einen übermorgen weggevolkt oder vollgevolkt sind oder wie die das nennen, selbst er war noch nie in einer Moschee. Deshalb hat er jetzt ein ähnliches Gefühl, wie als er zum ersten Mal in einer katholischen Kirche war. Harmsens Heimat ist ja eine von päpstlichem Walten weitgehend losgelöste Weltgegend; wenn beispielsweise eine Hostie verspeist wird, gehen die Ostfriesen, zumindest jene, die sich mit solchen Fragen beschäftigen, davon aus, dass Jesus Christus zwar darin, damit und darunter ist, das Brot sich aber nicht in ihn verwandelt hat. Als er zum ersten Mal an einer Messe teilnahm, war er ganz befangen, als alle aufstanden und sich ihre Oblate abholten und er nicht sicher war, ob er mitmachen durfte. Allerdings verbrachte er auch in der lutherischen Kirche, die der größere Teil seiner Familie eifrig besucht, nicht übermäßig viel Zeit. Jetzt malen Sie sich mal aus, wie so einer in eine Moschee tapst. Immerhin lässt man da seines Wissens die Zähne von den Propheten. Noch tapst er aber nicht. Er steht unten auf der Straße und fragt sich, wo er den Rekord abgestellt hat. Bis ihm dämmert, dass er ihn gar nicht abgestellt hat, jedenfalls nicht heute Morgen und nirgendwo hier. Der Rekord steht immer noch auf halber Strecke zwischen der Wohnung der Preslak und der Wohnung der Bibi, und wo er so darüber nachdenkt, sollte er ihn vielleicht doch abholen lassen. Ein Taxi leistet er sich aber nicht schon wieder. Stattdessen beschließt er, dem öffentlichen Personennahverkehr eine letzte Chance einzuräumen. Der Kommissar geht zurück in die Eingangshalle des Dezernats, was den Vorteil hat, dass das Schwitzen noch kurz hinausgezögert wird; hinter über hundertjährigen Mauern bleibt es selbst im Hochsommer kühl. Er studiert den ausgehängten U-Bahn-Plan. Das erweist sich jedoch als Fehler, denn was nützt ihm jedes Wissen um unterirdisch verlegte Bahnstrecken, wenn er nicht weiß, wo genau die Anlagen mit der Erdoberfläche verbunden sind. Harmsen bleibt nichts anderes übrig, als wieder eine Etage hochzusteigen, wo an ähnlich zentraler Stelle, aber bereits zu weniger angenehmen klimatischen Bedingungen ein Stadtplan aushängt, die an Start- und Zielpunkt jeweils nächstgelegenen Untergrundbahnhöfe zu ermitteln und mit diesem Wissen an den Netzplan zurückzukehren. Falls

Sie sich fragen, warum Netz- und Stadtplan nicht auf derselben Etage aushängen, sollten Sie mal zu dem Herrn ins Taxi steigen, der Harmsen gestern von der Bibi nach Hause gefahren hat; der weiß bestimmt eine Erklärung. Auf dem Weg zum U-Bahnhof tritt Harmsen in einen Haufen Hundescheiße: Nach Feierabend wird die Karre s o f o r t in die Werkstatt geschleppt und bis morgen früh repariert, und wenn er Meister Kryeziu mit einem Monatsgehalt bestechen muss! Und jetzt finden Sie mal nach wochenlanger Dürre einen Fleck Wiese, an dem Sie sich die Sohle abstreifen können. Dem Kommissar bleibt nichts übrig, als beim Spätkauf eine Flasche Wasser und ein Paket Taschentücher zu besorgen und die Arbeit, für die eigentlich öffentliche Grünanlagen zuständig sind, selbst zu übernehmen.

Diesmal spart er sich den Nahkampf mit dem Fahrkartenautomaten. Im U-Bahnhof gibt es einen Kiosk, der mit dem gelben Logo der Verkehrsbetriebe wirbt.

«Einen Fahrschein», sagt Harmsen.

«Wat fürn Fahrschein?», entgegnet der beleibte Herr hinter der Kasse, der sich seinem Tonfall nach nicht zur Beratung etwaiger Fahrkartenkäufer im Kassierbereich aufhält.

«U-Bahn.»

«Hamwanich.»

«Fährt hier nicht die U-Bahn?», fragt der Kommissar und dreht sich in Richtung eines nicht kleinen Hinweisschilds, auf dem neben einem Pfeil nach unten ein blaues Quadrat mit einem weißen U prangt.

Der andere folgt Harmsens Blick. «Richtig.»

«Damit würde ich gern fahren.»

«Ick haltse nich fest.»

«Aber ich habe keinen Fahrschein.»

«Wenn ick Sie wär, würd ick eenen koofen. Heute wird kontrolliert.»

«Deshalb bin ich ja hier.»

«Wat wollnse denn für eenen?»

Harmsen erinnert das an dieses Buch, das er in der Schule gelesen hat, in dem einer angeklagt wird, und immer, wenn er fragt, warum, kriegt er genau solche Antworten. Zum Schluss ist der Mann tot. Das will Harmsen vermeiden. Aber irgendwas sagt ihm, dem Fahrkartenverkäufer oder besser, dem Fahrkartennichtverkäufer, kafkaeskes Gebaren vorzuwerfen wäre nicht hilfreich. Harmsen entscheidet sich für die Technik des offenen Zurückfragens.

«Welche gibt's denn?»

«AB, BC, ABC.»

«Welchen brauche ich bis Rathaus Neukölln?»

Blitzschnell knallt der Dicke einen Fahrschein auf die Theke. «Zweeachtzig.»

Jetzt sitzt Harmsen am längeren Hebel, jetzt wird in gleicher Münze zurückgezahlt. Noch betulicher als sonst kramt er nach seiner Geldbörse, bekommt sie erst nach mehreren erfolglosen Anläufen geöffnet, wühlt ausgiebig im Kleingeldhaufen. Er will zu dem Dicken linsen, muss allerdings eine Weile im Raum herumlinsen, weil der Dicke, statt ungeduldig zu schnaufen, längst Erfrischungsgetränke einsortiert. Harmsen legt den gewünschten Betrag in Fünf- und Zehncentstücken auf den Tresen, schlurft raus und steigt auf Anhieb in die richtige Bahn.

An der Haltestelle vor dem Umsteigebahnhof betreten durch die Türen links und rechts von der Bank, auf der Harmsen sitzt, zwei Herren den Zug. Der eine ist stämmig und trägt Glatze, der andere hat ein spitz vorspringendes Kinn und eine Hakennase. Beide mit Gürteltasche. «Die Fahrscheine bitte.»

Als Harmsen der Aufforderung nachkommt, lächelt der mit der Hakennase. Sie wissen schon, wie im Film der Raubritter lächelt, bevor er die Jungfrau verschleppt. «Kommsemamit.»

Harmsen bleibt sitzen.

«Mitkommen, hawickjesacht!»

Befehlen lässt er sich gar nichts, erst recht nicht als Besitzer eines frisch erworbenen Fahrausweises, den er dem Kontrolleur bei dieser Gelegenheit erneut vors Gesicht hält.

«Nicht entwerten is gleich schwarzfahren. Hopp, hopp», sagt der Stämmige, packt Harmsen am Arm, zerrt ihn vom Sitz hoch und führt ihn zum Ausgang. Da der Kommissar ohnehin am nächsten Bahnhof umsteigen muss, hat er nichts gegen die grundsätzliche Richtung. Allein, er hätte gern noch ein wenig darüber nachgesonnen, was es über die Planbarkeitsneurose im deutschen Wesen aussagt, dass Fahrkarten vor der Benutzung *ent*wertet werden, also nur so lange Wert besitzen, wie sie ihrem Besitzer eine in der Zukunft liegende Bahnfahrt garantieren. Die Fahrt selbst, die Gegenwart, ist wertlos. Als Harmsen seinerzeit an einem Austausch mit Polizeischülern aus dem normannischen Saint-Vaast-la-Hougue teilnahm, war er auch mal in Paris. Dort ist es umgekehrt, vor einer Fahrt mit der Metro wird die *validation*, sozusagen die Inwertsetzung der Fahrkarte gefordert. Da schwingt ein ganzer Schwall Hochachtung für den flüchtigen Moment mit. Die *validation*, wenn Sie so wollen, ist die sommerleichte Romanze der Nahverkehrssemantik; die *Entwertung* ist ihr Bausparvertrag. Was nichts daran ändert, es eher noch bekräftigt, dass die Kontrolleurshand am Arm des Kommissars stört.

«Lassen Sie ruhig los. Ist besser für alle.»

«Ick lass los, wann ick loslassen will. Und dit ist janz sicher nich jetze, Freundchen.»

Die Türen gehen auf, Harmsen und die Kontrolleure steigen aus. Die Hand ist immer noch an seinem Arm.

«Dann seinse doch so nett und geben uns Ihre Personalien», sagt der Stämmige.

«Seien *Sie* so nett und geben mir *Ihre*», Harmsen zieht den Dienstausweis. «Tätlicher Angriff auf einen Vollstreckungsbeamten, Hundertvierzehn Strafgesetzbuch, fünf Jahre Knast, wenn's blöd für Sie läuft.»

Jetzt ist die Hand aber nicht mehr am Arm. Alle Achtung, wie schnell die da weggeflogen ist!

«Meine Herren, wenn Sie darauf bestehen, bringe ich Sie gern in Schwierigkeiten. Aber im Gegensatz zu Ihnen suche ich jemanden, der wirklich was ausgefressen hat. Daher schlage ich vor, Sie beide drehen sich unverzüglich um und verschwinden.» Und so geschieht es. Harmsen bewegt sich zum Schacht der U-Bahn-Linie, in die er wechseln will, validiert seinen Fahrschein und geht an Bord.

Dass sich im Keller des Hauses, in dem Plöger ermordet wurde, eine *Deutsch-Arabische Bruderschaft e. V.* befindet, war ihm am Sonntag nicht aufgefallen. Er klopft an die Glastür vor der Kellertreppe. Nichts passiert. Er sieht, dass es auch eine Klingel gibt. Klingelt. Immer noch nichts. Klingelt wieder. Und wieder. Endlich erscheint am Fuß der Treppe ein Mann, auf den die Beschreibung der Storch zutrifft. Kurzer Bart, weißes Gewand. Bisschen wie Sean Connery, als er diesen Mönch gespielt hat. Sollten Sie der

Glaubensgemeinschaft der Muslime angehören, nehmen Sie es dem Kommissar nicht übel. Er macht da keinen Unterschied: Falls es einen Gott gibt, wird es ihm egal sein, unter welchem Logo man ihn anbetet. Behält er aber schön für sich, diese Weisheit.

«As salamu-alaikum», sagt Harmsen. Da staunen Sie, was? Hat nämlich einen pädagogischen Wert, Stammkunde im *Halbmond 2* zu sein.

«Wa alaikumu salam», sagt der Bärtige und guckt dabei, wie wenn an der Tür ein Nachbar klingelt, der in fünf Kilometern Umkreis ganz sicher nirgends wohnt und fragt, ob man ihm bis heute Abend hundert Euro leihen könne.

«Offenbar ist es heute Morgen zu einem kleinen Missverständnis zwischen meiner Kollegin und Ihnen gekommen», sagt Harmsen, weiterhin oben an der Treppe stehend.

«Sie sind Polizei?»

Harmsen hebt die Hand mit dem Dienstausweis leicht an.

«Weiß jeder: Keine Frauen in der Moschee.» Der Verfassungsrechtler in Harmsen will sich auf eine Parkbank zurückziehen und der Frage widmen, welches Grundrecht hier schwerer hätte wiegen müssen, das auf die Gleichbehandlung der Geschlechter oder das auf die Freiheit des Glaubens. Dafür fehlt dem Verfassungsrechtler in Harmsen aber die Zeit und auch das Staatsexamen.

«In der Nacht zum Sonntag wurde in einer Wohnung im dritten Stock», Harmsens Zeigefinger weist nach oben, «ein junger Mann getötet. Eine Kamera zeigt einen zweiten jungen Mann.» Harmsens Hand fährt in die Innentasche des Trenchcoats und kommt mit einem benutzten Taschentuch zurück. Fährt wieder in die Innentasche, wirft das

Taschentuch ab, taucht mit dem Bildschirmfoto erneut auf. «Kennen Sie den?»

«Wir haben nichts getan, wir wollen keinen Ärger. Wir brauchen keine Polizei.»

«Eine Zeugin sagt, er sei Mitglied dieser Gemeinde.»

Der andere zieht die Augenbrauen hoch, wiegt den Kopf hin und her.

«Wir werden in jedem Fall mit dem Herrn sprechen; die Frage ist, ob Sie uns helfen. Wenn Sie uns nicht helfen und Ihr Freund hat etwas mit dem Mord zu tun, werden wir uns fragen, warum Sie uns etwas verheimlicht haben.»

Der Bärtige schmunzelt, so wie man schmunzelt, wenn man genau weiß, dass der andere hochstapelt. Trotzdem nickt er seitwärts – «Bara!» – und winkt einen jungen Mann herbei. Zu Harmsen sagt er: «Treten Sie ein, mein Freund.» Der Kommissar tappt die Treppe hinunter, dann fährt er seine geballte interkulturelle Kompetenz auf und zieht sich die Schuhe aus, obwohl damit weder diesseits noch jenseits geholfen ist; Harmsens Socken stinken zum Himmel. Der Bärtige weist auf ein Sofa, Kommissar und Bara nehmen Platz, ein Dritter bringt Tee. Was gleich das nächste Dilemma für Harmsen birgt. Einerseits schätzt er Tee trinkende Kulturen; als Ostfriese in der Diaspora leidet er unter dem Kontinentaleuropa beinahe vollständig niederdrückenden Kaffeediktat. Andererseits ist er wie jeder Abkömmling einer Teekultur überzeugt, nur die eigene Weise, den Aufguss zuzubereiten, sei die richtige. Heißt in seinem Fall, arg verkürzt: Flache Tassen, Kluntje, Sahne. Jetzt kommen die mit gemusterten Schnapsgläsern an, weit und breit kein Kandis, von Milchprodukten ganz zu schweigen. Hier wünscht sich Harmsen, der ansonsten die Ansicht vertritt, Integration brauche über Gesetzestreue nicht hinauszugehen, doch ein wenig mehr Respekt vor der Leitkultur. Bara mag Mitte zwanzig sein, ein hübscher Junge mit Stupsnase, dessen Aura der Sanftmut allenfalls durch das linksseitige blaue Auge gestört wird.

Er reicht Harmsen die Hand. «Guten Tag, Herr Kommissar. Mein Name ist Bara El-Khalil.» Das ist übrigens der Teil der Geschichte des jungen Orientalen, den die besorgten Bürger verschweigen. Wenn Sie durch Neukölln laufen und jemand bittet höflich um Entschuldigung, obwohl eigentlich Sie im Weg gestanden haben. Oder hilft Ihnen ungebeten, Ihren Kinderwagen die Treppen runterzutragen. Dann sind das immer die jungen Männer mit Migrationshintergrund. Weiß der Geier, wie das mit den Seminaren beim Hassprediger zusammengeht; vielleicht sind die alle am Schwänzen. Fairerweise muss man sagen: Darüber können Ihnen die besorgten Bürger auch gar nichts erzählen, denn deren Wissen über Neukölln stammt nicht aus Neukölln, sondern aus der WhatsApp-Gruppe der Bürgerwehr, die ihr hundertprozentig biodeutsches Schlafdorf gegen die Islamisierung des Abendlandes verteidigt. Trotzdem hat El-Khalil ein blaues Auge und kämpft auf dem Video von der Storch mit Plöger.

Harmsen hält das Bildschirmfoto hoch, das er geschickterweise nicht zurück in die Trenchcoatinnentasche gesteckt hat. «Kurz darauf stoßen Sie Nils Plöger aus dem Bild. Sie wissen, was danach passiert ist?»

El-Khalil fährt die Augen nah an das Foto ran, das neben dem Bild der Kamera auch Datum, Uhrzeit, Batteriestatus und eine Zeitmarke zeigt. «Überwachungskamera?»

Harmsen macht das kleinstmögliche Nicken.

«Wenn ich im Strafrechtsseminar richtig aufgepasst habe, ist es verboten, in Privatwohnungen geheime Kameras zu installieren», sagt El-Khalil. «Kann mir nicht vorstellen, dass ein Gericht diese Aufnahmen als Beweismaterial zulässt.»

Da versucht Harmsen einmal, jemanden zu überrumpeln, und dann kommt der ihm mit dem Rechtsstaat! «Herr El-Khalil, wir ermitteln in einem Mordfall, Sie gehören zu den Verdächtigen. Entweder Sie waren's nicht. Dann werden Sie mich los, indem Sie sagen, was Sie wissen. Oder Sie waren's. Dann werden Sie mich nicht mehr los, bis der Richter Sie in den Knast schickt.»

«Bei allem Respekt, Herr Kommissar, wenn die Anklage sich auf illegal erstelltes Bildmaterial stützt, schickt der Richter mich ganz schnell wieder nach Hause. Aber ich erspare Ihnen gern weitere Mühe: Ich bin ein rechtschaffener Bürger, ich wende keine Gewalt an. Erst recht bringe ich niemanden um. Diese Moschee ist ein Haus Gottes. Wir stören niemanden, und wir suchen keinen Streit, Imam Rahman kann es bezeugen», er schaut zu dem Bärtigen. «Aber seit es hier im Haus drei Ferienwohnungen gibt, ist es schwer für uns geworden. Wir treffen uns an den Wochenenden, um über den Koran zu diskutieren. Es gibt praktisch keinen Abend mehr, an dem nicht mindestens ein Betrunkener vor unsere Eingangstür pinkelt. Dreimal ist sie eingeschlagen worden. Hier werden Drogen verkauft, den ganzen Tag über. Kürzlich musste ich ein Paar bitten, den Oralverkehr zwischen den Mülltonnen einzustellen. In der Nacht, für die Sie sich interessieren, hat einer von den Dealern die Haustür eingetreten.»

«So ein Kleiner mit Bomberjacke?»

El-Khalil nickt.

«Haben Sie gesehen, wo er hingegangen ist?»

«Der ist nirgendwo hingegangen.» El-Khalil guckt zu dem Imam, der ein winziges Nicken macht. «Wir haben ihm eine Lektion erteilt. Ein Bruder hat ihn in Brandenburg ausgesetzt.»

Harmsen muss lächeln. Von wegen Geschäfte machen in Groß Köris.

«Gegen Viertel nach zwei fing die Musik an. Nicht einfach ein bisschen Musik. Voll aufgedreht, so Deutschrock, Tote Hosen oder so. Stellen Sie sich vor, selbst hier im Keller haben wir jedes Wort verstanden. Also bin ich hochgegangen und habe geklopft. Hat ewig gedauert, bis er aufgemacht hat, total betrunken. Ich habe ihn gebeten, die Musik leiser zu machen. Er ist gleich auf mich losgegangen. Ich wollte ihm wirklich nicht weh tun, er konnte kaum gerade stehen. Plötzlich verpasst der mir eine. Ich stoße ihn weg, er geht zu Boden, beschimpft mich weiter. Ich gehe zu ihm runter, er rangelt noch kurz rum, dann habe ich ihn im Schwitzkasten. Sage ihm ganz ruhig, dass ich keinen Ärger will, aber dass er bitte seine Musik runterdreht. Wie soll ich sagen: In der Situation hatte er nicht viele Optionen. Ich habe ihm gesagt, wenn er die Musik wieder aufdreht, zeige ich ihm, wie man eine Gerade schlägt, dass der Gegner so schnell nicht aufsteht. Hat funktioniert, alhamdulillah. Er hat die Musik für den Rest der Nacht ausgelassen.»

«Weil er tot war.»

«Es tut mir aufrichtig leid, dass er getötet wurde. Ich komme in diese Moschee, um die Offenbarung zu studieren. Ich trinke keinen Alkohol, ich nehme keine Drogen, ich bin kein impulsiver Mensch. Glauben Sie wirklich, Herr Kommissar, ich würde mir anmaßen, jemandem das Leben zu nehmen, weil er zu laute Musik hört?»

Nein, glaubt Harmsen nicht. Außerdem kann er Unmut über übermäßig laute Musik durchaus nachvollziehen. Bloß hat bisher Harmsens Bauchgefühl selten geholfen, wenn es um das Erspüren mörderischer Persönlichkeit ging. Was geholfen hat, war der kühle Verstand. Und der sagt: El-Khalil ist ein hochintelligenter Bursche. Wenn einer überzeugend lügen kann, dann der. Vielleicht gab es noch ein anderes Motiv als die laute Musik. Vielleicht sind sich die beiden auch gar nicht zum ersten Mal begegnet in dieser Nacht.

«Was ist mit den Kampfspuren?», fragt Harmsen.

«Welche Kampfspuren?»

«In Plögers Schlafzimmer.»

«Herr Kommissar, wenn ich Sie wäre, würde ich dieselbe Fragetechnik anwenden. Aber ich kann Ihnen nichts über Kampfspuren in einem Zimmer sagen, das ich nie betreten habe.»

«Wo waren Sie nach der Auseinandersetzung?»

«Hier unten. Imam Rahman kann es bestätigen.» Der Bärtige nickt. «Ich bin dann allerdings bald nach Hause gefahren. Kommt nicht alle Tage vor, dass mir einer ein blaues Auge verpasst. Übrigens, als ich ging, ist es im Treppenhaus schon wieder laut geworden. Ich bin mir ziemlich sicher, dass die Stimme von dem Typen dabei war. Der andere klang irgendwie russisch, aber das kann ich nicht beschwören.»

Das scheint Harmsen der richtige Moment für eine Premiere zu sein. Er hat nämlich daran gedacht, Wattestäbchen und Röhrchen mitzunehmen. Oder sagen wir, sein Trotz geht nicht so weit, dass er die Wattestäbchen und Röhrchen, die die Storch ihm in die Tasche seines Trenchcoats gesteckt hat, gezielt entsorgen würde.

«Herr El-Khalil, darf ich Sie bitten, eine Speichelprobe abzugeben? Einfach einmal am Wattestäbchen lecken.»

Der antwortet gar nicht erst, sondern greift nach Wattestäbchen und Röhrchen, dreht sich kurz weg und reicht dem Kommissar das verschlossene Röhrchen. Harmsen hat inzwischen drei Gläser Tee intus. In seiner Heimat sagt man, dreimal sei Ostfriesenrecht. Aber eben nicht viermal, insofern will er die Gastfreundlichkeit des Imam nicht überbeanspruchen. Zu ermitteln gibt es hier sowieso nichts mehr. Außerdem muss er um jeden Preis vor achtzehn Uhr Herrn Kryeziu kontaktieren, damit dieser den Rekord aus seinem Elend befreit. Der Kommissar verabschiedet sich.

Harmsens Kontakt zur *Typenoffenen Kfz-Werkstatt Kryeziu* verläuft gewöhnlich so, dass er, wenn der Rekord es durch den TÜV geschafft hat, einen Termin für in zwei Jahren vereinbart. Herr Kryeziu, mit Körpervolumen und Temperament eines Opernbaritons gesegnet, lacht dann immer, weil seine anderen Kunden Termine maximal fünf Minuten vor Beginn vereinbaren. Harmsen dagegen verfügt über einen makellos geführten Kalender, auf dessen letzten Seiten eine begrenzte Anzahl Termine für die Folgejahre vermerkt werden kann. Das Verfahren hat den Nachteil, dass er Herrn Kryezius Telefonnummer nicht braucht, demzufolge auch nicht kennt. Harmsen wägt alle verfügbaren Optionen ab; am Ende dieser Leistungsschau seines Hirns steht, dass er in ein Taxi steigt.

«Detektiv Harmsen, welche Ehre», ruft Kryeziu, der zu seinem dicken Bauch einen passenden Schnurrbart trägt, breitet die Arme aus und zieht Harmsen an seinen Blaumann. Das mit dem Detektiv ist übrigens okay, wie Kryeziu dem Kommissar mal erklärt hat; auf Albanisch heißt das Kriminalkommissar. «Du weißt, TÜV ist erst nächstes Jahr.»

«Ist ein Notfall. Der Rekord liegt halb tot am Straßenrand. Sie müssen ihn bitte abholen und wiederbeleben.»

«Kein Problem, Detektiv, ich rette deinen Rekord. Ich hole ihn morgen früh, dann rufe ich an.»

«Morgen früh können Sie ihn nicht holen, Herr Kryeziu. Morgen früh muss er fertig sein.»

Kryeziu hebt die Hände gen Himmel. «Ich bin ausgebucht für zwei Wochen, Detektiv, das kann ich niemals schaffen.»

Nicht mit Harmsen. Er greift in die Hosentasche, wo ein dort eigens drapierter Hunderteuroschein auf seinen Einsatz wartet. Den steckt er in die Kängurutasche des Blaumanns von Kryeziu. Dieser tut so, als würde er etwas in seinem Notizbuch nachschlagen. Dann verkündet er: «Ich habe eine gute Nachricht, Detektiv! Ein Kunde hat abgesagt. Morgen, zehn Uhr, ist Ihr Rekord wie neu!» Steile These, Kryeziu weiß ja noch gar nicht, was der Rekord hat.

Falls Sie sich an dem Klischee stören, dass ausgerechnet der Albaner bestechlich ist: Herr Kryeziu hat die Werkstatt vor ein paar Jahren von dem alten Marotzke übernommen, bei dem hätte Harmsen mindestens zweihundert auspacken müssen. Der hätte auch ganz sicher keinen Lehrling herbeigepfiffen, der den Kommissar schnell nach Hause fährt.

Harmsen, der Aussicht auf die Rückkehr des Rekord wegen leicht überschwänglich, drückt dem Lehrling den Fünfziger in die Hand, den er zur Absicherung seines Bestechungsmanövers in der anderen Hosentasche bereitgehalten hatte, und steigt das Treppenhaus hoch. Im zweiten Stock legt er eine Pause ein, oder was glauben Sie, warum er da einen Schemel angekettet hat? Diesmal macht er im dritten gleich noch mal schlapp, also nicht im Zwischengeschoss, sondern da, wo die Wohnungen sind. Sich dort anzulehnen ist schwieriger, als es klingt, denn von vier potenziell belehnbaren Wänden fehlt eine; das ist die Seite, wo die Treppen sind. Die drei anderen bestehen jeweils hauptsächlich aus einer Tür sowie einem schmalen Streifen Putz, der auf Rückenhöhe eine Türklingel aufweist. Wenn Harmsen sich dort anlehnt, bedeutet das entweder, dass er das Aufrechthalten seines Körpers einem Holzbrett anvertrauen muss, dessen einziger Zweck darin besteht, geöffnet zu werden. Und jetzt stellen Sie sich vor, Sie machen die Wohnungstür auf, und Ihnen rollt eine verschwitzte Kommissarskugel im Trenchcoat in den Flur. Lehnt er sich dagegen an den Putzstreifen, betätigt er unwillkürlich mit dem Rücken die Klingel. Und jetzt stellen Sie sich vor – ... Sie wissen schon. Harmsens Hirn, sich so spontan wie genial auf die ungewohnte Situation einstellend, empfiehlt seinem Körper, lediglich einen wenige Quadratzentimeter messenden Teil des Rumpfs an den Putzstreifen zu lehnen. So ist das ungewollte Klingeln weitgehend ausgeschlossen; allerdings sinkt auch der Erholungsfaktor, denn das platzsparende Anlehnen beansprucht die Muskeln, statt sie zu entlasten.

Wenn die Temperatur in seiner Wohnung über siebenundzwanzig Grad steigt, nimmt Harmsen den Calvados mit einem Eiswürfel. Nach einem anstrengenden Tag, also praktisch nach jedem und vor allem nach diesem, trinkt er vorher aus einem zweiten Glas einen ohne Eis. Danach plumpst er aufs Sofa. Eigentlich wollte er heute ins Kino. Aber selbst ein hartgesottener Kommissar ist nur bis zu einer gewissen Grenze belastbar. Er rafft sich noch einmal auf, tappt zum Plattenspieler und setzt die Nadel da auf, wo ein Lied vom Brel über die Alten beginnt. Er singt, wie sie es erst vom Bett bis zum Fenster schaffen, dann nur noch vom Bett bis zum Sessel, schließlich nicht mehr weiter als vom Bett ins Bett. Harmsen lässt sich das Lied in die Ohren laufen, wie er sich den Calvados in den Rachen laufen lässt, und schafft es ganz sicher nicht weiter als vom Sofa bis zum Sofa.

+++

Länger kann Peggy nicht ignorieren, dass Jessika heute ankommt. Sie muss sich überlegen, wie sie mit dem ganzen Cousinengedöns umgeht. Angefangen mit der Frage: Abholen oder nicht abholen? Jeden anderen Menschen, der einfach voraussetzt, dass sie für ihn mal schnell zum Flughafen fährt, würde sie aus Prinzip versetzen. Außer Lars. Der dürfte das. Aber der würde das nicht machen. Jedenfalls stinkt es Peggy bei niemand mehr als bei Jessika. Aber Familie funktioniert anders. Die Herrenwitze von dem komischen Onkel, da tust du, als hättest du sie nicht gehört. Wenn dich die Oma zur Weihnachtsgans fragt, wann du endlich schwanger wirst, dann machst du irgendeinen blöden Spruch. Oder vielleicht sagst du sogar, dass du das nicht dauernd gefragt werden willst. Aber keiner von denen kriegt, was sie eigentlich alle verdienen: zwei, drei Sätze, warum sie Arschlöcher sind, dann rauswerfen, nie wiedersehen. Klar, weil: Ostern sind sie wieder da. Der Familie kannst du nicht die Freundschaft kündigen. Andererseits muss man nicht über jedes Stöckchen springen, das einem hingehalten wird. Peggy schickt eine Nachricht an Jessika, in der steht, der liebe Gott hat sie leider auf einen ungemein schwierigen Kriminalfall angesetzt, schickt aber sicher einen anderen Engel zum Flughafen; notfalls gibt es ja den Hundertneuner. Dann geht sie eine Runde Schwimmen und fährt – für ihre Verhältnisse langsam – nach Hause. Denkt eine Weile an Lars, überlegt, ob sie ihn anrufen soll. Ob sie befangen wäre. Kommt zu dem Schluss, dass die Sache abgehakt ist. Welche überhaupt? Ist nie was passiert. Denkt noch kurz weiter darüber nach und stellt fest, dass sie vielleicht doch ein bisschen befangen wäre. Als Jessikas Flieger landet, schiebt sie eine Pizza in den Ofen, geht auf dem Balkon eine rauchen, macht ein Bier auf. Schreibt ein paar Nachrichten mit Steffi. Denkt noch mal an Lars. kriegt Gänsehaut, macht ein Foto davon und schickt es ihm. Dann klingelt das Telefon.

«Wo bist du? Ich bin A fünfzehn rausgekommen und seh dich nirgends.»

«Hast du's mit Beten versucht?»

Jessika macht dieses Wahnsinnslachen, das du nur in Amerika lernen kannst, diese Ejakulation der Scheinheiligkeit, die noch die aufrichtigste Aggression zu freundlichem Gewitzel degradiert. Dann: «Im Ernst, Peggy, sag mal: Ich seh dich nicht.»

«Wie ich dir geschrieben habe: Ich hab's leider nicht geschafft.» Und schon ärgert sie sich über sich selber. Dass Peggy Storch, die ein Ausweichduell gegen einen Güterzug gewinnen würde, zu feige für die Wahrheit ist.

Am anderen Ende Stille. «In Ordnung, Peggy. Vielleicht ist es kein Zufall, dass der Herr meinen Weg heute zu dir führt und dass er deinen Weg gerade nicht zu mir führt. Ja, ich bin ganz sicher, Peggy: Er hat eine Aufgabe für mich. Das bedeutet, auch für dich ist die Hoffnung nicht verloren.»

«Hinterhaus, zweiter Stock», sagt Peggy und legt auf. Sie will immer noch Lars anrufen. Aber vom Flughafen zu Peggy dauert es selbst mit den Öffentlichen keine halbe Stunde. Sex am Telefon funktioniert ja nicht wie richtiger Sex, dass du gleich zur Sache kommen kannst. Sondern du willst doch gerade in Worten alles ganz genau beschreiben. Wie sehr du den am anderen Ende der Leitung gern bei dir hättest. Dass er diese Jeans mit dem lästigen, schweren Stoff ausziehen soll. Dass du dir auch gerade den BH aufknöpfst, dass du dir eigentlich auch gleich das Höschen ausziehen könntest. Und Peggy macht das ja nicht gewerblich, dass sie beim Stöhnen Topflappen häkelt oder so, sie spricht mit ihrem Mann: «Nackt» sagen heißt, nackt sein. *Mann* übrigens nicht, weil sie diesbezüglich irgendeinen Wunsch hat, sondern weil ihr Freund nun mal ein Mann ist und nicht eine Frau oder ein Eichhörnchen, warum sollte sie das nicht beim Namen nennen. Jedenfalls, eine halbe Stunde ist schnell rum, und dann steht Jessika vor der Tür, um sie von den Freuden der Keuschheit zu überzeugen, und Peggy ist splitternackt. Nee, Lars muss sich kurz gedulden: Bis der erste Streit mit Jessika eskaliert ist.

Zwanzig Minuten später hält unten auf der Straße ein Taxi, und Peggy hört die Türklingel. Jessika braucht nur ein paar Sekunden, schon steht sie in der Tür. Was Sport angeht, hat sie anscheinend dieselben Gene wie Peggy. Alle anderen Gene müssen aus einer anderen Linie stammen.

«Haaaaaaai!», macht Jessika und breitet die Arme aus, aber nicht normal, sondern einen nach unten links und den anderen nach rechts oben. Peggy lässt es über sich ergehen. Dafür, dass Jessika einen Transatlantikflug hinter sich hat, riecht sie erstaunlich gut. Auch ihre Haare liegen erstaunlich gut. Weil sie zu denen gehört, die sich nach der Landung erst mal zwanzig Minuten lang zurechtmachen. Die normalen Frauen, die einfach nur nach dem Pinkeln die Hände waschen wollen, müssen dann warten. Aber die sind auch nicht in Gottes Namen unterwegs.

«Bildschön wie immer! Du hast dich überhaupt nicht verändert!», lügt Jessika. Sie haben sich fünf Jahre nicht gesehen, und in der Zeit sind bei Peggy mindestens diese Falten von der Nase zum Mund tiefer und ein paar Haare grau geworden. Außerdem trug sie damals die Haare lang, jetzt sind sie kurz, und bildschön war sie noch nie. Wer sich dagegen überhaupt nicht verändert hat, das ist Jessika. Besser gesagt, Peggy kann nicht sagen, ob sie sich verändert hat, weil sie seit mindestens fünfzehn Jahren nicht mehr ihr Gesicht gesehen hat, sondern nur das Make-up darauf. «Hast wirklich immer noch kein Auto, was?» Jessika guckt sich um. «Überhaupt ziemlich viele Sachen, die du nicht hast.»

Peggy guckt aus dem Fenster.

«Ich kann dir nicht sagen, wie aufgeregt ich bin! Morgen geht's los.»

Da unten läuft einer. Ein Baum verliert ein Blatt. Eine Plastiktüte bewegt sich.

«Oh ... mein ... Gott: Peggy, du erinnerst dich an den ersten Song, den ich dir geschickt habe, ja? *Message from Heaven*. Peggy, Peggy, Peggy, den darf ich morgen bei der Eröffnungsfeier performen.» Sie fängt tatsächlich an zu singen. Glaub mir, du willst keine Details wissen, aber Peggy fühlt sich, als würde ihr in jede Pore kochender Honig gegossen. Dann hält Jessika ein Referat darüber, was die letzten fünf Jahre in ihrem Leben passiert ist. Also eigentlich, wie unglaublich sonnig und erfüllt und voller Sinn ihr Leben ist, seit *Poem of the Mountain* und Global Senior Pastor Johnston es optimieren. Ist okay für Peggy. Unten auf der Straße streiten sich eine Frau mit Kinderwagen und ihr Mann; so was ist eigentlich immer lustig. Das Problem ist das Unausweichliche: «Und wie geht's dir, Peggy?» Was das angeht, ist Jessika allerdings gar nicht so übel; sie beantwortet ihre Fragen am liebsten selbst. «Letztes Mal, als wir uns gesehen haben, warst du nicht gerade auf einem Höhepunkt in deinem Leben. Meine Güte, Peggy, dieser ganze Alkohol, die vielen Männer. Und die Drogen ... hast du in der Zwischenzeit einen Schritt ans Licht gemacht?»

Peggy macht erst mal einen Schritt in die Küche und kommt mit zwei Bier zurück. Falls du jetzt an das eingangs vorgestellte Höllenmonster aus schwarzem Rauch und so denkst, das Peggy alle paar Monate eine ähnliche Frage stellt: Nein, ist nicht dasselbe. Es macht einen Unterschied, ob Peggy selbst ab und zu über ihren Lebenswandel nachdenkt. Und zwar aus rein naturwissenschaftlicher Perspektive: Wie viel Alkohol, wie viel Teer, wie viel Chemie kann mein Körper absorbieren, ohne auseinanderzufallen.

Oder ob ihr jemand, der sie kaum kennt, mit Richtig und Falsch kommt. Denn dass Jessika und Peggy sich kennen, kann man in dem Sinn nicht sagen. Sie sind halt Cousinen. Und dass Jessika einmal, auch nur ein Mal, von der Marschroute abweichen würde, die ihr von Senior Pastor Soundso eingenordeter Kompass vorgibt, damit ist nicht zu rechnen. Peggy hat zwei Optionen: Entweder sie lügt Jessika in den kommenden Tagen immer genau das ins Gesicht, was die hören will. Vorteil: Ruhe. Nachteil: Lüge. Oder sie zerdeppert die nach zwei Zügen bereits leere Bierflasche an der Tischkante und sagt Jessika, dass sie noch nie so viel kotzen wollte wie in der letzten halben Stunde. Dass sie kein einziges Wort mehr über Jessikas sonniges Leben und Global Dingsbums Johnstons Gehirnwaschanlage hören will. Vorteil: keine Lüge. Nachteil: keine Ruhe. Oder glaubst du vielleicht, Jessika würde daraufhin was anderes machen, als den Sermon von vorn abzuspulen, bloß fünfmal so lang?

Sie entscheidet sich für Option drei: «Ach, Jessika, es geht auf und ab. Prostituieren muss ich mich, Gott sei Dank, nicht mehr, zumindest nicht auf der Straße. Und mach dir wegen Drogen keine Sorgen, die Entzugsklinik letztes Jahr hat echt nachhaltig geholfen. Ich hab für dieses Jahr gleich wieder gebucht.» Peggy greift Jessikas unberührtes Bier und trinkt die Hälfte raus, aus dramaturgischen Gründen. Aber auch, weil das alles mit zweieinhalb Pils im Blut viel leichter zu ertragen ist. Peggy kriegt exakt, was sie will: Jessika behält die Wahnsinnslache für sich. Könnte ja stimmen, die Geschichte. Schnell nachlegen, bevor sie sich berappelt. Am liebsten würde Peggy ihr erzählen, sie sei zum Islam konvertiert. Bloß hat sie nach der Nummer mit der Moschee keine Lust, diese Leute als Komplizen für ihre Späße einzuspannen. «Außerdem habe ich jemanden kennengelernt. Jessika, Jessika, Jessika, ich sag's dir, ich habe noch nie einen so anständigen und achtsamen Menschen getroffen. Ich verrat dir ein Geheimnis: Vielleicht, ganz vielleicht, heiraten wir bald.»

Jessika ist richtig erregt. Die ist dermaßen auf positives Denken gepolt, dass sie das Märchen von Prostitution und Entzugsklinik fast wieder vergessen hat. «Oh ... mein ... Gott, Peggy, endlich! Ich habe immer gewusst, dass du deinen Weg finden wirst. Ich platze vor Neugier, Peggy: Wie heißt er denn?»

Ja, zugegeben, ist ein billiger Scherz. Aber Jessikas Vorlage ist einfach zu gut, das musst du zugeben: «Stefanie», sagt Peggy, und noch bevor Jessika den Mund zubekommt, knallt hinter Peggy die Schlafzimmertür, und das Smartphone wählt Lars' Nummer.

Was soll jetzt passieren mit dem Wissen um Sonntagnacht? Falls du so was schon mal hattest, dann kennst du die Optionen: Du kannst dich ehrlich machen und es ihm sagen, kannst sagen, dass es dir leidtut, dass du ihn trotzdem willst, kannst ihn bitten, dir zu verzeihen. Das ist, wie wenn du ein Pflaster über einer arg verkrusteten Wunde zu früh abreißt. Du musst dich einmal überwinden, es tut kurz weh, du läufst mit einer offenen Wunde rum und hast nicht in der Hand, ob sie heilt oder sich entzündet. Oder das Wissen bleibt für immer in dir drin. Dafür brauchst du zwei fragwürdige Eigenschaften. Du musst lügen können. Und du musst damit klarkommen, dass du den anderen hintergehst. Und zwar nicht wie in der Nacht des eigentlichen Betrugs, als du mehr oder weniger aus

Versehen auf jemanden draufgesprungen bist. Sondern ganz kühl und nüchtern und berechnend.

Peggy müsste mit offenen Karten spielen und alles in Ordnung bringen, weil, sie ist ja die Vollgasfrau, die Spielchen verachtet: von wegen. Mag sein, dass sie sich so sieht, meistens sogar zu Recht. Bloß, kennst du jemanden, der dem Maßstab, den er an die Welt anlegt, selbst immer genügt? Bevor Lars überhaupt fragen kann, wie es ihr geht, sagt sie ihm, dass er sich ausziehen soll und wo und wie er sich berühren soll. Sie beschreibt ihm, wie sie sich selber auszieht und dass es ihr viel lieber wäre, er würde sich persönlich um sie kümmern. Dann geht sie in Gedanken durch ihre Wohnung, aus der ihr Hirn Jessika natürlich rausgerechnet hat, und lässt ihn sie an sämtlichen Orten nehmen, die dafür irgendwie geeignet sind. Falls du denkst, meine Güte, dieser Neandertaler, der lässt sich aber auch leicht ablenken, unterschätzt du die Macht der Worte. Was Sex angeht, unterschätzen die meisten die Macht der Worte. Oder kennst du besonders viele Menschen, die beim Sex reden? Nicht jajaja oder geilgeilgeil, sondern ganze Sätze. Selbst im Internet, diesem Marianengraben der Pornographie, musst du Stunden suchen, bevor du ein Video findest, wo jemand schmutzig redet, ohne sich zu blamieren. Ist doch absurd: Nackte Körper, die ineinander wollen, sind das Sinnlichste überhaupt, mehr kannst du nicht spüren auf der Welt. Aber das Gehör wird abgespeist mit Stöhnen, wenn überhaupt. Das ist wie alle paar Tage im Sternerestaurant zu essen und dabei jedes Mal Cola zu trinken. Wenn du dann zufällig an jemanden gerätst, der die Kunst der zügellosen Begleiterzählung beherrscht wie Peggy Storch, dann hast du keine Chance zu widerstehen.

Und erst recht kein Interesse, Fragen zu seltsamem Kommunikationsverhalten oder gar zu Sonntagnacht zu stellen.

Als sie beide fertig sind, ist Peggy plötzlich schrecklich müde und muss sofort auflegen.

# MITTWOCH, 18. JULI

Es kommt selten vor, dass Kommissar Harm Harmsen sich auf etwas freut, zumal morgens. Heute ist das anders. Heute ist der Rekord fertig. Herr Kryeziu ist einer, der sein Wort hält. Und gleichzeitig einer, der, bloß weil er sein Wort hält, nicht gleich aufdringlich wird, beispielsweise durch einen unangemessen frühen Anruf. Herr Kryeziu hat um sieben Uhr dreißig eine SMS geschickt: *Getriebeschaden repariert. Rekord jetzt besser als Mercedes.* Harmsen hat es sofort geschafft, diese SMS zu öffnen, mithin in den frühesten Morgenstunden bereits mehr Glück erfahren als viele Menschen in einer ganzen Woche. Unter solchen Umständen fällt es Harmsen gar nicht schwer, den Tag zu beginnen. Er hievt seinen Rumpf aus dem Bett, frühstückt und zieht irgendwas an. Es wird sich nie abschließend klären lassen, aber es klingt fast so, als würde er auf dem Weg durchs Treppenhaus die Marseillaise pfeifen. Mit dem Gestus eines Wallstreetmanagers winkt er ein Taxi herbei, gibt dem Fahrer sogar Trinkgeld. Bei Kryeziu auf dem Hof steht der Rekord, nicht nur repariert, sondern auch gewaschen. Anscheinend hat der Lehrling auch noch das Chrom poliert. Das ganze Szenario macht den Eindruck, als stehe hier das Gefährt eines Mannes mit Geschmack. Herr Kryeziu kommt Harmsen über den Hof entgegen, überreicht ihm den Schlüssel, kassiert bar, wünscht allzeit gute Fahrt. Der Kommissar ist kurz irritiert, als er das Radio einschaltet und statt des Deutschlandfunks ein privater Radiosender läuft, der diese Jugendmusik spielt, dreimal so laut, wie Harmsen je aufgedreht hat. Wird der Lehrling gewesen sein, bei der Testfahrt. Harmsen fährt rechts ran, um den Strich auf die richtige Frequenz zu schieben. Da der Rekord aber grundsätzlich fährt, also nicht steht, ist diese Episode ungeeignet, die Laune des Kommissars zu trüben.

Das Erste, was er macht, als er gegen Mittag an seinen Schreibtisch kommt, ist, Freindlich anzurufen. Nicht erreichbar. Harmsen erkundigt sich bei Bünte, bei Redecker, bei der Lütkemeier. Keiner hat von ihm gehört. Womit klar wäre: Andrej Freindlich ist auf der Flucht. Und Kriminaloberkommissar Harm Harmsen nimmt die Jagd auf. Vorher muss er aber schnell noch zur Toilette. Als er zurückkommt, lässt er Freindlich zur Fahndung ausschreiben. Und just in diesem Moment fällt dem Tag, der so leichtfüßig begonnen hat, ein Zwanzigtonnengewicht auf den Schädel. Das heißt, erst mal klingelt bloß das Telefon. Fünfstellige Vorwahl, die mit Nullvier anfängt, das ist Harmsens Heimat. Von da ruft normalerweise niemand bei ihm im Dezernat an, eigentlich kennt nur seine Mutter diese Nummer. Die Ziffernfolge in der Anzeige entspricht aber nicht ihrem Anschluss. Ein Doktor Beninga vom Kreiskrankenhaus, das offenbar nicht mehr Kreiskrankenhaus heißt, sondern irgendeinen schicken neuen Namen hat, was Harmsen natürlich nicht mitbekommen hat. Leider sagt er genau das, was Sie sowieso längst ahnen.

«Moin, Herr Harmsen, es tut mir leid, dass ich Sie aus einem unerfreulichen Anlass anrufen muss. Ihre Mutter ist gerade bei uns mit einer Lungenembolie eingeliefert worden.»

Harmsen schweigt.

«Wir haben ihr einen Katheter gelegt und versuchen, mehrere Blutgerinnsel zu zertrümmern. Wir müssen sofort mit der Operation beginnen. Herr Harmsen, das kann gut ausgehen, aber auch schlecht. Wenn ich Sie wäre, würde ich schnellstmöglich herkommen.»

Der Kommissar murmelt irgendetwas und legt auf.

Seine Mutter ist über achtzig, und die vollständige Abwesenheit jedes Bewegungsdrangs hat er von ihr geerbt. Den latenten Alkoholismus auch. Nur trinkt sie nicht Calvados, sondern Eierlikör oder gleich Doppelkorn. Dass sie eher nicht hundertzwanzig wird, war immer klar. Trotzdem gibt es keinen wesentlichen Unterschied zwischen diesem Anruf und einem Kinnhaken von einem Profiboxer. Harmsens Rumpf fällt in den Schreibtischsessel. Die Storch guckt, aber sagt nichts.

Mit Harmsen ist es so, als überschäumenden Gefühlskochtopf können Sie ihn nicht gerade bezeichnen. Umarmen, Schulterklopfen, Verbrüdern, Verschwestern, einer Frau die Liebe gestehen, mit einem Freund auf durchsoffene Nächte zurückblicken: alles nicht sein Fall. Was nicht bedeutet, dass da nichts wäre. Wenn Sie Harmsen fragen würden, würde er Ihnen einen Erbseneintopf beschreiben: Der muss still sein im Topf. Wenn er brodelt, macht das bloß grüne Flecken an der Küchendecke. Aber der schmeckt, in seiner ganzen Einfachheit, der wärmt, und der macht satt. Die Liebe des Harm Harmsen ist ein

Erbseneintopf. Auch wenn das, speziell in Bezug auf seine Mutter, ein merkwürdiges Bild ist, denn ein solches Gericht hat sie niemals zubereitet.

«Ich muss zu ...», informiert er die Storch.

Keine Reaktion.

«Meine ...», führt er weiter aus. «In Ostf...»

Die Storch drückt immer noch auf ihrem Mobiltelefon herum.

«Meine Mutter ist krank. Lunge. Schlimm. Ich muss weg.»

Harmsen verlässt Raum und Gebäude, steigt in den Rekord und juckelt los. Besser gesagt, Sie würden es vielleicht als Juckeln bezeichnen; aus Harmsens Sicht kommt es Raserei gleich. Auf der Stadtautobahn wechselt er Spuren wie ein Achtzehnjähriger im GTI des großen Bruders, ist sogar einmal kurz davor zu hupen. Auf der Piste nach Westen klebt er dann mit Hundertzehn auf der linken Spur, sticht Wohnmobile und Pferdetransporter aus. Sechs Stunden später passiert er Oldenburg, fährt also ins Ammerland ein, hinter dessen Grenze Harmsen und seinesgleichen nicht mehr die Stirn runzeln, wenn einer behauptet, man befinde sich im Norden. Falls Sie aus der Sächsischen Schweiz oder dem Schwarzwald oder aus Oberbayern kommen, werden Sie abwinken, aber aus Harmsens Sicht ist die Landschaft umso reizvoller, je reizloser sie ist. Das können Sie kaum in Worte fassen. Da ist eben einfach nichts mehr. Links und rechts von der Straße sind Felder und dahinter wieder Felder. Manchmal kommt hinter einem Feld ein Bauernhof, dessen Scheunendach bis zum Boden reicht, und so geht das bis zum Meer. Wenn Sie geradeaus fahren, was im Gegensatz zu anderswo tatsächlich möglich ist, weil die Straßen keine Kurven brauchen, dann kommen Sie in drei Richtungen immer ans Meer. Wobei Sie, wenn Sie nach Osten fahren, nicht in Ostfriesland ans Meer kommen, sondern in Friesland. Die Hälfte der Zeit kommen Sie aber gar nicht ans Meer, weil es das Wattenmeer ist und sich bei Ebbe irgendwo Richtung Island verkriecht. Dann ist das Land zu Ende, aber das Meer fängt noch nicht an. Das nur, falls Sie mal wirklich nichts sehen wollen.

Er nimmt die Ausfahrt. Harmsens Heimatstadt ist weder an das Autobahnnetz noch an den Schienenverkehr angeschlossen, deshalb hat er noch dreißig Kilometer Bundesstraße vor sich. Wie jeder, der nach Hause kommt, aber längst weiß, dass es zu Hause nicht mehr gibt, dass es sich zumindest nicht mehr an diesem Ort befindet, wird er ganz still. Das heißt, er bleibt ganz still, denn still war er die letzten sechseinhalb Stunden schon, wegen seiner Mutter. Harmsen macht es sich hinter einem Trecker gemütlich, in dessen Windschatten er die letzte Etappe nimmt. Klar, er hat es eilig, bloß nützt es weder seiner Mutter noch ihm selbst etwas, wenn er den Rekord, nur um eine Minute früher anzukommen, auf die Gegenfahrbahn quält und dort dann unterschätzt, dass die herannahende Limousine aus süddeutscher Fertigung die Straßen mit anderthalbfacher Lichtgeschwindigkeit bereist. Je näher Harmsen dem Krankenhaus kommt, desto komischer wird ihm. Wird es das letzte Mal sein, dass ich sie sehe? Das gelbe Ortsschild kommt auf Harmsen zu und verschwindet hinter ihm. Was soll ich mit ihr reden? Die Abzweigung von der Bundes- auf die Landstraße. Lebt sie überhaupt noch? Als er am Empfang vorbeikommt, ist er noch – für Harmsens Verhältnisse – flott unterwegs, sagen wir, mit dem Durchschnittstempo eines zwanzig Jahre Älteren. An der nächsten Biegung entschleunigt er, schlendert nicht mal mehr, beobachtet ganz genau, was draußen alles nicht passiert. Als er schließlich den Flur runterschlurft, der zu der Station führt, auf der sie liegt, guckt er sich nicht nur die Sträucher draußen an, sondern analysiert auch jedes einzelne Werk lokaler Künstler an der Wand, versucht, jede Zimmerpflanze zu bestimmen, wägt sorgfältig ab, ob nicht die Böden, die Wände erneuert werden sollten. In Stundenmillimetern bewegt er sich vorwärts. Irgendwann steht er vor ihrem Zimmer, und die Tür ist offen. Sie sieht schrecklich aus. Kranke sehen immer schrecklich aus, aber bei alten Kranken scheint der Tod durch. Da kommen dem großen Kommissar Harmsen doch die Tränen. Sie schläft. Schläft sie? Doch, das eine Ding piepst auf Herzfrequenz, das bedeutet Leben. Irgendwann kommt der Herr Doktor rein und sagt, dass er die Arterien von Harmsens Mutter inzwischen leer geräumt hat. Dass wieder alles fließt. Dass sie nicht sterben wird, zumindest nicht heute und höchstwahrscheinlich auch nicht in drei Wochen. Dass er noch die eine und die andere und eventuell noch eine dritte Diagnostik machen muss. Danach, wenn nichts Unerwartetes passiert, darf sie nach Hause. Harmsen ist fast ein wenig enttäuscht. Nicht dass der Erbseneintopf in ihm erkaltet wäre, im Gegenteil. Aber ein Grund, warum Harmsen mit dieser Gleichgültigkeit durchs Leben geht, ist, dass er eine gewisse Lust am Untergang verspürt. Nicht auf revolutionäre Weise, dass er alles kaputthauen will. Im Gegenteil, ihm ist am wohlsten, wenn sich nichts verändert. Bloß, wenn schon etwas zu Ende gehen muss, dann gehört er nicht zu denen, die leugnen, dass es passiert. Oder die so tun, als stünden sie drüber. Er will sich suhlen im Schmerz. Er will ihn leer trinken, weil das nach seiner Erfahrung der zuverlässigste, vielleicht der einzige Weg ist, Schmerz zu beenden. Auf den siebeneinhalb Stunden Fahrt hatte er genug Zeit, sich auf den bevorstehenden Schmerz einzustellen. Und nun kommt der nicht. Der Kommissar holt sich ein Käsebrötchen. Und jetzt vergessen Sie das mit dem Schmerz: Er hätte sich Hände und Füße abgehackt, wenn er sie nur so am Sterben hätte hindern können. Oder zumindest die Füße und eine Hand, die andere braucht er ja fürs Beil. Aber der Gedanke daran hat bei ihm etwas ausgelöst: Er stellt sich vor, was bliebe, wenn seine Mutter weg wäre. Und das ist die Bibi. Da sitzt er, unter dem Eiswürfellicht der Leuchtröhre am siebendimensional verstellbaren Krankenbett seiner Mutter, hält ihre Hand, hört das Piepsen der Herzmaschine, oder eigentlich hört er es nicht, starrt auf den Kunstdruck mit den Wasserlilien, versucht, im Mund Käsekruste von Teig zu trennen, und denkt, die Bibi darf nicht plötzlich weg sein. Aber damit sie nicht irgendwann plötzlich weg ist, muss er ihr sagen, dass er will, dass sie nicht irgendwann plötzlich weg ist. Sonst weiß sie nicht, dass er das nicht will. Er müsste ihr auch sagen, warum er das nicht will. Und, ja, warum will er das denn nicht? Weil er es mag, wenn sie lacht, laut wie ein startender Jumbojet. Weil er es mag, wenn sie neben ihm liegt, und von da, wo sie ist, weht Körperwärme rüber. Weil er sie liebhat. Ach, Harmsen, wo gerade beinahe deine Mutter gestorben ist, kannst du es ruhig sagen. Oder wenigstens denken: Weil er sie liebt. Und deshalb muss etwas passieren. Er muss den Erbseneintopf zum Überkochen bringen, nur dieses eine Mal. Bibi, muss er sagen, ich will, dass du meine Freundin bist, und ich will dein Freund sein oder dein Gefährte oder Partner, du kannst es nennen, wie du willst, aber ich will es sein. Wo du bist, Bibi, da geht es mir gut, muss er ihr sagen, und wenn es mir schlechtgeht, dann will ich erst recht bei dir sein. Wie Harmsen das denkt, presst er die Hand seiner Mutter so fest, dass sie beinahe aufwacht. Der Erbseneintopf wirft richtig dicke Blasen, nur ist die Bibi eben nicht hier. All diese Wahrheit muss den Weg aus seinem Mund finden, wenn er der Leibhaftigen gegenübersteht! Gut, dass er das Käsebrötchen nicht in der Cafeteria des Krankenhauses gekauft hat, sondern draußen. Sonst hätte er kein Bier dazu bekommen. Das Bier tut so gut, vor allem das zweite. Wenn der Alkohol zu wirken beginnt, wird alles leichter. Die Zunge wird leicht, das Gehen wird leicht. Leicht wird auch das Denken: Weil auf einmal alles Sinn ergibt. Weil sich das, was man wünscht, und das, was ist, plötzlich deckt wie diese Dreiecke, die man in der Schule übereinanderlegen muss. Und mehr wünscht Harmsen sich ja gar nicht: nur dass alles so wird, dass er nichts dagegen hat.

+++

Bisschen tut er ihr leid, der Alte. Dass dir die Mutter wegstirbt, das wünschst du nicht mal deinem ärgsten Feind. Obwohl, doch, dem würde sie das schon wünschen. Bloß ist Harmsen nicht ihr Feind. Harmsen ist ihr egal. Wenn sie so drüber nachdenkt, richtige Feinde hat sie nicht. Was ist überhaupt ein Feind? Jemand, der dich fertigmachen will. Der sich freut, wenn es dir schlechtgeht. Der dich hasst, dir was wegnehmen will, vielleicht sogar das Leben. So jemanden kennt Peggy nicht. Aber sie muss sagen, wenn es jemanden gibt, auf den sie richtig sauer ist, dann sind das die Typen von der Moschee. Nicht wegen der Nummer mit der Religion. Ob die Allahu Akbar rufen oder Kyrie eleison, das interessiert doch Peggy nicht. Ihr geht's ums Prinzip. Sie ist Polizistin, sie ermittelt. Wenn sie fragt, ob sie reindarf, ist natürlich keiner verpflichtet aufzumachen. Wenn der Imam auch zu Harmsen gesagt hätte, er soll verschwinden, damit hätte sie leben können. Aber der darf rein. Und sie darf nicht rein, weil sie eine Frau ist. Das kannst du im einundzwanzigsten Jahrhundert nicht mehr bringen. Vielleicht gibt es Robotermenschen, die so was beiseiteschieben können. Peggy Storch nicht. Wenn sie dabei ist, wie jemand so was macht, dann ist der für sie erst mal jemand, der noch mehr falsche Sachen macht. Zum Beispiel an eine Wohnungstür hämmern, weil einer zu laut Musik hört, und dem dann die Kehle aufschlitzen. Punkt. Bara El-Khalil ist ihr Hauptverdächtiger. Deshalb will sie das Video noch mal in Zeitlupe angucken. Lässt sich vielleicht was von seinen Lippen lesen? Blitzt ein Messer aus seiner Jackentasche, das sie übersehen hat? Hinterlässt El-Khalil bei seinem Abgang nicht doch irgendwo Blutflecken? Während sie das Video auf den Dienstrechner spielt, surft sie auf ein paar Nachrichtenseiten rum, und was sieht sie? Die Überschrift «Sekte oder Segen? Umstrittene US-Freikirche *Poem of the Mountain* wirbt in Berlin um neue Anhänger», daneben ein Bild von Jessika vor einem Mikrophon. Sie trägt ein sehr langes Kleid. Und sie hat dieses debile Grinsen, mit dem die einen den anderen zeigen, wie es ist, erleuchtet zu sein. Peggy liest den Text, erfährt aber nichts Neues. Eigentlich ist der Unterschied zwischen ihnen klar: Peggy hat null Interesse daran, Jessika zu retten. Erstaunlicherweise hat die es heute Morgen umgekehrt auch nicht versucht. Allerdings ist Peggy ziemlich sicher, dass Jessika wegen der anstehenden Show bei den Sektenleuten so aufgekratzt war, dass sie keine Zeit für Bekehrerei in der Familie hatte. Ganz gut; so kann Peggy sich überlegen, ob sie ihre Travestie aufrechterhält. Oder ob sie Jessika die Meinung sagt. Oder beides. Als sie das Video anmachen will, klingelt das Telefon. Wieder die Nummer von dem Zettel aus ihrer Hosentasche.

«Peggy, entschuldige die Störung. Tobias hier. Ich bin mit Janne und Dennis im Hostel. Könnten wir uns bitte noch mal zu viert treffen?» Den Herrenwitz, der ihr auf der Zunge liegt, spart sie sich. Außerdem sollten die drei normalerweise schön auf dem Dezernat auftauchen, wenn sie unbedingt mit ihr sprechen wollen. Sie jedenfalls hat keine dringenden Fragen. Aber es wäre seltsam, wenn da plötzlich Tobias stehen würde. Dank dem Alten weiß zwar keiner was von der Geschichte. Trotzdem wäre sie befangen. Echt wahr: Peggy Storch, die Polizistin, versucht, Peggy Storch, der Eule auf MDMA, aus dem Weg zu gehen. Deshalb kam es ja so ungelegen, als Sonntagnacht die Eule die falsche Tür aufmachte und als Polizistin wieder rauskommen musste. Sie fährt also ins *Donaustel*.

Die drei sitzen auf den unteren Matratzen ihrer Etagenbetten wie Jugendliche beim Vorsprechen für ein Elite-Internat. Oder zumindest stellt Peggy sich das so vor. Die Beine schön nebeneinander sortiert, die Hände im Schoß gefaltet. Diesmal sieht es aus, als hätte jemand wirklich aufgeräumt. Neben jedem der drei jeweils ein gepackter Rucksack.

«Wir wollten dir mitteilen, dass wir heute wieder nach Bramsche fahren würden», sagt Tobias. «Wenn du nichts dagegen hast.»

«Okay», sagt Peggy. Wenn die sie deshalb herbestellt haben, fliegen die Rucksäcke aus dem Fenster, und wenn sie sich dann nicht genug abgekühlt fühlt, fliegt Lütkemeier hinterher.

«Wir haben nachgedacht», fängt Lütkemeier an. Das ist so eine Sache, die hat Peggy noch nie verstanden. Du flirtest mit einem Typen, und dann stellt der dir seine Freunde vor. Weil du es nicht besser weißt, denkst du erst mal, die werden im Prinzip so sein wie er, vielleicht ein bisschen größer oder kleiner oder dicker oder dünner. Dann kommt da was ganz anderes. Tobias und Bünte, das geht gerade noch zusammen. Outdoornase und Prollcasanova. Aber Janne Lütkemeier, dieses Trockenbrot von einem Hilfssheriff, das ist zu viel. Außerdem kann sie Leute nicht ausstehen, die *wir* sagen, aber *ich* meinen.

«Peggy, wir denken, wir haben wichtige Informationen für dich. Andrej, Nils' Trauzeuge. Der ist keiner von uns. Weißt du, was ich meine?»

Nein.

«Wir sind zusammen mit Nils zur Schule gegangen. Andrej kam erst, als er studiert hat. Plötzlich war der sein neuer bester Freund. Aber ganz ehrlich, du hast doch selber mit ihm gesprochen.»

Nein.

«Er macht es einem nicht leicht. Redet kaum. Lacht nie. So ein richtiger Russe. Es würde sich lohnen, wenn du dir den noch mal genau anschaust. Wir glauben, er könnte der Mörder sein.»

Tobias guckt auf den Boden und gleichzeitig zur Seite, wie man halt guckt, wenn jeder sehen soll, dass man nix mit einer Sache zu tun hat. Bünte hat die ganze Zeit geradeaus geguckt, wenn überhaupt. Abgesehen davon, dass die sich schon wieder in Peggys Ermittlung eingemischt hat, noch dazu mit einem so beschissen offensichtlichen Tipp, dass selbst der Alte schon draufgekommen ist. Und abgesehen davon, dass Lütkemeier ihr vorgestern noch einreden wollte, dass eine Geliebte Plögers, die es vermutlich nur in ihrer Phantasie gibt, die Mörderin ist, was soll denn das für ein Indiz sein, ein Russe, der nicht viel sagt. Peggy kriegt Lust, Lütkemeier sofort abzuführen, wegen quadratischer Provinznudligkeit und weil die sie ungebeten duzt.

«Ist für alle Beteiligten das Gesündeste, wenn Sie drei nach Hause fahren», sagt Peggy und verlässt das Zimmer. Draußen bleibt sie stehen, wegen Tobias. Nicht dass es groß gefunkt hätte. Für nachhaltig wirkende Funken war sie viel zu weggeschossen. Außerdem hat sie sich gerade für Lars entschieden. Aber normalerweise triffst du einen Typen, den du aus dem Club abschleppst, auch nicht alle paar Tage wieder, um einen Mord aufzuklären. Insofern findet sie, man kann sich schon noch mal verabschieden. Sieht er anscheinend genauso; er steht in der Tür. Immer noch sehr anziehend. Jetzt, wo die anderen beiden nicht mehr daneben sitzen, fällt es ihr viel deutlicher auf. Nicht gut.

Tobias nickt Richtung Raum. «Sorry. Wenn Janne glaubt, sie weiß was, dann gibt die keine Ruhe. Du solltest die mal eine Ärztin vollquatschen hören, warum Homöopathie besser heilt als echte Medikamente.» Er lächelt, und als sie das sieht, erinnert sie sich ein Stückchen mehr an die Nacht zu Sonntag. Als sie dieses Lächeln von ihm zum letzten Mal gesehen hat, beschloss etwas in ihr, dass der geküsst wird. Er macht den Mund auf.

«Tobias, ich muss weg, ich muss wirklich weg», sagt Peggy, macht einen ganz schnellen Schritt zu ihm hin, nimmt seinen Kopf in beide Hände, gibt ihm einen Kuss auf die Wange, dreht sich um und läuft, nein: rennt den Flur runter.

Ist nicht einfach, Polizeiarbeit zu machen, wenn dir alle Welt Schraubenzieher ins Hirn dreht. Der Imam mit seinem Sexismus, Jessika mit ihrer Richtigleberei, Lütkemeier mit ihrer Amtsanmaßung, Tobias mit seiner Kusswürdigkeit. Was hatte sie überhaupt vor? Richtig: das Video. Eigentlich muss sie dafür nicht zurück ins Dezernat. Zeitlupe kann das Smartphone auch. Wo sie sowieso in der Donaustraße ist, kann sie gleich noch ein Stückchen nach Süden fahren. Da ist einer ihrer Lieblingsparks. Hat sich so ein Baulöwe anno Dings ein Denkmal in seiner eigenen Kiesgrube gesetzt, original mit Schlösschen und Wassertreppe und englischem Rasen, den du nicht betreten darfst. Weil der Park in Neukölln ist und nicht in Potsdam, wo er dem Aussehen nach hingehört, ist der Rasen rund um die Uhr voll mit Kindern, die Weltfußballer werden wollen, und mit Frauen, die Sesamringe picknicken, und mit jungen, schönen Menschen und älteren Schnauzbärten in übergroßen Sakkos, die einen ganzen Vormittag brauchen, um den Rasen zu überqueren. Peggy hat in jedem Park der Stadt einen Lieblingsort. Hier sitzt sie immer direkt am Springbrunnen. Der hat eine ausgewachsene Fontäne, und während die Leute auf dem Rasen braten, trägt dir hier der Wind so Millimetertröpfchen rüber, die landen auf deiner Haut und kühlen dich. Peggy zieht Schuhe und Socken aus, guckt durch ihre Sonnenbrille zwei Kindern zu, die sich alle Mühe geben, in den Springbrunnen zu fallen, zündet, weil die erste Zigarette alle ist, eine neue an und trinkt ihre Colaflasche leer. Dann macht sie das Video an. Guckt ganz genau, wie El-Khalil die Wohnung betritt. Hält den Film an, zoomt ran, checkt ihn von oben bis unten. Nichts deutet darauf hin, dass hier gleich ein Gewaltverbrechen passiert. El-Khalil kommt auch nicht mit dieser Imponierhaltung rein, du weißt schon, wie so überbräunte Muskelberge zu ihrem getunten BMW gehen, die Arme mit gut Abstand vom Oberkörper, und die Hände schwingen nicht mit den Daumen voran, sondern mit den Knöcheln. Wenn die so nach vorn plumpsen, landen die direkt als Gorilla. Aber eben so bewegt er sich nicht. Er ist schon aufrecht, die Brust ein bisschen rausgedrückt, die Beine schulterbreit auseinander. Wie jemand, der sich Respekt verschaffen will, ohne jemanden einzuschüchtern. Peggy guckt auf seine Lippen, aber dafür ist die Qualität der Aufnahme zu schlecht. Er macht jedenfalls nicht dieses Kopfschnappen, mit dem Männer zeigen, dass sie notfalls gleich zuschlagen – wenn der Schädel bei jedem Satz so nach hinten zuckt und das Kinn hochgeht. Eigentlich seltsam, dass sich das in der Evolution durchgesetzt hat, denn dabei gibst du deinem Gegner den Hals preis. Wie gesagt, auch das macht er nicht. Peggy gibt es ungern zu: El-Khalil tritt auf wie im Deeskalationskurs. Greift nicht an, provoziert nicht, weicht aber auch nicht zurück. Selbst als er sich die Gerade von Plöger fängt, rastet er nicht aus. Verzerrt nicht das Gesicht, schreit nicht. Schubst ihn kontrolliert weg, geht ruhig hinterher. Entweder der ist eiskalt, oder er hat wirklich nichts mit Plögers Tod zu tun. Das Einzige, was Peggy findet, ist, dass er beim Rausgehen, wo sie ihn nur von hinten sieht, leicht den Kopf schüttelt. Sie lässt das Video weiterlaufen, obwohl sich auf den letzten Minuten ja nichts mehr tut. Wobei genau das die Frage ist: Peggy weiß nicht genau, was sie da sieht. Kann auch sein, dass es an der Sonne liegt. Mitte Juli strahlt die natürlich wie bekloppt. Klar, dass Peggy immer das neueste Smartphone hat, und falls du noch mit so einem Ding von Zweitausendzehn rumrennst: Inzwischen leuchten die Displays fast genauso hell wie die Sonne. Aber nur fast. Zwanzig, dreißig Sekunden bevor die Aufnahme abbricht, ist eine Art Schatten zu sehen. Und zwar in der Ecke, wo Plöger mit den drei Flaschen Bier hinging und dann mit einer zurückkam. Keine pechschwarze Figur mit messerscharf umrissenen Rändern, was die Mittagssonne gerade aus Peggy macht. Eher so ein vorübergehendes Wenigerlicht. Aber auch das entsteht nur, wenn jemand kurz eine Lichtquelle verstellt. Wer erst nicht vor einer Lichtquelle steht, dann schon, und dann wieder nicht, der kann eigentlich nicht tot sein. Fragt sich bloß: Ist das Plöger? Oder jemand anders? Peggy kneift die Augen zusammen. Spiegelt sich da nicht was in dem Fenster, das die Videokamera gerade so am Rand erfasst, exakt synchron mit dem Wenigerlicht? Peggy will das Display heller machen, bloß geht es nicht heller, sie will zoomen, versucht es mit einem Bildschirmfoto. Aber so ist nichts zu sehen; sie muss doch ins Dezernat. Allerdings nicht mehr heute. Dafür scheint die Sonne zu schön. Die Wetter-App behauptet zwar, dass die Sonne die nächsten sechseinhalb Wochen weiter so scheinen wird, insofern ist das kein Argument. Aber falls du einen Beruf hast, wo man öfter rumkommt, Vertreter oder so, oder wenn du studierst, kennst du das doch selber: Du müsstest noch was machen, weil du sonst durch die Prüfung fällst oder weil es in deinem Arbeitsvertrag steht. Bloß, niemand kann dir nachweisen, dass dieser eine Termin nicht zwei Stunden länger gedauert hat als in echt. Diese zwei Stunden sind die kleinen Geschenke des Alltags. Peggy wird sie im Halbschatten einer riesigen Platane verbringen. Falls du denkst, sieht ihr gar nicht ähnlich, die ist doch sonst bloß am Rennen, musst du wissen: Peggy ist so was wie ein Gepard. Niemand rennt schneller als der Gepard, der würde selbst auf der Autobahn noch welche überholen, zum Beispiel den Alten. Der sieht nicht mal aus wie eine Katze, der sieht aus wie ein gelber Windhund mit Flecken. Aber wenn der Gepard gerannt ist, dann braucht er eine Pause. Dann liegt er stundenlang rum und macht überhaupt nix. Es gibt einen Grund, warum sie nicht nach Hause fährt. Eigentlich ist Peggy keine von denen, die sich nur in ihrer Komfortzone wohl fühlen oder wie man das nennt. Im Gegenteil. Sie geht gern dahin, wo sie nicht weiß, was kommt. Fährt mit dem Rad irgendeine Straße runter, in der sie noch nie war. Geht auf obskure Partys in baufälligen Fabrikgebäuden in Vorpommern. Eigentlich ist sie deshalb sogar Polizistin geworden. Weil du dauernd neuen Leuten neue Wahrheiten aus der Nase ziehen musst. Aber Peggy ist keine Vagabundin, ihre Wohnung ist ihr Zuhause. Umso mehr, je weniger drin ist. Und genau da liegt das Problem. In ihrer Wohnung ist Jessika. Und deshalb ist ihre Wohnung im Moment eben nicht ihr Zuhause. Sicher hatte Jessika einen spirituell anspruchsvollen Tag, wurde von Gott berührt oder wenigstens von Global Senior Pastor

Johnston. Nicht auszuschließen, dass sie den Tag anderswo mit einem naturtrüben Apfelsaft ausklingen lässt. Aber leider auch nicht auszuschließen, dass sie den spirituellen Höhepunkt des Tages erst noch kommen sieht. Also die Bekehrung ihrer Cousine zu einem rauschfreien, asexuellen, sterbenslangweiligen Leben. Yep. Als Peggy die Tür aufstößt, hört sie Gesang. Wir wollten die Details ja eigentlich unterschlagen, aber vielleicht muss es sein. Jessika scheint an Hits für den deutschsprachigen Markt zu arbeiten.

*Wie das Licht vom Himmel strahlt*
*Die Welt voll bunter Farben malt*
*Wie der Frühling neu erwacht*
*All das, Herr, hast du gemacht*

Du musst dir dieses Pathos dazudenken, mit dem die Mädchen in den Castingshows singen. Jede Silbe wie die Verkündigung eines neuen Evangeliums. Sie hebt zum Refrain an.

*Wie ein starker Elefant*
*Wie ein edler Tiger*
*Wie ein Löwenköhönig*
*Wie ein flinker Biber*
*All das, oh Herr, all das*
*Bist du*

Das mit den Tieren, Bonobos, Zoo, Instagram, du erinnerst dich, haben sie definitiv auch von denselben Vorfahren. Peggy knallt den Rucksack mit voller Kraft auf den Boden, hat die leere Colaflasche vergessen. Die Mischung aus

Klatsch und Klirr bringt Jessika dazu aufzuhören. Und sich umzudrehen.

«Peggy.» Kein Überschwang, keine Umarmung. «Ich habe nachgedacht, Peggy. Ich glaube, du brauchst Hilfe. Und ich habe richtig, richtig gute Nachrichten für dich: Lead Pastor Boris wäre bereit, mit dir zu sprechen. Morgen, gleich nach dem Mittagskonzert.»

Die Taekwondophantasien, die normalerweise in Peggys Kopf aufploppen, wenn ihr jemand blöd kommt, bleiben diesmal aus. Weil das hier nicht einfach eine beliebige Unverschämtheit ist. Jemand rauscht direkt in Peggys Welt rein, in ihre Zeit, in ihre Wohnung. Und kaum dass diese Person da ist, klettert sie über jeden Zaun, den man so um seinen Lebensentwurf errichtet, wandert unbekümmert auf den biographischen Verschiebebahnhof und doktert an zentralen Weichen rum. Ein Pyonsonkut Chirugi zwischen die Rippen würde das wahre Problem nicht lösen: Jessika erlaubt sich, über Peggys Lebensentwurf zu richten. Noch schlimmer, sie maßt sich an, Hilfe anzubieten, wo keine gebraucht wird. Egal ob Peggy mit ihrer kleinen Geschichte gestern übertrieben hat. Mal angenommen, sie wäre wirklich eine drogenabhängige Prostituierte. Dann wäre Jessikas Hilfe immer noch unangemessen. Solange sie nicht erbeten wird. Oder von Peggy aus auch, solange sie nicht wie ein Gespenst aussieht oder nachts von irgendeinem Gullydeckel gekratzt werden muss. Bloß will Jessika gar nicht helfen. Die will, dass Peggy so ist wie sie. Oder was denkst du, warum die größte Sprachlosigkeit kam, als Peggy ihr erzählt hat, sie heirate eine Frau. Das musst du dir mal vorstellen, Peggy sagt, dass sie jemanden liebt, und was macht Jessika? Umarmen? Beglückwünschen?

Alkoholfreien Sekt öffnen? Sie bietet an, die Liebe wegzumachen. Aber davon abgesehen, dass sie einen Teufel tun wird, Jessika aufzuklären, will Peggy diesen Kampf mit fairen Mitteln gewinnen. Das ist Jessikas eine Chance zu zeigen, dass unter der Deckschicht aus Make-up und Heuchelei ein Mensch wohnt. Nicht eine Missionarin. Ein Mensch. Deshalb wird Peggy sie nicht zusammenscheißen. Sie wird dieses Gespräch so sachlich führen wie eine Zeugenbefragung.

«Seh ich aus, als hätt ich mein Leben nicht im Griff?»

«Oft sind die Dinge nicht, wie sie scheinen, Peggy. Du kannst strahlen wie die Sonne, aber innendrin, Peggy, innendrin fault es.»

«Fühlt sich nicht so an.»

«Du weißt es vielleicht noch nicht, Peggy, aber ich spüre es. Du höhlst dich von innen aus. Drogen zertrümmern Körper und Geist, Zügellosigkeit zertrümmert deine Seele.»

Heilige Scheiße, reden kann sie. Entweder hat sie einen von Global Senior Pastor Johnstons Ratgebern auswendig gelernt, oder sie hat Talent für so was. Nee. Sie hat einen Song mit dem Wort Löwenkönig drin geschrieben.

«Welche Drogen? Welche Zügellosigkeit? Du kannst nicht mal beim Namen nennen, was du mir austreiben willst.»

«Peggy, es spielt keine Rolle, auf welchem Trampelpfad genau du dich durchs Unterholz kämpfst. Wichtig ist, dass du auf den Weg zurückfindest, der ans Ziel führt.»

«Du kennst mein Ziel?»

«Wir teilen alle dasselbe Ziel.»

Peggy mustert Jessika von oben bis unten. «Unwahrscheinlich.»

«Nur manche von uns wissen es noch nicht.» Jessika setzt ein verbindliches Lächeln auf. So ähnlich, wie wenn der Versicherungsvertreter den Unterschriftenfüller auf den Tisch legt. «Das Licht, Peggy. Jeder Mensch strebt nach dem Licht. Und wir, die es bereits gefunden haben, haben die Aufgabe, denen zu helfen, die noch in den Schatten festhängen. Die das Gestrüpp noch im Griff hat.»

Wenn das so weitergeht, denkt Peggy, heißt Jessika bald Senior Pastor Storch.

«Und wenn ich mich im Gestrüpp wohler fühle als auf deinem verdammten, schnurgeraden, blitzblank gefegten Forstweg?»

«Im Gestrüpp, Peggy, lauert die Schlange.»

«Wer ist die Schlange, was ist die Schlange?»

«Sie hat dich so fest im Griff, dass du sie nicht mehr erkennst.»

Peggy ist überfordert. Sie ist geradezu verzweifelt. Sie will, und wenn es nur dieses eine Mal ist, dass Jessika den ganzen Weichkäse zur Diskussion freigibt. Dass sie sich auf Argumente einlässt. Sie könnte nicht mal verlieren! Wenn du dich auf übernatürliche Mächte berufst, kannst du nie verlieren, deshalb ist es ja so bequem zu glauben.

Peggy macht noch einen letzten Versuch. «Ich war auf eurer Webseite. Da geht es nur um Menschlichkeit und Glück und Erfüllung. Was glaubst du, was ich spür, wenn ich tanzen geh, wenn ich high bin, wenn ich mit jemandem schlafe? Ich lebe, was ihr predigt. Was zum Teufel ist falsch daran?»

Jessika lacht. Wie eine Fürstin, vor der eine Leibeigene kniet, verhungernd, weil sie die Früchte ihres Felds abtreten soll. Und die Fürstin ist belustigt, weil das Weib so sehr am Leben hängt, dass es vergisst: Gerecht ist niemals, was die Sklavin denkt. Gerecht ist das Wort der Fürstin. Die Fürstin schiebt eine Visitenkarte rüber. «Lead Pastor Boris erwartet dich morgen zwischen dings und dongs Uhr.» Sie wird es nicht exakt so gesagt haben, Peggy hat nicht mehr zugehört, sagt auch selbst nichts mehr, dreht sich um, geht weg, packt ihre Sporttasche, zieht die Wohnungstür sachlich ins Schloss. Bisschen so wie mit den Bösen im Fernsehen: Einer grausamer, blutrünstiger, waffenstarrender als der andere. Bloß der Oberböse, der mit einer Handbewegung ganze Landstriche auslöscht, der kommt unbewaffnet und ist ganz still. Genau so ist Peggy jetzt drauf. Sie setzt sich aufs Rad und fährt eine schnurgerade Linie, überholt jedes einzelne Auto links, missachtet jede einzelne Ampel. Im Taekwondo-Studio legt sie den Dobok an und lässt zwei Gegner nacheinander zu Boden gehen. Du musst wissen, beim Taekwondo kannst du nicht drauflosprügeln. Du musst schneller sein als der andere, gewandter, konzentrierter. Peggy war noch sie so schnell, so gewandt, so konzentriert. Sie schwitzt nicht mal, obwohl das Studio im dritten Stock ist und keine Klimaanlage hat. Ihr dritter Gegner gibt nach der zweiten Runde auf. Sie ist nur ein ganz kleines bisschen außer Atem. Sie zieht den Dobok aus, duscht, fährt genauso zurück, wie sie hergekommen ist, würdigt Jessika keines Blicks und geht schlafen.

# DONNERSTAG, 19. JULI

Am Morgen macht Peggy genau da weiter, wo sie aufgehört hat. Kommt aus ihrem Zimmer, geht an Jessika vorbei ins Bad, kommt wieder raus, geht an Jessika vorbei in ihr Zimmer, zieht sich an, macht sich schweigend neben Jessika einen Kaffee, den Blick stur auf die Kaffeemaschine gerichtet. In Jessikas Rüstung aus Sonnenlicht und Selbstgerechtigkeit muss irgendwo ein Loch sein, durch das die Kälte sickert. Jedenfalls sagt sie nichts, versucht nichts, ist mindestens eine Nummer kleiner als gestern. Peggy setzt den Rucksack auf und zieht die Tür leise hinter sich zu. Bye-bye, Jessika. Du wirst mich nicht mehr besuchen.

Als sie das Dienstzimmer betritt, ist Harmsens Schreibtischsessel leer. Seltsamerweise vermisst sie ihn. Überleg mal, was ist das Problem vom Alten? Er ist alt. Dafür kann er nichts. Er kann nichts bedienen, was einen Chip hat. Blöd für ihn; dem Rest der Welt egal. Er ist faul und lahm. Das Gegenteil von Peggy, aber kein Verbrechen. Eigentlich ist der Alte okay. Weißt du, warum? Er hat gesehen, wie sie so verkatert zur Arbeit gekommen ist, dass sie auf dem Klo kotzen musste. Er hat sie gesehen, sonntagmorgens um vier, high und zerzaust, wie sie aus dem Bett eines Fremden stolpert. Was hat er gesagt? Was hat er ihr geraten?

Und als der Dezernatsleiter fragt, was da los war, was hat er gesagt? Nichts hat er gesagt. Wenn es stimmt, dass Liebe heißt, den anderen so sein zu lassen, wie er ist, dann wird Peggy von einem Polizistenfossil aus dem Eozän mehr geliebt als von ihrer Cousine, die von nichts redet als von Liebe.

Peggy öffnet die Videobearbeitungsoftware. Dass die auf ihrem rentnerjackenfarbenen Rechner überhaupt läuft, dafür musste erst ein Techniker kommen und neuen Arbeitsspeicher und was noch alles installieren. Eigentlich kriegst du als Kriminaloberkommissarin solche Spezialsoftware gar nicht, aber stell dir vor, Peggy Storch kann sehr überzeugend sein. Sie scrollt zu dem Punkt, an dem die Spiegelung in der Fensterscheibe auftritt, markiert die vielleicht zwei Sekunden, die sie dauert, und schießt aus allen Rohren auf den Videoschnipsel. Vergrößert ihn aufs Dreifache, hellt ihn auf, erhöht den Kontrast, nimmt wieder Kontrast raus, optimiert Licht und Schatten. Der Computer rechnet eine halbe Stunde lang. Dann klingelt er. Peggy lässt das Video in Zeitlupe laufen. Es ist immer noch verschwommen. Aber sie kann jetzt was erkennen. Jemand zerrt ungewollt schwungvoll etwas auf, vermutlich die Kühlschranktür, und greift was raus. Kann eigentlich nur eine Flasche sein. Und der jemand, weil er schmal und blond ist und ein knallgelbes, nicht aber blutrotes Kurzarmhemd trägt, sieht aus wie Nils Plöger. Der lebendige und kerngesunde Nils Plöger. Zugegeben, Peggy ist nicht so eine neurotische Umdieeckedenkerin wie der Alte. Aber auszuschließen, dass sich jemand als Plöger verkleidet hat, um auf der Aufzeichnung einer niemandem bekannten Kamera eine beinahe unsichtbare Spiegelung zu erzeugen, das ist nicht geistige Trägheit, das ist gesunder Menschenverstand. Und das bedeutet, dass Ronny und El-Khalil raus sind aus dem Kreis der Verdächtigen. Sie ruft den Alten an. Natürlich geht er nicht dran. Klar: Du sitzt neben deiner todkranken Mutter, und deine vorlaute Berliner Kollegin ruft an und will dir was von Bildbearbeitung erzählen. Würde sie auch nicht drangehen. Schickt sie halt eine Nachricht. Jetzt dreht sich alles um Andrej Freindlich. Das Einzige, was an diesem Verdacht noch etwas ändern könnte, ist das Ergebnis des DNA-Vergleichs. Also dass entweder Dennis Bünte oder Tobias das Stück Fingernagel in Plögers Hals hinterlassen haben. Aber ganz ehrlich: Bünte, so hinüber, wie der war? Und Tobias war ja, wenn Peggy nicht alles täuscht, durchgängig mit ihr unterwegs. Da der DNA-Vergleich nicht vor morgen kommen wird, bleibt Peggy nur noch eine Aufgabe: Tiervideos auf Youtube gucken. Im Ernst, kennst du dieses Pferd, das ein Krokodil plattmacht? Oder den Achthundertkilobison, der in einem Pontiac-Cabrio spazieren gefahren wird? Oder die Haustierlöwin, die ihren Besitzer frisst? Schwups, ist die erste halbe Stunde rum.

+++

Als Harmsen aufwacht, ist er ziemlich sicher, dass ihm nachts irgendein Chirurg des Bösen, sicherlich ein Emder, heimlich das Rückgrat durchtrennt oder zumindest angesägt hat. Er kann sich nicht bewegen. Erst als er verschiedene Theorien über Motiv und Modus Operandi des düsteren Arztes so weit entwickelt hat, dass er sich bereit fühlt, die Kollegen vor Ort zu verständigen, fällt ihm eine weitere potenzielle Erklärung für seinen Kreuzschmerz auf, nämlich dass er die Nacht in einem Hartplastikstuhl am Bett seiner Mutter verbracht hat. Jetzt wird es ein bisschen peinlich, andererseits befinden wir uns in einem Krankenhaus; wo, wenn nicht hier, dürfte man tun, wozu Harmsen sich anschickt. Er schält sich aus dem Trenchcoat, will sich auf die Knie sinken lassen, ächzt, verliert das Gleichgewicht, plumpst auf den Hintern. Was unermesslich schmerzt, nicht wegen des Aufpralls, sondern weil das Umplumpsen genau jenes Gelenk aktiviert, an dem der Hexenschuss sitzt oder was auch immer das ist. Harmsen schreit auf. Dann wälzt er sich mit Hilfe einer Bewegung, die im Rahmen dieser Erzählung als Harmsenwuchte geführt und am besten als vollumfänglich walrosshaft beschrieben wird, vom Po auf die Seite und von da auf alle viere. Dann beginnt er mit den Rückenübungen, die ihm mal ein Krankengymnast gezeigt hat. Krankengymnasten sind so was wie Sekretäre oder Putzfrauen; es gibt sie noch, bloß heißen sie jetzt Büromanager, Raumpflegefachkraft oder eben Physiotherapeut. Falls Sie einmal wegen Rückenschmerzen beim Krankengymnasten waren und zu den drei Prozent Strebern gehören, die die Übungen wirklich machen, dann wissen Sie: Egal wie gekonnt Sie die Bewegungen auszuführen glauben, Sie machen sich lächerlich. Und wenn Sie dabei schon blöd aussehen, stellen Sie sich mal Harmsen vor. Wie er einen Katzenbuckel macht. Wie er mit dem Becken wackelt. Wie er den einen Arm und das andere Bein ausstreckt wie ein alternder Superheld, der es einfach nicht mehr schafft abzuheben.

«Is dat de Medzin, of liggt dor mien Jung up de Deel un versökt to flegen?», sagt, zitternd, aber deutlich, Harmsens

Mutter. Deutlich natürlich nur für Harmsen und weitere des Plattdeutschen Mächtige, weshalb das Gespräch im Folgenden auf Hochdeutsch wiedergegeben wird.

«Mutter!», sagt Harmsen. Sowie, nach einer Pause: «Du lebst!» Er steht auf, humpelt, hüftseitig sich auf beide Hände stützend, zum Bett und versucht, seine Mutter zu umarmen. Was, wie jeder weiß, der mal eine im Bett liegende Person zu umarmen versucht hat, unmöglich ist, weil Sie mit den Armen nicht um Hals oder Schultern der Person im Bett kommen. Es sei denn, diese richtete sich auf, was Harmsens Mutter in ihrem Zustand unmöglich ist.

«Das wäre nicht nötig gewesen, dass du auch gleich umkippst, mein Junge.»

Was soll Harmsen da sagen. Er vergräbt seine Nase am Hals seiner Mutter und schluchzt. «Ich dachte schon, ich muss dich beerdigen.»

Harmsens Mutter lacht, hört aber sogleich wieder auf und hält sich den Bauch. «Viel wert ist das Haus sowieso nicht mehr. Ich glaube, du fährst besser damit, dass ich lebe.»

Jetzt lacht Harmsen, hört aber ebenfalls sofort wieder auf. «Wie hast du das überhaupt hinbekommen, dass dir die Lunge verkalkt?»

«Ich lieg halt gern auf dem Sofa. Da klumpt dir das Blut von, sagt der Doktor. Wenn du dann aufs Klo musst und ein bisschen drückst, dann passiert das schon mal, dass der Klumpen in die Arterie flutscht.»

«Und jetzt?»

«Jetzt ist wieder gut.»

«Versprich mir eins, Mama.» Mit *Mama* hat er eigentlich vor über dreißig Jahren aufgehört. Wahrscheinlich ist das diese merkwürdige Stimmung, die gestern Nacht über ihn gekommen und nicht wieder verschwunden ist. «Nicht sterben, ja? Auch in Zukunft nicht.»

Harmsens Mutter lächelt bloß.

Der Kommissar fängt wieder an zu schluchzen.

Harmsens Mutter nimmt seine Hand. «Wenn du Angst vor der Vergänglichkeit hast, mein Junge, habe ich einen Rat für dich: Werd Vater. Wenn du jemanden hast, der dich überlebt, verliert das Ganze seinen Schrecken.»

Bloß, fällt Ihnen etwas ein, das Harm Harmsen einem Kind beibringen könnte? Langsamer Auto fahren als die anderen? Einhändig Falafel eintunken und zum Mund führen, ohne die Hose vollzukleckern? Danebenschießen? Sieht Harmsen auch so. Aber die Bemerkung lenkt seine Aufmerksamkeit auf das Thema, das nicht aufhört, ihn umzutreiben, nämlich die Bibi. Nicht dass er mit der ein Kind machen wollte. Würde gar nicht gehen, oder wäre mindestens unwahrscheinlich, die Bibi ist an die fünfzig. Trotzdem stimmt, was seine Mutter gesagt hat: Wenn Sie allein sind, ist der Tod beschissen. Harmsen stellt sich vor, seine Mutter stirbt wirklich, und er sitzt daneben und hält ihre runzlige, vertrocknende Hand, und niemand sitzt neben ihm und hält seine. Niemand ist da, dessen Haut nicht übermorgen zu Erde zerbröselt, durch die Blut fließt, die warm ist, an die er sich werfen kann. Wäre dagegen die Bibi da, richtig da, so da, dass er sie hätte fragen können, ob sie mitfährt, so da, dass sie jetzt und hier neben ihm sitzen würde, dann wäre der Gedanke an den Tod nicht so schlimm. Wenn die Bibi da wäre, wenn er stürbe, wenn sie ihn also überleben würde, dann könnte er in Ruhe gehen. Und so wie Harmsen säuft, überlebt ihn die Bibi allemal.

«Hör auf zu grübeln, Harm.» Vielleicht kennen Sie das von Ihrer eigenen Mutter: Sie geben sich durchaus Mühe, etwas zu verbergen. Aber sie sieht in Sie rein wie durch ein frisch geputztes Fenster. «Ich versprech dir, ein paar Jahre bin ich noch da.»

«Wie wär's, wenn ich bleibe, bis du entlassen wirst? Ich stell dir den Kühlschrank voll mit Essen, dann bring ich dich nach Hause.»

«Wenn ich gewollt hätte, dass du dich im Krankenhaus aufhältst, hätte ich dich Arzt werden lassen. Ich freu mich sehr, dich zu sehen, mein Junge. Aber jetzt ist auch gut. Ich bin gesund, und du fährst nach Berlin und fängst Verbrecher. Wozu hab ich denn einen Neffen, der zwei Häuser weiter wohnt?»

Harmsen holt Luft, kommt aber nicht weit.

«Sofort. Klar? Sonst bringe ich dich in meinem Leichenhemd hier zum Bahnhof und warte, bis der Zug abgefahren ist.»

Blöd bloß, dass Harmsen das nicht aus Höflichkeit gesagt hat. Er hat es so gemeint. Dieses Nachdenken über die Endlichkeit und die Liebe hat ihm zugesetzt. Aber seine Mutter ist längst in den Alltag zurückgekehrt, zumindest im Kopf, und dieser Alltag ist von lutheranischem Fleiß erfüllt. Außerdem, vielleicht kennen Sie das von Ihrer eigenen Mutter, wenn sie so redet, ist die Diskussion sowieso zu Ende.

Am Ortsausgangsschild befindet sich eine Tankstelle. Der Kommissar, dessen Hang zu Routinen Ihnen sicher aufgefallen ist, hält. Der Tank ist beinahe voll, er ist auch nicht besonders hungrig, aber wenn er die Heimat verlässt, dann tankt er da, und dann isst er da. Und zwar ein Putenschnitzel Wiener Art mit Fritten, begleitet von einem halben Liter Pils. Besonders clever ist das nicht, denn wenn Sie dreihundert Gramm Truthahn in Ei und Paniermehl und Fett im Magen haben, dazu die sedierende Wirkung von zu wenig Alkohol im Blut, dann wollen Sie keine fünfhundert Kilometer Auto fahren. Harmsen hat maximal dreißig Gramm Geflügel verarbeitet, als er von der Tür die Stimme hört.

«Gibt's ja nicht, Harm Harmsen in der Heimat, höchstpersönlich, moin!»

Der Kommissar braucht sich nicht umzudrehen. Es gibt Leute, zum Beispiel ihn selbst, deren Stimme würden Sie nicht mal wiedererkennen, wenn sie Ihnen gerade *Auf der Suche nach der verlorenen Zeit* vorgelesen hätte. Und dann gibt es Stimmen, von denen müssen Sie nur eine Silbe hören und vergessen sie nie. So eine hat Heiko, Annen heißt der oder Nannen oder Tammen oder so. Ging mit Harmsen zur Schule. Einer von denen, die als Jugendliche mordskomisch waren, weil ihnen noch zu der abwegigsten Situation ein schlüpfriger Witz eingefallen ist, wahlweise auch einer, der sich mit Urin, Kot, Erbrochenem oder abgetrennten Gliedmaßen befasste. Dieser jeder Überkomplexität unverdächtige Friesenhumor verändert sich über die Jahrzehnte ganz ähnlich wie ein Silberlöffel, also gar nicht. Er hört bloß auf zu glänzen. Jedenfalls, Heikos Stimme, tiefer als das Horn der *Queen Mary*. Der Rest von ihm rotwangig, niedrigstirnig, bürstenhaarig.

«Alter!», Heikos Pranke geht auf Harmsens Schulter nieder. «Schigger Trenchcoat, siehst aus wie 'n Kommissar.» Stellen Sie sich die Lache von der Bibi vor, bloß eben als Subkontra-C.

Hier ist der Grund, warum Harmsen, einmal in Berlin, da auch geblieben ist: dass ihm keiner auf die Schulter haut, als seien sie mal Freunde gewesen.

«Was treibt dich her?»

Während Harmsen noch überlegt, wie er sich der Lage am besten entzieht, hat Heiko der Tresenkraft längst mit Hilfe von Fingerzeigen übermittelt, dasselbe Getränk zu begehren wie der Kommissar.

Gibt er halt auf. «Meine Mutter», sagt er. «Geht's nicht so gut.»

«Deine Mutter? Die war doch immer fit wie 'n Turnschuh.»

Heiko hat Harmsens Mutter nie getroffen, und wenn doch, würde er sich sicher nicht an sie erinnern.

«Tja», erläutert Harmsen.

«Nee!», macht Heiko. «Und sonst so? Ich bin ja gerade befördert worden. Guck mal, hier.» Er fingert eine Visitenkarte aus der Tasche. «Abteilungsleiter. Geil, ne? Vom vierzehnten Monatsgehalt hab ich erst mal schön glasierte Ziegel aufs Dach geklatscht. Als Nächstes hol ich mir 'nen neuen Carport. Man gönnt sich ja sonst nichts. Ja, und den Kindern geht's auch gut. Du, der Große will sich bald verdünnisieren. Bei meiner Frau ist es umgekehrt; die wird immer dicker. Na ja, wir sind alle nicht am Jüngerwerden. Wahnsinn, was? Wie die Zeit vergeht. Wie lange haben wir uns nicht gesehen? Fünf Jahre, zehn Jahre? An Weihnachten war das. Meine Herren, warst du besoffen, Harm. Und ich erst. Na ja, wat mutt, dat mutt, ne? Und sonst, Berlin alles gut? Hier tut sich auch immer viel. Ich sag nur, die Umgehungsstraße, nee, nee, nee, aber nützt ja all nix.»

Heiko nimmt einen beherzten Schluck Bier, winkt durch

die Scheibe jemandem, winkt ihn Gott sei Dank nicht herbei, kommentiert die Oberweite einer Tankenden mit «meine Herren» sowie zwei vor die Brust gehaltenen Händen.

«Erzähl doch auch mal was! Immer noch fleißig am Ermitteln?»

«Hou.»

«Und, wer ist gerade gestorben? Erzähl mal! Sonst sterbe ich selber gleich vor Neugier.» Wieder die Lache.

«Dienstgeheimnis.»

«Ach komm!» Heikos Faust komprimiert das Fleisch an Harmsens Oberarm zu einem mikrometerdünnen Film. «Ich erzähl dir auch, wem sein Auto ich vorgestern vorm Puff gesehen habe. Glaubst du nie.»

Schon gut, die Drohung wirkt. «Einem Bräutigam ist bei seinem Junggesellenabschied die Kehle durchgeschnitten worden.»

«Boah», macht Heiko. «Und? Heiße Spur?»

«Der Hauptverdächtige hat sich abgesetzt. Wohnt in Osnabrück. Wir lassen ihn suchen.»

«In Osna? Glaub ich nicht! Kannste den Killer ja auf dem Rückweg gleich mitnehmen.»

«Wenn du einen umgebracht hättest und auf der Flucht wärst, würdest du dann zu Hause auf die Polizei warten?»

«Ich hätt mich längst nach Bungabungaland abgesetzt.» Heiko wirft den Kopf in den Nacken und lässt das Subkontra-C raus. «Vielleicht war er's ja gar nicht. Vielleicht sitzt er im Wohnzimmer auf dem Sofa und schlürft ein Käffchen nach dem anderen.»

Harmsen weiß nicht mehr, was er sagen soll. Zu seinem Glück hatte er während Heikos Monologen Zeit, sein Schnitzel aufzuessen. Das Bier ist auch alle.

«Ich fahr los», fasst der Kommissar sein Anliegen zusammen.

«Denn man to», sagt Heiko. «Bis in zehn Jahren, gleicher Ort, gleiches Bier.» Letzter großer Lacher, letzter Schlag aufs Schulterblatt, der Kommissar sitzt im Rekord.

Das Gute an Heikos Auftritt ist, dass er Harmsens Hirnströme wieder Richtung Polizeiarbeit gelenkt hat. Oder was heißt *gut*. Das sind ja wichtige Gedanken, die er sich da gemacht hat über die Bibi. Die er auch bestimmt noch nicht fertig gedacht hat. Aber nützt ja nichts, wenn er die ganze Fahrt über begrübelt, was er nur in Anwesenheit der Bibi klären kann. Harmsen schiebt eine Kassette ins Radio. Die hat er vor vielen, vielen Jahren selber gemischt, erfreut ihn heute noch. Nicht nur der Musik wegen. Auch wegen der Pausen. Falls Sie über dreißig sind, kennen Sie noch die Zeit, in der Playlists Mixtapes hießen. Harmsen ist selbst dafür zu alt, er würde wohl von Potpourris sprechen. Normale Leute haben die Songs, die auf die Kassette sollten, in absteigender Wichtigkeit nacheinander aufgenommen. Am Ende der ersten Seite brach ein Lied ab und ging auf der nächsten Seite weiter. Das allerletzte Lied brach mittendrin ab und ging nirgends weiter. Anderen Jugendlichen war das egal, es war sowieso das unwichtigste Lied. Nicht so Harmsen. Harmsen hatte selten das Problem, dass Freunde ihn zu wilden, den Duft des Erwachsenwerdens atmenden Abenteuern abholten. Dem konnte er durchaus eine gute Seite abgewinnen, nämlich dass er seine im Mathematikunterricht erworbenen Kenntnisse unmittelbar anwenden konnte: zur Berechnung der optimalen Verteilung der Songs auf jeweils eine Kassettenhälfte. Falls Sie sich fragen, wie Harmsen im Fall eines von einer kopierten Kassette zu überspielenden Songs die Laufzeit bekannt gewesen sein konnte: Er war im Besitz einer Stoppuhr und hatte keine Hemmungen, zunächst den gesamten Inhalt der Quellkassette zu vermessen. Aber Harmsen ist so sehr Neurotiker wie Lustmensch. Er liebt die Musik. Speziell, wenn sie sich thematisch zusammenstellen lässt. So besitzt er selbst arrangierte Potpourris von Liedern über das Werden und Vergehen, über das Lebensgefühl der Sinti und Roma, die in sämtlichen Liedern allerdings mit einem inzwischen ungebräuchlichen Sammelbegriff bezeichnet werden, sowie über die Farbe Grün. Die Kassette, die er eben eingelegt hat, ist französischen Chansons gewidmet, die von Amerikanern, puritanisch gesäubert, zu Welthits gemacht wurden. Sie glauben nicht, wie viele es davon gibt. Nehmen Sie zum Beispiel *Seasons in the Sun*; ein Sterbender nimmt Abschied. Der Amerikaner schmachtet seinen Papa und seine Freundin an, der Franzose beschimpft erst einen Pfaffen, dann den Liebhaber seiner Frau und schließlich diese selbst. Oder *My Way*, diese Orgie des Eigenlobs. Ursprünglich ging es in dem Song um ein entfremdetes Paar, das nicht die Kraft findet, sich zu trennen. Rein arithmetisch war dieses Potpourri eine der größten Herausforderungen für Harmsen, da es bei Berechnung der Optimalverteilung galt, Original und Neuauflage jeweils nacheinander anzuordnen.

Lauthals singend nähert sich Harmsen dem Kreuz Oldenburg-Ost, das ihn vor die Wahl zwischen drei Autobahnstrecken stellt. Die eine führt nach Wilhelmshaven, das kann eigentlich niemand wollen. Die andere geht nach Bremen und dann nach Berlin. Schließlich gibt es noch die Option, auf die Bundesautobahn Neunundzwanzig zu wechseln. Die führt Richtung Süddeutschland, ist also im Prinzip auch abwegig. Würde nicht auf den in DIN 1451 beschrifteten blauen Schildern, die über die Folgen eines Autobahnwechsels informieren, *Osnabrück 105 km* stehen.

Und just als er schmettert, *I ate it up and spit it out,* schleicht sich Heiko in Harmsens Kopf und mit ihm ein Gedanke: Wie wäre es denn, wenn er wirklich zu Freindlich fährt. Nur so als Privatmann. Es ist nämlich so: Wenn jemand zur Fahndung ausgeschrieben wird, dann hat diese Person Pech, wenn sie am Flughafen ihren Pass zeigt. Oder wenn sie ihre Mozartkugeln unbedingt in der Originalkonditorei einkaufen muss und die Österreicher mal wieder Grenzkontrollen einführen. Aber es werden wohl eher keine Osnabrücker Kriminalkommissare in Freindlichs Umfeld rumhorchen oder so. Ein interessierter Tourist dagegen, der die Sehenswürdigkeiten der Stadt besucht hat, aber nicht nach dreißig Sekunden weiterreisen möchte, der könnte beispielsweise bei Freindlich vorbeifahren und gucken, ob jemand aufmacht und, wenn ja, wer. Harmsen biegt also auf die Strecke nach Osnabrück ab. Wo der Verdächtige gemeldet ist, hat er in seinem Notizbuch notiert. Bloß wie er dahin kommt, das steht da nicht. Seine erste Amtshandlung, oder besser: seine erste Aktion als Privatdetektiv ist daher der Besuch einer Raststätte zum Erwerb eines Stadtplans. Interessant, wenn auch vermutlich für die Ermittlungen nicht sachdienlich, ist, dass Freindlich laut Melderegister in einem Stadtteil namens Wüste lebt. Möglich, dass Harmsen das Haus ein paarmal verpasst, eventuell auch die gesamte Straße durchfährt, ohne was davon zu merken. Aber er schafft das. Er findet das Haus. Parkt den Rekord direkt davor. Dann fällt ihm ein: Haben die Osnabrücker Kollegen bezüglich Freindlichs vielleicht doch schon irgendwas unternommen? Harmsen, mangels eines Telefonzellenverzeichnisses für Osnabrück, bleibt nichts anders übrig, als in der Trenchcoattasche nach dem Mobiltelefon zu fingern. Jetzt ist es an der Zeit, auch mal eine Erfolgsgeschichte zu erzählen: Er entsperrt das Gerät beim ersten Versuch, findet auf Anhieb den Eintrag *pegel stœrh* und landet einen Volltreffer auf dem grünen Hörer.

«Harmsen, wie geht's deiner Mutter? Wie geht's dir?», meldet sich die Storch.

Was soll denn das, denkt der Kommissar. Er setzt einen ermittlungsdienlichen Anruf ab, und ausgerechnet die Storch duselt ihn voll. «Muss ja.»

«Wird sie es schaffen?»

«Hou.»

Sollte er versehentlich doch unter *pegel stœrh* – hundertprozentig eindeutig ist die Buchstabenfolge nicht – die Telefonseelsorge abgespeichert haben? Und falls nein, was ist da los? Die Storch, diese Lok auf zwei Beinen, interessiert sich auf einmal für Gesundheit, noch dazu die der Familie Harmsen? Der Kommissar weiß nicht, wie er damit umgehen soll. Und was ist das Beste, wenn man nicht weiß, wie man mit etwas umgehen soll? Ganz genau: Tun, als wäre es nicht passiert.

«Frau Storch, ich stehe in Osnabrück vor Freindlichs Haus. Würden Sie mir den Gefallen tun nachzuschlagen, ob die Kollegen schon hier waren?»

Stille am anderen Ende. Dann Kichern. «Warst du nicht der Typ, der mich nach meinem Undercoverauftritt bei den Kleingärtnern beim Chef anschwärzen wollte?»

Vielleicht erinnern Sie sich; die Storch ist auch schon

mal ohne offiziellen Auftrag verdeckt ermitteln gegangen, und in diese offene Flanke hat der Kommissar damals sofort reingemeckert. Daher jetzt Stille an seinem Ende.

Bei der Storch klackert es. «Nope», sagt sie schließlich.

«Bitte?»

«Nope.»

«Und wann genau war der Herr Noop bei Freindlich?»

Wieder Stille. Dann Seufzen. «Keiner war bei ihm. Kannst ihn überraschen.» Die Storch legt auf.

Harmsen verlässt den Rekord, schreit auf, weil sein Rücken lieber sitzen geblieben wäre, humpelt, Hand am Kreuz, zur Tür. Auf der Klingel steht tatsächlich «Freindlich», neben zwei weiteren Namen. Harmsen drückt.

«Ja?»

«Herr Freindlich?»

«Nein.»

«Noop hier, vom Getränkemarkt. Ihr Mineralwasser ist da.» Sie müssen wissen, Harmsen hat die ganze Strecke von Oldenburg bis Osnabrück überlegt, was er sagen könnte. Wenn Sie zu den geselligen Menschen gehören, die öfter ein Dutzend Freunde einladen oder die viele Kinder mit vielen Freunden haben oder wenigstens eine große Familie mit aufdringlichen Schwippschwagern, die Selbstgebrannten vorbeibringen, dann würden Ihnen zig Vorwände einfallen. Aber bei Harmsen klingelt nie einer; im Internet bestellt er nichts, die Bibi empfängt nur, und so gut ist er mit dem Vampir auch nicht befreundet. Was er braucht, das ist stilles Mineralwasser. Oder haben Sie mal versucht, mit Berliner Leitungswasser einen Tee zu kochen? Den können Sie kaum als solchen erkennen, so viele Kalkflocken schwimmen da drauf. Also ruft Harmsen alle drei Wochen bei dem Spätkauf in seiner Straße an und bestellt zehn Kisten Wasser. Gehört jetzt nicht zum Kernangebot eines Vierundzwanzigstundenkiosks, dem Kunden was zu liefern. Man könnte sogar sagen, es steht im Gegensatz zum Geschäftsmodell. Und hier liegt der eigentliche Unterschied zwischen dem Spätkauf und dem Supermarkt: Der Besitzer steht an der Kasse, und wenn Sie sich mit ihm verstehen, dann schickt er gegen bescheidenen Aufpreis seinen Sohn Kisten schleppen.

«Ich habe kein Mineralwasser bestellt.»

«Sie nicht. Aber Herr Freindlich.»

Kurzes Schweigen. Dann summt die Tür. Harmsen bleibt bis zur letzten Sekunde in der Rolle, denn das Tempo, in dem er ohne Wasserkisten die Treppen hochsteigt, entspricht exakt dem Tempo, in dem Herr Noop vom Getränkemarkt mit den Kisten hochkäme. Als er ankommt, ist er überrascht. Im Türrahmen lehnt Freindlich. Der Kommissar hat ihn für einen eher berechnenden Typ gehalten. Aus Berlin verschwinden plus Anrufe nicht beantworten gleich abtauchen, das ist mit den Regeln der Algebra vereinbar. Aber was ist das für eine verkorkste Gleichung: aus Berlin verschwinden plus Anrufe nicht beantworten plus zu Hause sein. Da lösen sich die Platzhalter nicht schön gegenseitig auf, sondern da bleibt zum Schluss eine krumme Zahl mit siebzehn Stellen stehen, zum Beispiel Untersuchungshaft.

Freindlich hat die Arme verschränkt, ein Schienbein vor das andere gekreuzt, guckt wie immer, sagt nichts. Harmsen weiß nicht, wie es bei einem Eiswürfel wie dem aussieht, wenn er in Panik gerät; so stellt er es sich jedenfalls nicht vor. Freindlich dreht seinen Kopf in den Flur, wo ein junger Mann steht und so tut, als würde er weder lauschen noch glotzen. Freindlich nickt in die andere Richtung. Der Kommissar, nach der Dienstwaffe tastend, geht hinterher. Freindlichs Zimmer sieht aus wie in diesen alten japanischen Filmen, für die Harmsen manchmal dienstagabends um elf noch ins Kino fährt, die Zimmer aussehen. Ein Futonbett, eine mit Reispapier bespannte spanische Wand, Strohmatten auf dem Boden und so eine eckige Leuchte zum Aufstellen. Kaum Dekoration, zwei Tuschezeichnungen an der Wand, auf einer Kommode ein paar Fotos. Freindlich schließt die Tür hinter Harmsen.

«Ihnen ist klar, dass wir nach Ihnen fahnden?»

Freindlich schürzt die Lippen.

«Sie sind der einzige Verdächtige. Sie haben ein Motiv. Sie haben kein Alibi. Und Sie haben sich sehr wohl mit Plöger gestritten, als Sie in der Nacht nach Hause kamen.»

Der andere weiterhin Eiswürfel.

«Dann verschwinden Sie, gehen nicht ans Telefon.»

Freindlich guckt wie die Storch, als sie Harmsen zum zehnten Mal das mit den Genen erklären musste. «Deutschland. Ist freies Land. Ich komme, wann ich will. Ich gehe, wann ich will. Ich telefoniere, wann ich will. Wenn ich wollte verschwinden, tausend Polizisten würden mich niemals finden. Aber ich sitze hier, in Wohnung.»

«Und warum sollte ich Sie nicht genau jetzt mitnehmen?»

«Sie sind Polizist von Berlin. Hier ist Niedersachsen. Sie sind allein. Sie sehen aus wie Knödel. Wie wollen Sie mich mitnehmen?»

«Wenn ich jetzt gehe, stehen in ein paar Minuten zwei Jungs in Uniform vor der Tür, dann nehmen die Sie mit. Sie unterhalten sich in jedem Fall mit mir. Ihre Wahl: entweder heute freiwillig oder morgen in Untersuchungshaft.»

Der andere holt Luft. «Für mich ist einfach. Ich habe nicht getötet Nils Plöger. Deshalb ich bin nicht geblieben in Berlin. »

«Oder gerade weil Sie ihn getötet haben.»

Freindlich holt Luft. «Gut, hören wir auf mit Spielchen. Ich habe nichts zu verbergen.» Er geht zu der Kommode, erstmals nicht mit dieser katzenhaften Geschmeidigkeit, sondern zögerlich. Hebt zwei der Bilder hoch. «Sind Sie blind, Kommissar?» Freindlich kommt näher, noch stockender. Auf dem einen Bild sind Freindlich und Plöger zu sehen, Arm in Arm. Auf dem anderen ist nur Plöger. Die Art Porträt, die man sich im Büro auf den Schreibtisch stellt. «Ich habe geliebt Nils Plöger.»

Oha. Das hat der Kommissar nicht kommen sehen. Ist ja bekannt, dass seine Antennen im Zwischenmenschlichen nicht so gut empfangen. Bloß, was Freindlich sagt, entlastet ihn kein Stück.

«Ein Grund mehr, ihn zu töten.»

Freindlich ist wieder die Katze. Schnellt ganz dicht an Harmsen ran. Fixiert ihn aus nächster Nähe. «Haben Sie Frau?»

Tja, Harmsen. Er macht den Mund auf. Kommt nichts raus. Macht den Mund wieder zu.

«Niemand tötet Mensch, den er liebt, weil dem nicht gefällt *Blindes Wiesel*.»

Harmsen fährt eine Hand aus und schiebt Freindlich vorsichtig von sich weg, was dieser geschehen lässt. «Sie töten ihn, weil er sich verlobt hat. Weil er für Sie außer Reichweite war.»

Freindlich wendet sich ab, lacht auf. «Frau ist wirklich kein Hindernis, dass Mann trifft anderen Mann. Aber Nils war außer Reichweite von Anfang an. Hat geguckt hinter jedem Rock. Null Interesse für Männer.»

Die Fakten sprechen genauso gegen ihn wie vor einer Viertelstunde. Aber als Freindlich ihm gerade so in die Augen gestarrt hat, hatte Harmsen das Gefühl, der meint das ernst. Das war keine Show. Und zumindest mit einer Sache hat Freindlich recht: Hätte er wirklich abtauchen wollen, wäre er dann so blöd gewesen, in seiner Wohnung auf die Polizei zu warten? Da es keine Option ist, dass er ihn auf der Stelle festnimmt, und zwar aus exakt den Gründen, die Freindlich angeführt hat, ringt Harmsen sich zu einem Kompromiss durch. Kompromiss insofern, als er Freindlich entgegenkommt. Aber auch der Storch. Das werden Sie nämlich nicht glauben, woran er sich jetzt schon zum zweiten Mal erinnert.

«Wir haben Spuren an Plögers Hals gefunden. Bisher stimmen die Spuren mit keiner der Proben überein, die wir genommen haben. Wenn Sie mir eine Speichelprobe geben und brav alle Fragen beantworten, die ich Ihnen stelle, verzichte ich darauf, die Kollegen zu rufen.»

Freindlich guckt regungslos zurück, schließt aber einmal kurz die Augen.

«Frau Lütkemeier hatte den Verdacht, dass ihr Verlobter in seiner Zeit in Berlin eine Affäre hatte. Wegen der Tätowierung an seinem Handgelenk. Jeanne.»

Freindlich zischt. Das heißt, es ist wohl eine Art Lachen, das wie ein Zischen klingt. «Er hat mir Tattoo gezeigt, als er ist zurückgekommen. Keine Ahnung, ob er hatte Affäre. Hat gesagt, war größte Fehler seines Lebens. Als ich habe gefragt, Nils, was ist los, er wollte nicht reden. Wissen Sie, Kommissar, wenn ein Mann nicht will reden, ich lasse schweigen.»

Mit dem Spruch wird er Harmsen beinahe noch sympathisch. Aber Harmsen will sich nicht verbrüdern. Er will ermitteln. Er tippt sich unters Auge, an die Stelle, wo Freindlich die Träne tätowiert hat. «Was ist mit Ihrer Tätowierung?»

Noch ein Zischen. «Als ich war junger Mann, ich dachte, ist cool.»

«Man sagt, wer sich eine Träne unters Auge tätowieren lässt, hat einen Mord begangen.»

«Man sagt auch, wer trägt Trenchcoat, ist guter Polizist.»

Sehr weit her ist es nicht mit Freindlichs Bereitschaft zur Kooperation. Andererseits kann Harmsen sich kein Szenario vorstellen, in dem einer wie der schnattert wie eine Ente nach drei Schnäpsen. Außerdem bringt er für Einsilbigkeit Verständnis auf.

«Was ist mit Lunochod?»

Freindlich guckt hoch, wie wenn in einer Vorstandssitzung auf einmal ein Witz erzählt wird vom Kaliber Brennholzverleih. «Das Mondmobil von Towarischtsch Breschnew?»

«Ich denke, für Sie beide hatte der Begriff noch eine andere Bedeutung.»

«Welche denn?»

«Ja, welche denn?»

«Kommissar, für Nils wir waren nur Freunde. Fußball, Bier, ab und zu bisschen feiern. Wofür sollten wir haben Codewort?»

Harmsen überlegt. Dann schweigt er. Schließlich zieht

er Wattestäbchen und Röhrchen aus der Tasche. Als Freindlich die Probe zurückgibt, verabschiedet Harmsen sich. Bevor er das Zimmer verlässt, fällt ihm auf, dass Freindlich eine Flasche Kauffman auf dem Schränkchen stehen hat. Harmsen ist kein ausgesprochener Freund von Wodka, aber das liegt daran, dass er immer nur den mittelmäßigen Stoff probiert hat. Das, was Freindlich da hat, ist definitiv nicht mittelmäßig. Harmsen weiß das, weil er diese Flasche schon mal in seinem Schnapsladen gesehen hat, und zwar bei den *Empfehlungen* des Besitzers. Jedenfalls, wie er den Kauffman so sieht, kriegt er auch Durst. Gut, dass er nie ohne Flachmann zu einer mehrtägigen Reise aufbrechen würde. Er nimmt Platz im Fahrersitz des Rekord, verordnet sich einen gesegneten Schluck Calvados und fährt nach Berlin.

# FREITAG, 20. JULI

Als Peggy ins Dezernat kommt, liegt auf ihrem Schreibtisch ein Briefumschlag. Von der Kriminaltechnik, Sachgebiet Zweiundvierzig, DNA-Analytik. Sie öffnet das Kuvert, nimmt den Zettel raus und legt ihn gleich wieder zurück. Eingesandt hatte Peggy Proben von Bünte, von Ronny, von El-Khalil und von Tobias. Leider stimmt die DNA mit keinem von denen überein. Nicht dass Peggy überrascht wäre. Überrascht wäre sie, wenn eine Probe von Freindlich dabei gewesen wäre und kein Treffer zurückkommt. Bloß gibt es von Freindlich keine Probe. Von Freindlich gibt es überhaupt nichts. Peggy findet das frech. Ist ja in Ordnung, dass Leute, die was angestellt haben, alles tun, damit sie nicht erwischt werden. Jeder Ladendieb macht das, und wenn du jemandem mit einer Glasscherbe die Kehle durchschneidest: Klar, dass du dich nicht freiwillig in die Zelle legst, bis die Richterin abschließt. Aber im Prinzip sollte es schon so laufen, dass die Polizei irgendwann weiterkommt. Nicht nur wegen der Gerechtigkeit. Ist doch in jedem Beruf so. Du bist Ingenieur, willst 'ne Brücke bauen, schickst deine Rumänen los, die rammen die Träger und weißichnichtwas in den Boden, dann ruft der mit den Geländern an und sagt, er ist pleite. Oder du bist Zirkusdirektorin, hast dir eine Mordsshow ausgedacht, die Artistin kann ihren Salto, der Löwe springt übers Feuer, dann kriegt der Clown 'ne Depression und kündigt. Was ist das, ein Zirkus ohne Clown, eine Brücke ohne Geländer, eine Ermittlung ohne Täter.

In dem Moment betritt der Alte mit gesenktem Kopf das Dienstzimmer. Versucht, den Arm aus dem Trenchcoat zu bekommen, stolpert dabei über den Rand der durchsichtigen Plastikmatte unter dem Bürosessel, versucht noch mal, den Arm rauszubekommen, klemmt schließlich die Hälfte des Mantels an der Rückenlehne des Sessels fest und dreht sich in die andere Richtung aus dem Trenchcoat raus, steckt sein zerknittertes, viel zu weites und schon verschwitztes Hemd an ein paar Stellen in die Hose. Peggy schätzt, so ähnlich denken Eltern über ihre Kleinkinder: bis zur Würdelosigkeit tollpatschig, aber irgendwie herzig.

«Moin», sagt Peggy.

«Moin», murmelt der Alte in maximal beiläufigem Ton. Hat nicht mal bemerkt, dass Peggy ihm zuliebe sein komisches *Moin* gesagt hat. Anscheinend will er auch gar nicht groß reden über seinen Heimatbesuch, sondern gleich weitermachen mit Ermitteln: Greift in die Jackentasche, holt ein Beutelchen raus. «Habe Ihnen Gene von Andrej Freindlich mitgebracht.»

Peggy dachte, sie hätten einen Deal: Er bleibt ein Fossil aus der Kreidezeit, sie bleibt ein wandelndes Fass Benzin, keiner sagt dem Dezernatsleiter was. Wenn der zum Streber wird, was soll sie dann machen.

«Freindlich ist nicht untergetaucht», sagt der Alte. «Er sitzt friedlich in seiner Wohnung in Osnabrück und macht jedem auf, der klingelt.»

«Guter Trick. Versteckt sich direkt vor unseren Augen.»

«Angeblich war er in Plöger verliebt.»

«Und als der heiraten will, stoppt Freindlich ihn mit Gewalt.»

«Unterstellen wir ihm für eine Sekunde, dass seine Geschichte stimmt. Dann ergibt sein ganzes Verhalten Sinn: Er reist ab, er beantwortet keine Anrufe, weil er trauert und weil er allgemein ungern redet. Trotzdem lässt er sich befragen und gibt eine DNA-Probe ab.»

Jetzt wird der Alte aber leichtgläubig. Immerhin hat er die DNA-Probe gebracht. Peggy wirft den Beutel in den Rucksack und macht das auf dem kleinen Dienstweg: indem sie direkt zur Kriminaltechnik rast. Vielleicht erinnerst du dich noch vom letzten Fall: Die mögen Peggy da, weil sie eine von ihnen ist. Schon klar, sie ist bei der Mordkommission. Sie ist aber auch Molekularbiologin, sie kann mit denen auf Augenhöhe reden, und wenn die ihr geholfen haben, dann ruft sie an und bedankt sich. Deshalb kann sie sich erlauben, da reinzustürmen mit dem Beutelchen in der Hand und zu rufen, dass bitte alles andere liegenbleibt, bis die Probe untersucht ist. Aber selbst wenn die sich beeilen, dauert es immer noch knapp zwei Stunden. Das Gute an der Kriminaltechnik ist, dass sie im Hauptgebäude vom Landeskriminalamt liegt, und das ist direkt neben dem alten Flughafen, und der ist der größte Park der Stadt. Wobei Park das falsche Wort ist, es ist eben ein Flughafen, nur ohne Flugzeuge: Rollbahnen und dazwischen Rasen. Wenn du einmal rundrum spazierst und dich nicht groß beeilst, bist du locker anderthalb Stunden unterwegs. Schön flach, also immer Wind, den du gut brauchen kannst, wenn die Stadt aufgeheizt ist wie der

Steinofen bei Pizza Marmara. Peggy zündet eine Zigarette an, schlendert los. Als sie das Flughafenfeld zu einem Viertel umrundet hat, huscht was am Rand ihres Blickfelds entlang. Sie denkt erst, sie hat sich vertan, aber als sie die Augen zusammenkneift und noch mal genau guckt, sieht sie tatsächlich einen Fuchs. Was ziemlich unwahrscheinlich ist, denn kurz vor zwölf mittags ist das Gegenteil von Nacht. Außerdem sind um die Zeit unter der Woche zwar nicht viele Leute unterwegs, aber auch nicht so wenige, wie es ein Fuchs gern hätte. Trotzdem sitzt der da im Gras und guckt rüber. Peggy schiebt die Zigarette so in den Mundwinkel, dass ihr der Rauch nicht in die Augen steigt, lässt langsam den Rucksack von der Schulter rutschen und fasst hinein. Ein Teleobjektiv hat sie immer dabei. Ist der Fuchs gleich viel näher. Klick. Peggy setzt sich auf einen von diesen rotweißen Klötzen, die hier die Bänke ersetzen, bastelt ein bisschen rum, und schon guckt dich von *peg_storks* Instagram-Profil ein Fuchs an, mit diesem freundlich-fragenden, leicht skeptischen Fuchsblick, und sagt: *Mag sein, dass du schlau bist. Aber der Fuchs bin ich.*

Als sie zurück zur Kriminaltechnik kommt, ist die DNA-Analyse immer noch nicht fertig. Sorry, aber das gehört auch zum Kommissarinnenalltag: rumsitzen. Wenn jemand aufschreiben würde, wie oft Leute wie Peggy einfach nur rumsitzen, das würde ein richtig dickes Buch geben. Der ehrliche Kriminalroman oder so. Die Warterei ist für Peggy nicht leicht, oder was glaubst du, warum sie ständig laufen, Rad fahren, schwimmen geht. Aber ganz vermeiden kann sie es nicht. Peggy sitzt also eine Dreiviertelstunde zwischen zwei Ficussen rum, bis einer kommt und ihr einen Zettel in die Hand drückt.

DNA zu vergleichen ist eine ziemlich unspektakuläre Sache. Im Labor lösen die die Probe auf, bis sie an den eigentlichen Strang aus Basenpaaren kommen. Das ist diese Reihe aus winzigen chemischen Teilchen in jeder Zelle, die im Fernsehen immer wie eine verdrehte Strickleiter aussieht. Da steht alles über uns drauf, ob wir Frau oder Mann sind, schwarz oder weiß, blond oder brünett, schlau oder blöd. Kein Mensch weiß, wie man den Code entschlüsselt. Du kannst ihn nur vergleichen. Wie ein Buch in einer fremden Schrift; du hast null Ahnung, was da steht, aber wenn zweimal derselbe Text nebeneinanderliegt, erkennst du es sofort. Bei der DNA-Probe wird nix anderes gemacht, als dass du immer dieselben dreizehn Abschnitte auf dieser Strickleiter nimmst und guckst, welche Basenpaare draufstehen. Die Abschnitte heißen D21S11 oder VWA oder TH01. Wenn zwei DNA-Proben von demselben Menschen stammen, enthalten diese dreizehn Abschnitte exakt dieselbe Reihenfolge von Basenpaaren. Wie ein Fingerabdruck. Soll heißen, es gibt keinen Spielraum für Interpretation. Entweder die Probe ist von derselben Person oder sie ist es nicht.

Peggy hat die Analse der Spuren an Plögers Hals abfotografiert. Sie hält das Foto neben die Analyse von Andrej Freindlichs DNA: In keinem einzigen der dreizehn untersuchten Abschnitte gibt es Übereinstimmungen. Wenn die Fingernagelspur an Plögers Hals vom Mörder stammt, dann hat Freindlich mit der Sache nix zu tun. Nennen wir es beim Namen, keiner von diesen verdammten Typen hat was mit der Sache zu tun, nicht El-Khalil, nicht Ronny, nicht Bünte, Tobias sowieso nicht, und jetzt ist auch noch Freindlich raus. Sie springt auf, dreht sich um neunzig Grad in Richtung Ficus eins und gibt ihm mit dem Spann einen Tritt, dass der Topf den kompletten Flur runterschlittert. Dabei röhrt sie irgendwas, schwer zu sagen, ob es ein Wort ist oder ein Kampfschrei oder überhaupt ein menschlicher Laut, jedenfalls gucken alle zu ihr her. Gucken aber auch schnell wieder weg, vielleicht weil sie eh wissen, wie Peggy drauf ist. Sie rennt raus, springt aufs Fahrrad, fährt ins Dezernat. Sitzt vor dem Computer und will irgendwas Sinnvolles machen. Aber es gibt nix Sinnvolles mehr. Diese Ermittlung ist am Arsch. Ein paar Typen, die aussahen, als hätten sie ein Motiv, bloß wenn du ihnen auf die Finger haust, passiert nix. Keiner verplappert sich, keiner gibt was zu. Weil keiner von denen Plöger die Kehle durchgeschnitten hat. Weil jeder Einzelne von diesen Typen unschuldig ist. Beinahe wünscht sie sich, der Alte würde sie vollquatschen mit irgendwelchen Rentnernachrichten aus dem Lokalteil oder was er da liest. Auf seinem Schreibtisch sind eine Teekanne, ein Becher Tee, ein Becher Kaffee und zehntausend Blätterteigkrümel. Nur der Alte selber, der ist nicht an seinem Platz. Und wie sie da so sitzt, die Arme hinterm Kopf, die Beine auf dem Schreibtisch, den Kopf voll mit Frust und gleichzeitig komplett leer, fällt ihr Jessika ein. Jessika mit ihrer Predigt, dass sie sich von innen aushöhlt, dass sie sich zügeln soll, dass sie auf den rechten Weg kommen soll. So gesehen war es eine gute Sache, dass Jessika Peggy besucht hat. Sie hat das Höllenmonster verjagt. Jedenfalls war Peggy sich noch nie dermaßen sicher, dass sie genau da hingehört, wo sie ist, auf dem verschlungensten Weg durchs Unterholz, nach jeder verbotenen Frucht greifend. Dass das sie nicht aushöhlt, sondern erfüllt. Und dass sie nicht den geringsten Ehrgeiz hat, daran etwas zu ändern. Sie greift zum Hörer. Ach so, das hatten wir noch gar nicht erwähnt: Lars Birnbaum, also Peggys Freund, ist selber Polizist. Nicht in Berlin. Beim Bundeskriminalamt in Wiesbaden. Lars hat Zugriff auf ungefähr jedes forensische Verfahren. Isotopenanalyse, Ionenstrahlrasterelektronenmikroskopie, was du willst. Kommst du normalerweise nicht einfach so ran. Aber du kennst das vielleicht von deiner eigenen Arbeit; zwar gibt es für jeden Vorgang ein raffiniertes Verfahren. Du schreibst einen Antrag, füllst ein Formular aus, folgst einem Dienstweg. In Wirklichkeit aber machen die Leute, was Leute halt machen. Klettern über den Zaun, nehmen den Trampelpfad über den Rasen, wechseln vorn an der Ampel schnell noch die Spur. Läuft bei der Polizei nicht anders. Wenn du einen Freund hast, der dich in der Schlange nach vorn winken kann, wärst du schön blöd, dich hinten anzustellen.

«Storch», näselt Lars. «Ein Anruf von der Dienstnummer um dreizehn Uhr zwölf. Lass mich raten: Du rufst nicht an, um mit mir über Gänsehaut zu sprechen.»

«Was ich Dienstagabend ganz vergessen habe», Peggy räuspert sich. «Wir haben einen neuen Fall.»

«Was heißt, wir?»

«Harmsen und ich.» Nach kurzer Pause: «Du aber auch.»

Bei Lars auch Schweigen. Dann: «Warum bin ich nicht überrascht?»

«Tragische Geschichte. Bräutigam stirbt beim eigenen Junggesellenabschied. Wir haben nur eine sequenzierbare Spur. Wenn ich die nicht auswerten kann, muss ich mich auf Harmsen und seine Denkerei verlassen. Bist du noch mit den Rotterdamern in Kontakt?»

«Doch, ja.»

«Funk die bitte mal an. Die sollen mir ein Profil machen von einer Probe. Haare, Augen, Haut. Jetzt. Hab dir die Datei gerade geschickt.»

«Das ist illegal. Wir bei der Polizei sind dafür da, dass nichts Illegales passiert. Du siehst das Problem?»

Peggy macht das Achkommschonlachen, wie ein Drogenbaron, dessen Lieferant über unzureichenden Brandschutz im Amphetaminlabor klagt. «Lars, wir stecken in der düstersten Sackgasse, die du je gesehen hast. Komplett festgefahren, der Fall. Ein hübsches, vollständiges Profil sprengt uns vielleicht 'nen Weg frei.»

Sie hört Lars am anderen Ende tief ein- und wieder ausatmen. Es ist nicht das Theaterseufzen, das er macht, um sie zu necken. Es ist auch nicht das Schnaufen, das du machst, weil jemand ein paar Stunden vor dem Wochenende noch mit einer Aufgabe kommt. Um ehrlich zu sein, klingt es genervt. Ist aber egal, Peggy achtet eh nicht drauf.

«Ich versuch's», sagt Lars schließlich knapp.

«Meld dich, sobald du was hast», flötet Peggy.

Lars antwortet noch: «Ruf mich mal an, wenn du mehr Zeit hast als eine Minute», aber Peggy hat schon so gut wie aufgelegt.

Unbezahlbar, wenn du jemanden hast, auf den du dich verlassen kannst wie auf dich selber! Zumal, wenn du dich dabei am Gesetz vorbeimogeln musst. Das Gesetz erlaubt zum Beispiel, dass du DNA-Proben von Verdächtigen nimmst und mit gefundenen Spuren abgleichst. Oder mit der Datenbank, in der sämtliche Proben von Leuten liegen, die wegen irgendwas verurteilt wurden. Wenn Plögers Mörder zum Beispiel schon mal wegen einem Raubüberfall im Knast saß, hätte die Untersuchung des Fingernagelstücks einen Treffer gegeben. Dann hätte man den noch mal verurteilen können. Die DNA-Analyse ist aber nicht *Jurassic Park*. Da wird nicht geguckt, ist das ein Riesendinosaurier mit langem Hals oder eher der Zweibeinige mit dem Killermaul. Molekularbiologen sagen dazu, es werden keine codierenden Abschnitte des Erbguts untersucht. Die Bullen nehmen deine Speichelprobe, und hinterher können sie nur sagen, Treffer oder kein Treffer.

Das ist das, was das deutsche Gesetz erlaubt. Die Holländer machen *Jurassic Park*. Die gucken genau auf die codierenden Abschnitte. Die können dir sagen, die Person, von der eine Probe stammt, ist männlich, hellhäutig, hat blaue Augen und braunes Haar. Zum Beispiel. Die Trefferquote ist nicht ganz so gut wie bei Treffer oder kein Treffer. Aber gut genug, um damit zu arbeiten. Wenn du denn darfst. Oder wenn du Peggy bist und Lars kennst, der jemanden an der Uni von Rotterdam kennt, der das miterfunden hat.

Schon wieder so ein Moment, wo Peggy rumsitzt. Anders als vorhin ist sie aber zu aufgeregt, um spazieren zu gehen oder Pommes zu essen oder sonst was. Vorhin dachte sie, dass die DNA bestätigt, was sie sowieso vermutet: Freindlich war's. Jetzt hat sie nichts mehr zum Vermuten. Damit ist klar: Egal was rauskommt, es wird eine Überraschung. Und ein Wegweiser. Die Merkmale, die das Profil aus Holland liefern wird, das sind die Merkmale des Mörders! Natürlich kann sie auf der Grundlage eines illegalen Beweismittels niemanden festnehmen. Aber angenommen, das Profil deutet auf jemanden hin, den sie im Blick haben: Dann tritt sie dem mal richtig feste auf die Füße. Irgendwas wird er schon ausspucken. Selbst wenn das Ergebnis mit keinem der Verdächtigen übereinstimmt: Dann kann sie wenigstens eingrenzen, nach wem sie suchen muss. Sie surft im Internet rum. Guckt, was ihr Fuchs auf Instagram macht, beinahe tausend Herzchen. Klickt auf die Mail-App, löscht siebzehn Werbemails, spielt ein paar Runden Candy Crush. Schließt das Mailprogramm, öffnet es wieder. Geht aufs Klo, holt Kaffee. Spielt noch mal Candy Crush.

Pling. Die Mail ist nicht von Lars, die kommt direkt aus Rotterdam. Und was da drinsteht: Das glaubst du nie.

+++

Nachdem die Storch mit Freindlichs Genprobe rausgerannt ist, hat Harmsen sich einen entspannten Vormittag gegönnt. Hat er sich verdient. Oder? Erst stirbt beinahe seine Mutter, dann stöbert er in einem genialen Zug einen vermeintlich Flüchtigen auf. Schließlich nimmt er auch noch eine Genprobe von dem. Wenn er der Dezernatsleiter wäre, würde er sagen, Harmsen ist rehabilitiert. Er hat sich in aller Ruhe eine ganze Kanne Tee gekocht, ist runter zum Bäcker gegangen, hat ein Croissant geholt, einen Kaffee geholt, dies allerdings nur, um das Croissant einstippen zu können, den Tee getrunken, das Croissant gegessen, eine halbe Stunde lang Zeitung gelesen. In Borsigwalde haben sie eine Straße umbenannt. Um kurz nach zehn hat er die Bibi angerufen und ihr gesagt, dass er sie am Sonnabendnachmittag besuchen kommt. Dann hat er seine Mutter angerufen und sich nach ihrem Befinden erkundigt. Ist Falafel essen gefahren, hat sich ein Efes genehmigt, ein kleines Nickerchen im Rekord gemacht. Jetzt tappt er ausgeruht und für seine Verhältnisse geradezu motiviert die Treppe im Dezernat hoch.

«Und?», fragt Harmsen, als er zur Tür reinkommt. «Treffer?»

Die Storch springt von ihrem Stuhl auf. Gottchen, ist die aufgekratzt. Entweder Freindlich war's, das wäre keine Überraschung. Oder er war's nicht, aber auch diese Art Neuigkeit ist inzwischen keine Überraschung mehr.

«Vergiss Freindlich! Wir waren die ganze Zeit auf der komplett falschen Spur!»

Hatte er schon geahnt. Aber warum wirkt sie, als sei das eine gute Nachricht?

«Ich hab 'nen Phänotyp aus den Hautschuppen von Plögers Hals machen lassen. Ich erspar dir die Details. Jedenfalls kannst du damit aus der DNA lesen, wie jemand aussieht. Also kein Phantombild, nur Haut- und Haarfarbe und so. Rate mal, was die Analyse sagt.»

Normalerweise würde Harmsen erst mal klären wollen, ob ein abstrakter Begriff wie *Analyse* in der Lage sein kann, etwas zu sagen. So ein Begriff hat ja keinen Mund. Etwas sagen können eigentlich nur Menschen, zum Beispiel der Laborant, der die Probe untersucht hat. Aber Harmsen ist jetzt selber gespannt, deshalb behält er seinen Gedanken für sich.

«Die Person, die die Spur in Plögers Hals hinterlassen hat, hat mit einer Wahrscheinlichkeit von neunzig Prozent rote Haare, weder blaue noch braune Augen und ist mit einer Wahrscheinlichkeit von praktisch hundert Prozent weiblich.»

Manchmal dauert es eine Weile, bis eine Information in Harmsens hochverästelten Gehirnwindungen dahin gesickert ist, wo sie zu Erkenntnis führt. Diesmal geht es ziemlich schnell; Rothaarige, zumal Grünäugige, sind halt selten. «Preslak», sagt Harmsen im selben Tonfall wie dieser eine von den alten Griechen, als er die Krone ins Badewasser getunkt hat.

«Preslak», wiederholt die Storch.

«Preslak?», fragt Harmsen. «Von der haben wir doch gar keine Gene genommen.»

Die Storch seufzt. «Der DNA-Phänotyp sagt nicht, dass es Tamara Preslak war. Er sagt bloß, dass es eine Rothaarige mit grünen Augen war.» Die Storch greift ihren Rucksack. «Deshalb fahren wir ja jetzt zu ihr.»

«Warum sollte eine Zufallsbekanntschaft von Dennis Bünte einem komplett Fremden den Hals durchschneiden?»

«Was weiß ich, Harmsen. Vielleicht hat Plöger ihr im *Wiesel* auf den Arsch gehauen.»

«Frau Storch, was nützen uns die ganzen Gene, wenn wir keine Theorie haben? Wir müssen Preslak mit Plöger verbinden können.»

«Zieh deinen Trenchcoat an, Alter. Ich hol mir DNA, du holst dir Antworten.»

«Keine gute Idee. So scheuchen wir sie nur auf.»

«Gut. Bleib sitzen.»

Nicht gut. Wenn der Storch keiner auf die Finger guckt, hat hinterher jemand ein paar Knochen gebrochen. Zumal sie gern zuschlägt, *bevor* die Leute anfangen zu reden. Das hält Harmsen für nicht ideal: Mit einer verprügelten Verdächtigen lässt sich doch keine Schachpartie gewinnen. Muss er also mit. Die Storch ist schon draußen, als er die erste Treppenstufe nimmt. Auf der Straße geht es nicht schneller. Das Getriebe vom Rekord ist jetzt zwar repariert. Aber deshalb fängt Harmsen nach all den Jahren doch nicht an zu rasen. Außerdem machen im freitäglichen Berlin selbst die am härtesten arbeitenden Werktätigen spätestens um halb drei Feierabend, fahren offensichtlich aber nicht nach Hause, sondern bis zum Einbruch der Dunkelheit wahllos durch die Stadt. Einfach, damit Harmsen nicht vorankommt.

Es ist spät am Nachmittag, als sie vor Preslaks Haus stehen. Manchmal hat es auch etwas Gutes, dass die Leute in Städten mit mehr als fünfzigtausend Einwohnern aufhören, ihren Nächsten zu lieben. Klar, Hundescheiße auf dem Gehweg, Sperrmüll auf der Straße, Böller vor die Füße, ist blöd. Aber die Haustür mit diesem Haken an der Wand offen halten und nicht wieder zumachen, das kann hilfreich sein, zum Beispiel wenn Sie Kriminalpolizist sind und eine neue Verdächtige haben, die noch nichts von ihrem Statuswechsel weiß und deshalb überrascht werden sollte.

Kurz vor Preslaks Wohnungstür sagt die Storch: «Du darfst unter keinen Umständen erwähnen, dass wir die Spur phänotypisiert haben. Musste ich bei 'nem Bekannten in Holland machen lassen, ist bei uns leider illegal. Ich verlier meinen Job, wenn das rauskommt.»

Nicht gerade ein Anreiz zu schweigen. Harmsen klopft.

«Ja?»

Er gibt Peggy einen Stoß mit dem Ellbogen. Seine Stimme kennt Preslak schon.

«Steffi hier, aus dem dritten Stock. Ich wollte dich, äh, Sie mal was fragen. Wegen der Haustür unten.»

Kurze Stille. Dann Schlüsseldrehen. Die Tür geht einen Spaltbreit auf.

«Sorry», sagt Peggy, drängelt sich in die Wohnung und zieht ihren Dienstausweis. «Wir hätten noch ein paar Fragen.»

Preslak macht große grüne Augen. Sie sieht anders aus als am Montag. Da hatte sie trotz der Mörderhitze dieses hochgeschlossene Ding an und lauter Leder an den Armen. Heute trägt sie bloß so ein schwarzes Unterhemd. Das veranlasst Harmsen, sich zu fragen, was eigentlich mit den jungen Leuten los ist. Werden die bei der Einschulung vom Amtsarzt tätowiert, oder warum haben die das alle? Erst Plöger mit seiner *Jeanne* am Handgelenk. Dann Bünte mit diesen Ranken um die Oberarme. Dann Freindlich mit der Träne unterm Auge. Jetzt Preslak, deren Schultern und Arme übersät sind von Totenköpfen, Ankern, Rosen, Herzen, asiatisch wirkenden Symbolen und diversen Sinn simulierenden Schriftzügen. Während die Storch der Preslak erklärt, dass es sehr wohl erlaubt ist, so zu tun, als sei man die Nachbarin, wenn man in Wirklichkeit bei der Kriminalpolizei ist, guckt Harmsen sich das genauer an. So viele Tätowierungen hat er wirklich noch nie gesehen; Preslaks Haut ist kaum noch zu erkennen. Auf dem einen Oberarm steht zum Beispiel *Not all who wander are lost*, auf dem anderen *A smooth sea never made a skilled sailor*. Einen Unterarm zieren in Frakturschrift die Wörter *Ohne Dunkelheit keine Sterne*, aber auch einzelne Begriffe und Namen, *Abyssus* auf einer Schulter, *Tamara&Rosa* auf der anderen, *Paul* auf dem linken Handgelenk, *Ombre et Lumière* auf dem rechten. Harmsen muss an eine Geschichte denken, die er mal in einem Buch gelesen hat. Da begegnet ein Wanderer einem über und über tätowierten Fremden, und als der sein Hemd öffnet und der Mond daraufscheint, beginnen die Bilder auf seiner Haut zu leben. Harmsen starrt den Drachen auf Preslaks Arm an. Bewegt sich nicht. Dann fällt ihm die Stille auf. Die Storch guckt ihn an. Hat sie etwas gefragt? Die Preslak guckt ihn auch an. Harmsen zwingt sein Hirn von den Tätowierungen weg in Richtung Zeugenbefragung.

«Sie haben behauptet, dass Sie Nils Plöger nicht kannten.»

«Wen?»

«Den Toten. Glauben wir Ihnen nicht.»

«Okay», sagt Preslak.

«Na, dann erzählen Sie mal, woher kannten Sie ihn denn?»

«Ich kannte ihn nicht.»

«Sie haben doch eben ‹okay› gesagt.»

«Ja: okay für mich, dass Sie mir nicht glauben.»

Fängt die schon wieder mit diesen Spitzfindigkeiten an.

«Frau Preslak, hinter den Ohren des Toten befanden sich Wunden, in denen wir ein Bruchstück von einem Fingernagel gefunden haben.» Wie soll er das formulieren, ohne die Storch und ihren kleinen Trick zu verraten. «Wir glauben, dass es von Ihnen stammt.»

«Sind Sie sicher, dass Sie bei der Kripo sind? Das letzte Mal, als jemand unter einem billigen Vorwand geklingelt und in jedem zweiten Satz das Wort *glauben* verwendet hat, sollte ich zum Schluss den *Wachtturm* lesen.»

«Machen wir's kurz», mischt sich die Storch ein. «Sie geben uns eine DNA-Probe, und Sie sind uns los. Bis auf weiteres.»

Normalerweise wäre Harmsen stinksauer. Dass ihm die Storch so in seine Befragung reingrätscht. Das Problem bei dieser konkreten Befragung ist, dass er nicht die Wahrheit sagen darf. Also die Preslak nicht in die Enge treiben kann. Sich nur lächerlich machen würde, wenn er es weiter versucht. Hätte sie ihm ruhig früher sagen können, dass das illegal war mit den roten Haaren.

«Sehe ich das richtig, dass das hier eine rein freiwillige Veranstaltung ist? Oder haben Sie vielleicht eine Anordnung in der Tasche, in der steht, dass ich Ihnen meine Körperflüssigkeiten abtreten soll?»

Die Storch schüttelt widerwillig den Kopf.

«Dann muss ich Sie beide leider ohne meine DNA ins Wochenende entlassen. Sprechen Sie doch mal mit einem Richter. Kleiner Tipp: Nicht so viel glauben, mehr wissen.»

Die Storch legt der Preslak einen Arm auf die Schulter und macht diesen durchdringenden Blick. «Wir sehn uns bald wieder.» Dann dreht sie das Gesicht zu Harmsen und nickt zur Tür. Auf der Straße stupst sie ihn mit dem Ellbogen an und hält die Hand hoch, Zeigefinger und Daumen zusammengedrückt, wie wenn sie einen Vogelschnabel nachmachen wollte. Vermutlich ein neuer Gruß, den junge Leute austauschen, um Gruppenzugehörigkeit anzuzeigen und sich von Älteren abzugrenzen. Gerade als Harmsen überlegt, ob er zurückgrüßen soll, fängt die Storch zu reden an.

«Wo wir schon dabei sind: Das jagen wir jetzt auch noch durch den Sequenzierer.»

*Wer* soll *wodurch* gejagt werden? Harmsen ist vollends verwirrt.

«Mach die Hand auf», sagt die Storch. Dann macht sie auch mit der anderen Hand den Vogelschnabel, und als die beiden Vogelschnäbel auf der Höhe seiner Hand ankommen und etwas sehr Dünnes, Längliches und praktisch Unsichtbares seine Handfläche berührt, versteht er. Die Storch hält ein Haar zwischen den Fingern. Ein Haar von der Preslak. Schlau, die Storch. Aber auch blöd. Sie darf der Preslak nicht einfach ohne deren Wissen eine DNA-Probe abnehmen, schon gar nicht auf der Grundlage einer illegalen Untersuchung aus Holland. Als würde sie mit einem einsamen Bauern die gegnerische Dame angreifen und dann noch einen hinterherschicken, statt dass sie mit den mächtigen Figuren auf den König geht. So kann er das der Storch natürlich nicht sagen. Aber anscheinend hat sie's selbst bemerkt.

«Es geht um die Psyche, Harmsen. Wenn wir zweifelsfrei wissen, Preslak war's, dann treten wir ihr mit ganz anderer Power auf die Füße.»

«Ich dachte, das wissen wir schon.»

«Wir wissen, dass eine Rothaarige die Spuren in Plögers Hals hinterlassen hat.»

«Wie viele Rothaarige kommen denn Ihrer Ansicht nach in Frage?»

«Harmsen, hundertprozentige Sicherheit ist besser als siebzigprozentige Wahrscheinlichkeit.»

Der Kommissar ist sich ziemlich sicher, dass das Hauptmotiv der Storch darin besteht, ihren Pieps- und Blinkapparat ein weiteres Mal zu bedienen. Er mag keine Kinder haben, aber er weiß: Wenn Sie den Lütten etwas zum Spielen geben, das piepst und blinkt, haben die Erwachsenen ihre Ruhe. Die Storch stupst ihn schon wieder an. Harmsen folgt ihrem Blick zu der Kneipe gegenüber. Doch, Lust auf ein Bier hat er. Er ist bloß nicht sicher, ob in einem Laden mit dem Namen *Schehadés Schädel* wirklich Bier verkauft wird. Die Kneipen, die er – wenn auch selten – besucht, heißen *Endstation* oder *Absturz II*, Sie bestellen ein Bier, und ein paar Sekunden später knallt Ihnen die Wirtin einen Humpen hin, goldgelb leuchtend und mit schöner Krone. Sie müssen sich höchstens entscheiden, ob Schultheiss oder Kindl, in den besseren Läden gibt es sogar Pils, das auch wie Pils schmeckt. *Schehadés Schädel* dagegen, Entschuldigung, was soll das überhaupt heißen. Aber die Storch ist längst drin, und der Durst siegt immer.

Angesichts des ehrgeizigen Namens, Sie wissen schon, mit Akzent drauf und so, ist Harmsen etwas überrascht. Er könnte schwören, dass er sämtliche Möbel, die in dem Laden stehen, schon mal gesehen hat, nämlich in der einen Straße in Neukölln, die vom Wasserturm zum Friedhof führt, ohne ein einziges bewohntes Haus dazwischen, weshalb da jeder seine alten Sofas ablädt. Ist kürzer als bis zum Recyclinghof. Der Stuhl, auf dem Harmsen sitzt, bricht beinahe zusammen, das Sofa, in das sich die Storch fallen lässt, ist so zerschlissen, dass es den Kommissar nicht wundern würde, wenn sie mit einer Spiralfeder in der Pobacke wieder aufspringen würde, und der flache Tisch zwischen ihnen hat nur zwei Beine, die den Namen verdienen.

«Holst du was?», fragt die Storch. «Bist dran.» Damit hat sie leider recht.

Ein Harmsen in einer solchen Kneipe mag einem Eisbären in der Wüste Gobi gleichen. Aber er ist kein ehrloser Gauner, der das Bierholen verweigert, wenn er dran ist. Der Junge an der Bar sieht aus wie eine griechische Statue und bewegt sich auch so. Also gar nicht, zumindest nicht in Richtung Harmsen. Den folgenden Exkurs müssen Sie bitte kurz mitmachen: Es gibt einen grundlegenden

Unterschied zwischen der ostfriesischen Kleinstadt, aus der Harmsen stammt, und Berlin. Oder es gibt Millionen grundlegender Unterschiede, aber hier ist vor allem dieser von Interesse: Wenn der jugendliche Harmsen Gleichaltrige zu imitieren versuchte, indem er eine Discothek besuchte, dann war das Erste und Letzte, eigentlich das Einzige, was er dort tat, Bier zu bestellen. Und das lief gemäß den Regeln des kleinstädtischen Sozialgefüges, in dem ein Barkeeper umso höheres Prestige genießt, je schneller er bedient. Menschen nach Qualität zu sortieren, etwa die stupsnasige Prinzessin mit dem tiefen Ausschnitt zuerst, dann die mittelhübschen Mädchen, dann die drei besoffenen Söhne des Nachbarbauern, von denen er weiß, dass er mindestens einen später wird nach Hause fahren müssen, ganz zum Schluss den blassen Dicken ohne Freunde, der in wenigen Jahren einen Trenchcoat anlegen und in die gnädige Anonymität der Großstadt abtauchen wird; auf so eine Idee würde der Provinzbarkeeper niemals kommen. In der Zeit, die er für all diese Gedanken bräuchte, hat er die elf Charlys und ein Pils längst gemischt. Falls Sie nicht wissen, was ein Charly ist, wirft das ein gutes Licht auf Ihre Biographie und hat auch ansonsten nur Vorteile. Außer natürlich, Sie landen in einer Discothek an einer ostfriesischen Ausfallstraße, aber dann können Sie immer noch einen bestellen und gucken, was kommt. Jedenfalls, an der Bar anstehen bedeutet für Harmsen, jemand gibt sich größte Mühe, möglichst schnell seine Bestellung abzufragen, diese in Flüssigkeit umzuwandeln und ihm hinzustellen. Deshalb ist er zunehmend ratlos. Bevor er sich an die Bar gestellt hat, waren da zwei stupsnasige Prinzessinnen mit tiefem Ausschnitt, drei wohlfrisierte Jungs mit ähnlich tiefen Ausschnitten, keine Ahnung, wann das eine Option wurde, drei bis vier durchschnittlich Aussehende unklaren Geschlechts und noch irgendwer. Die haben alle inzwischen ihre Getränke erhalten und sind durch ähnliche Kreaturen ersetzt worden, deren Getränke sich ebenfalls längst in der Zubereitung befinden. Bloß Harmsen, den hat bisher niemand zur Kenntnis genommen. Was nicht sein darf; Harmsen hat sich gemerkt, an welcher Stelle er es an die Bar geschafft hat. Nicht in die Menschentraube um die Bar, sondern konkret an die Bar, also da, wo man die Hand auf den Tresen legen kann. Nach Harmsens Gerechtigkeitsempfinden ist das der Moment, von dem an man sich einreiht in die zu Bedienenden, in seinem Fall auf Platz neun. Inzwischen sind an die vierzehn Parteien bedient, er dagegen ist nicht einmal nach seinem Getränkewunsch gefragt worden.

«Hallo», ruft Harmsen, so leise, dass man es gerade noch als Rufen bezeichnen kann.

Keine Reaktion. Als Nächstes passt er einen Moment ab, an dem der Barkeeper sowohl an ihm vorbeischlendert als auch ihm den Kopf zuwendet.

«Hallo», versucht es der Kommissar erneut, in geringfügig erhöhter Lautstärke.

Die griechische Statue guckt durch ihn durch, antwortet «hallo» und macht sich allmählich daran, eine vor Minuten aufgegebene Bestellung auszuführen.

Beim dritten Hallo, verbunden mit einem kubistischen Winken, lehnt sich die Statue endlich rüber. «Hi!»

«Zwei große Bier.»

«Porter, Stout, Dubbel, Triple, Geuze, Pale Ale, IPA, Bock, Dark, Keller, Lager?»

«Ja. Zwei, bitte.»

Harmsen löst im Kopf schnell die knifflige Schachkomposition, die ihn seit der vormittäglichen Zeitungslektüre beschäftigt; höchstens zehn Minuten danach stehen zwei Bier vor ihm. Weil der Barkeeper schon wieder woanders nichts tut, greift er die beiden Gläser und geht zurück. Die Storch guckt amüsiert.

«Was für 'ne Pleite», sagt der Kommissar.

«Mich hätte er auch nicht schneller bedient», lügt die Storch.

«Ich meinte unseren Besuch bei der Preslak.»

«Dachtest du, sie gesteht?»

Nee, dachte er nicht. Aber bisschen blöd kommt er sich schon vor. Wissen Sie, wenn man sich als Meisterdenker versteht und seine Brillanz nicht ausspielen darf, weil die Kollegin auf verbotenen Computern rumgedrückt hat, dann ist das … Ja, wie ist das? Wie wenn Sie als Neunter an die Bar kommen, und nach vierzehn Leuten lässt Sie immer noch keiner bestellen.

«Ich hatte gehofft, dass sie nervös wird», sagt Harmsen. «Denken Sie, die Preslak war's?»

«Pfft», macht die Storch. «Wenn die Probe 'n Treffer ist, ja. Wenn nicht, dann nicht.»

«Nicht die Probe. Was *Sie* denken.»

Die Storch lächelt. «Die ist jedenfalls speziell. Seltsame Kombination, Goth und Techie.»

Harmsen schweigt.

Die Storch lächelt schon wieder. «Ah. Sorry. Du würdest wahrscheinlich sagen, sie ist ein Gruftie. Die schwarzen Klamotten, die Tattoos. Aber dann die ganze Bude voll mit Computern.»

«Wenn man sich mit Computern auskennt, kennt man sich dann eigentlich auch mit Mobiltelefonen aus?»

Die Storch zuckt mit den Schultern.

«Sie hatten doch erwähnt, dass irgendwas auf Plögers Mobiltelefon fehlt. Jetzt haben wir eine neue Verdächtige, und bei der steht alles voll mit Computern.»

Die Storch schweigt. Sieht fast so aus, als würde sie nachdenken. «Für einen Dinosaurier gar nicht blöd.» Sie hebt ihr Glas.

Harmsen nimmt auch einen tiefen Schluck. Er ist sich nicht ganz sicher, ob sie das als Trinkwettbewerb versteht, denn die Storch setzt das Glas gar nicht wieder ab. Er auch nicht. Als beide Gläser leer sind, steht die Storch auf und kommt einundfünfzig Sekunden und acht Zehntelsekunden später mit zwei halben Litern stark herbem norddeutschen Pils zurück. Harmsen kann das so präzise sagen, weil das japanische Schweizeruhrimitat an seinem Handgelenk über drei kleine, in das große Zifferblatt eingelassene Zifferblätter verfügt, von denen eines in der Lage ist, Sekunden, ein weiteres gar Zehntelsekunden zu zählen.

«Harmsen», sagt Peggy, lässt sich nieder, beugt sich vor und guckt ihn irgendwie seltsam an. Bisschen wie diese fürsorgliche Fernsehkommissarin, die immer etwas zu essen dabei hat, wenn sie den minderjährigen Zeugen eines Raubmordes befragen muss. «Wie war denn jetzt dein Besuch in der Heimat?»

Schon wieder? Das hatten sie doch gestern am Telefon geklärt. Oder was heißt geklärt, er hat halt eine Taktik angewendet, die sich als Schalenharmsen bezeichnen lässt. Wie wenn er ein Pistazienkern wäre, umgeben von dieser glatten, harten Hülle, durch die nichts dringt und von der nichts nach außen gelangt. Aber auf der Fahrt von Osnabrück nach Berlin hat er immer weiter nachgedacht. Nicht über die Storch. Über die Bibi. Dabei ist ihm noch klarer geworden, dass der Erbseneintopf endlich blubbern muss. Vielleicht, denkt Harmsen auf seinem wackligen Sperrmüllstühlchen im *Schehadés Schädel*, ist dies der Augenblick, das Blubbern zu üben. Wie fängt er das jetzt an. Am besten mit einer Pause. Es dauert eine Weile, bis er den perfekten ersten Satz gefunden hat: «Ach.»

Die Storch sagt gar nichts. Guckt und wartet.

Doch, er zieht das durch. «Mir ist etwas aufgefallen.» Bloß wie? Das, was in einem drin ist, das liegt da ja nicht in ganzen Sätzen. Das wabert rötlich durch Herz und Hirn, presst hier ein Organ zusammen, weitet dort ein anderes. Wie macht man, dass das rauskommt? «Als ich am Bett meiner Mutter saß und sie beinahe tot war, dachte ich: Nützt ja nichts.»

Die Storch guckt so ähnlich wie die Bibi damals, als er versucht hat, ihr die Nimzowitsch-Indische Verteidigung zu erklären, bei der Schwarz statt der Bauern einen Springer und einen Läufer vorschickt. Wenn jemand diesen Blick macht, bedeutet das: Harmsen hat das, was er sagen will, noch nicht gesagt, oder zumindest nicht so, dass es bei der anderen Person auch angekommen ist.

«Was ich sagen will, ist, dass man manchmal auch was sagen muss. Zum Beispiel, wenn jemand eigentlich in Ordnung ist.»

Die Storch guckt. Nickt. Nickt noch mal. Dann hebt sie ihr Glas und nimmt den Trinkwettbewerb wieder auf.

Harmsen ist erleichtert. War gar nicht so schwer, Klartext zu reden. Dass die Storch diesen Austausch angestoßen, aber kaum dazu beigetragen hat, das lässt sich erklären. Nicht für Harmsen, der nimmt halt noch einen tiefen Schluck. Aber für Sie: Anders als der Kommissar haben Sie schon mal in den Kopf von der Storch reingeguckt. Deshalb wissen Sie, dass die Frage nach Harmsens Mutter zwar lieb gemeint war, aber von vornherein zum Scheitern verurteilt. Denn die Storch verfügt über einen ähnlichen emotionalen Intelligenzquotienten wie Harmsen. Und, das wissen Sie sicher noch aus der Schule: Wenn man eine Zahl, die mit Nullkomma anfängt, mit einer anderen Zahl multipliziert, die mit Nullkomma anfängt, dann kommt dabei immer, immer, immer eine Zahl raus, die auch mit Nullkomma anfängt.

# SONNABEND, 21. JULI

Harmsen wacht von den Mittagsglocken auf, vielleicht auch von den Kindern, die unten auf der Straße eine Europalette zertrümmern. Kommt selten vor, dass er so lange schläft. Aber nachdem er und die Storch sich gestern so gut unterhalten hatten, war er irgendwie heiter, deshalb hat er zu Hause mit Calvados weitergemacht. Hat noch einige Stunden in den Nischen des öffentlich-rechtlichen Bildungsfernsehens verbracht, unter anderem gelernt, dass die armenische Opernszene wächst, dass in wenigen Wochen in einem verlassenen Kraftwerk in Mitte ein Festival für experimentelle elektronische Kirchenmusik beginnt. Außerdem hat er sich auf eine Reise durch Polynesien, Mikronesien und Melanesien mitnehmen lassen, bei der Gelegenheit den Unterschied zwischen diesen entlegenen Inselwelten gelernt und wieder vergessen, und er hat erfahren, wer unser Star für den nächsten europaweiten Schlagersängervergleich wird. Deshalb die selbst für Harmsens Verhältnisse ungewöhnlich lange Ruhephase. Vielleicht war es auch, um sich unterbewusst Mut anzuschlafen, denn nachher hat er ja ein Rendezvous mit der Bibi. Er macht seinen Tee, und während er sich an der Tasse festhält, überlegt er, wie er der Bibi seine Liebe gestehen soll. Kommt aber zu dem Schluss, dass das nicht geplant zu werden braucht. Immerhin hat er der Storch gestern erfolgreich sein Herz ausgeschüttet, ganz ohne vorheriges Auswendiglernen. Dann macht er sich schön: kämmt das Resthaar säuberlich über den Schädel, säubert die Ohren, rasiert sich, überlegt, ob er sein Hemd bügeln soll. Beschließt, sich das für einen eventuellen Folgeantrag bezüglich Heirat aufzusparen, reibt an dem Teefleck in seiner verbeulten Jeans herum. Schwarzteeflecken, falls Sie es nicht wussten, sind ungemein hartnäckig. Selbst mit diesen kleinen türkisfarbenen Teufelchen kriegen Sie die nicht raus, fragen Sie Harmsen. Er hat auf praktisch jedem Kleidungsstück welche, Jeans, Jogginghosen, selbst auf seinem Anzug. Das Einzige, was Sie erreichen, wenn Sie versuchen, die rauszukriegen, ist die Entfärbung des eigentlichen Stoffs. Der Fleck aber bleibt. Deshalb ist es reine Kosmetik, dass Harmsen an dem Teefleck herumreibt. Falls die Bibi fragt, kann er sagen, er hat es wenigstens versucht. Harmsen legt die Kunstlederslipper an, auf denen immer noch Blut klebt von seiner letzten und ersten Benutzung der Dienstwaffe vor ein paar Monaten. Seine Füße werden sofort zu quietschenden Fischen. Er zieht die Slipper wieder aus, schlüpft in ein Paar wegen ihrer Feuchtigkeitsspeicherungsfähigkeit sommers besonders geeigneter Frotteesocken, dann wieder in die Slipper. Jetzt fällt ihm kein Grund mehr ein, die Abfahrt hinauszuzögern.

Eine Stunde später steht er bei der Bibi vor der Tür. Die macht auf, und wie meistens, wenn sie aufmacht, hat sie nicht viel an. Falls Sie denken, Harmsen gefällt das, weil er sich als kommunikationsgestörter Multineurotiker so das Tänzeln und Schwänzeln und Necken und Herumspielen spart, bevor endlich die Hüllen fallen, liegen Sie falsch. Nicht nur heute, wo er sich der Bibi gewissermaßen in besonderer Mission nähert. Harmsen interessiert sich, was die körperliche Liebe angeht, eher für den Weg als für das Ziel. Schon klar, er ist auch ein Mann, und da aus Männersicht, rein anatomisch betrachtet, der ganze Akt darauf zusteuert, dass sich der Samen einem Ortswechsel unterzieht, ist er durchaus froh, wenn nicht kurz vorher sich eine Reißzwecke in seinen Hintern bohrt oder versehentlich das Gesicht des amerikanischen Präsidenten vor seinem inneren Auge erscheint. Aber auch wenn er den sogenannten Höhepunkt erreicht, gleicht dieser für Harmsen eher einem Schlusspfiff. Wie beim Fußball. Ohne wüsste keiner, wann es vorbei ist, aber die denkwürdigen Momente spielen sich davor ab. Wonach Harmsen sich wirklich sehnt, das ist der Geruch vom Hals der Bibi, der umso süßer und stärker wird, je vollständiger er sich ihr und sie sich ihm widmet. Oder das Geräusch, das ihr Atem macht, wenn sie mit der Zunge die Windungen seines Außenohrs nachzeichnet, und das mit dem Klang gewöhnlicher Sauerstoffversorgung so viel zu tun hat wie eine mit Harmsens Nokia 6610 aufgenommene Blockflötenlehrstunde mit der Ouvertüre von Carmen auf einem Platz am Orchestergraben. Kurz, was Harmsen am Sex und an der Bibi an sich interessiert, ist die Nähe zweier Menschen, nicht bloß die Nähe zweier Geschlechtsteile. Deshalb ist er froh, dass die Bibi über dem wenigen, das sie anhat, einen Kimono trägt, wenn auch offen.

«Härmchen», sagt sie und streicht ihm über die Wange. «Wie isset in der Heimat jewesen?»

«Alles wieder gut», murmelt er.

Die Bibi breitet die Arme aus und quetscht seinen Brustkorb. Harmsen lässt die Gliedmaßen hängen und wünscht sich, dass sie niemals aufhört.

«Dann wollnwa dir mal uff andre Jedanken bringen», sagt die Bibi und fährt mit ihren Armen an seinem Rücken runter.

Der Kommissar windet sich aus ihrem Griff. Wobei, Winden ist das falsche Wort; er ruckelt so lange mit den Schultern, bis die Bibi aufhört und ihn erstaunt anguckt.

Harmsen holt Luft.

Die Bibi legt den Kopf schrägt und guckt weiter, inzwischen eher erwartungsvoll als erstaunt.

Harmsen atmet aus. Dabei folgen seine Schultern der Schwerkraft.

Die Bibi zieht die Augenbrauen hoch.

Harmsen holt wieder Luft.

«Wat is denn, Härmchen? Haste wat uffm Herzen?»

Die perfekte Brücke! Er müsste einfach nur nein sagen, und die Situation wäre vorbei. Dann könnte er die Nase an ihren Hals legen und ihr sein Ohr entgegenstrecken. Aber dieses Pflänzchen, das während der Nacht am Bett seiner Mutter in seinem Bauch gewachsen ist, das ist zäh. Es lässt sich überhaupt nicht mehr rausreißen.

«Bibi.» Noch einmal ein-, einmal aus-, einmal einatmen. «Als ich bei meiner Mutter am Bett saß, habe ich überlegt, was ich hätte, wenn sie weg wäre.»

Sie guckt immer erstaunter. So hat sie den Kommissar noch nie reden gehört.

«Das Einzige, was ich hätte» – nehmen Sie es Harmsen bitte nicht übel, dass er herumdruckst, dass die Pausen immer länger werden, dass er links und rechts an der Bibi vorbeiguckt; er macht das zum ersten Mal – «wärst du.»

Und gleich noch ein erstes Mal. So wie die Bibi Harmsen anguckt, hat sie noch nie geguckt, weder spöttisch noch liebevoll, noch lüstern, noch fordernd. Schwer zu sagen, wie sie genau guckt. Abwartend? Vorsichtig? Ängstlich? Sie guckt wie jemand, der lieber nicht hören würde, was als Nächstes kommt.

«Nicht dass du denkst, ich vergesse, was das hier für ein Verhältnis ist. Ich muss ja jedes Mal vorher zum Geldautomaten. Aber das, wofür du das Geld bekommst, Bibi, deshalb komme ich nicht. Ich komme wegen dem Davor und dem Danach. Weil du so laut lachen kannst. Weil du glaubst, du weißt besser als ich, wer der Mörder ist. Weil ich bei dir eine Flasche Schnaps im Kleiderschrank abstellen darf.» Harmsen ist selber überrascht, dass das alles aus ihm rauskommt. Jetzt, wo er einmal angefangen hat, ist es nicht mehr ganz so schwer. Bisschen, wie wenn Sie in einem Damm aus Steinen den dicksten in der Mitte rausziehen. Dann spült das Wasser die kleineren Kiesel von allein weg. Und die Welle wird immer größer.

«Bibi, ich glaube, es ist gut, wenn man jemanden hat. Ich will jemanden haben.»

Die Bibi guckt komisch. Harmsen kann sich nicht erinnern, dass sie jemals so geguckt hat. Halb wie seine Mutter, als sie ihn vorgestern nach Hause geschickt hat. Halb wie ein Großwildjäger, der die letzte Patrone verschossen hat, und der Löwe kommt langsam auf ihn zu.

«Ich will dich haben.» Jetzt hat Harmsen die Herdplatte unter dem Erbseneintopf voll aufgedreht. Der Brei blubbert und zischt und kocht über und spritzt alles mit grünen Klecksen voll. «Ich will, dass du meine Freundin bist.»

Die Bibi steht auf. Macht den Kimono zu. Geht langsam Richtung Bad, und ihr Hintern wackelt dabei gar nicht hin und her wie sonst. Kommt noch langsamer zurück. Je näher sie kommt, desto langsamer wird sie. Rein vom Gesichtsausdruck her ist die Bibi jetzt vollständig zu Harmsens Mutter geworden. Harmsens Mutter von früher, als er hilflos war und sie übermächtig, er Unerfüllbares fordernd, sie betreten und verzeihend.

«Dit jeht nich.»

Und so wie die Bibi sich gerade in Harmsens Mutter verwandelt hat, so verliert Harmsen das letzte halbe Jahrhundert. Verliert die Fähigkeit zu verstehen, einzusehen, hinzunehmen. Lebt wieder in der Welt, in der das Unangenehme doch verschwinden muss, wenn es nur hartnäckig genug geleugnet wird.

«Von mir aus müsstest du nicht mal aufhören mit dem, was du machst», sagt Harmsen.

Die Bibi schweigt.

«Du müsstest auch nicht bei mir wohnen.»

Die Bibi schweigt immer noch.

«Du sollst einfach nur meine Freundin sein.»

So lange hat die Bibi wirklich noch nie geschwiegen.

«Härmchen», sagt sie schließlich. «Et jibt 'nen Grund, warum ick so lebe. Warum ick nich so leben will, wie du dit jern hättest. Tut mir leid, wenn dir dit verletzt. Ick mag dir, Härmchen. Sehr. Aber ick hab mir dit überlegt, Jahre bevor du zum ersten Mal bei mir jewesen bist. Und so bleibt dit ooch.»

Klar könnte er jetzt nach diesem Grund fragen. Aber

er ist nicht wegen irgendwelcher Gründe hier. Er ist hier wegen ja oder nein. Und, so gut kennen Sie die Bibi inzwischen, wenn sie nein sagt und nein wiederholt, nein sogar erklärt – dann gilt das. Oder? Dann gilt das doch!? Die Bibi verschränkt die Arme. Nicht mal nett gucken tut sie. Die will ihn überhaupt nicht trösten! Harmsen fühlt sich wie ein Ballon, aus dem einer einen kräftigen Schub Luft entlassen hat. Schrumplig und weich und ohne Spannung. Gut, dass er noch nichts ausgezogen hat. Muss er jetzt nichts anziehen. Dreht sich um. Trottet den Flur runter. Tür auf. Harmsen raus. Tür zu.

+++

Peggy sitzt auf dem Sofa. Das heißt, sie sitzt nicht, sie steht dauernd auf und setzt sich wieder hin. Weil sie in einem Ausnahmemodus ist: nicht verkatert, nichts zu tun. Wenn ihr Kopf an einem Sonnabendmittag schon mal so ungewöhnlich klar ist, dann arbeitet er ganz von allein: Über den Besuch gestern bei Tamara Preslak denkt er nach. Am liebsten würde Peggy Preslaks Haar selber untersuchen. Jetzt. Bloß wenn im Labor keiner arbeitet, kommt sie da auch nicht rein. Und selbst wenn, DNA typisieren ist nicht wie Buchstabensuppe kochen und dann As und Bs zählen. Du musst sozusagen erst den Weizen säen, düngen, gießen, ernten, mahlen, bevor du irgendwas zählen kannst. Wobei säen und ernten bei Genen vielleicht das falsche Bild ist. Aber du weißt schon: Es ist kompliziert. So kompliziert, dass selbst Peggy als Molekularbiologin das nicht einfach mal nebenbei machen kann. Außerdem hat sie noch eine andere Idee, mit der sie nicht bis Montag warten muss. Mit der muss sie bloß einen Anruf machen. Der Alte hat doch gestern gefragt, ob ein Nerd wie Tamara Preslak nicht ein Smartphone hacken kann. Angenommen, Preslak hat wirklich was mit Plöger zu schaffen und sie hat was zu verbergen. Dann wäre gar nicht abwegig: dass sie sich in sein Smartphone gehackt hat. Damit sie ihre Verbindung zu Plöger verschleiern kann. Damit sie von vornherein nicht in den Blick der Kripo gerät. Nur blöd, dass Peggy dafür ausgerechnet Janne Lütkemeier anrufen muss, die ständig denkt, die Polizei braucht ihre Hilfe. Und jetzt braucht die Polizei wirklich ihre Hilfe.

«Ja, bitte», sagt Lütkemeier. Sie kennt ja Peggys Privatnummer nicht.

«Peggy Storch hier.»

«Peggy! Wie schön, dass du anrufst! Habt ihr Andrej gefasst?»

«Andrej sitzt zwanzig Kilometer von Ihnen entfernt in seiner Wohnung, und da gehört er auch hin.» Peggy darf nicht zu patzig werden, schließlich will sie was von Lütkemeier.

«Peggy, ich hab dir doch gesagt, der muss ins Gefängnis!»

«Wenn Sie wollen, dass die Person, die Ihren Verlobten ermordet hat, ins Gefängnis kommt, tun Sie mir bitte einen Gefallen.»

«Alles! Jederzeit! Schieß los! Ich bin sicher, ich kann helfen!»

«Hat Ihr Verlobter Backups von seinem Smartphone gemacht?»

«Keine Ahnung.»

Peggy erklärt ihrer Adjutantin, wo die Backups sind,

wenn es welche gibt. Lütkemeier holt Plögers Computer, fährt ihn hoch, klickt eine Weile rum, findet raus, dass da tatsächlich ein Haufen Dateien liegt.

«Was hat Andrej denn mit Nils' Handy zu tun?»

«Frau Lütkemeier, seien Sie so lieb und laden mir die Datei hoch. Wir halten Sie auf dem Laufenden, großes Ehrenwort.»

Peggy legt auf, und eine Viertelstunde später schickt Lütkemeier ihr tatsächlich einen Link. Datenschutzmäßig ist das ein ziemlich unsicheres Manöver. Das Problem ist, es ist Sonnabend. In der Luft hängen diese ganzen Hinweise, die sagen, Preslak, Preslak, Preslak. Und Peggy – also nicht Harm Harmsen oder die Weinbergschnecke aus deinem Blumenbeet – soll sechsunddreißig Stunden ruhig sitzen, bevor sie Klarheit hat? Dann lieber eine Privatperson bitten, die privaten Daten einer zweiten und toten Privatperson in die Cloud einer dritten Privatperson hochzuladen. Man sagt ja immer, wenn du im Internet Daten unverschlüsselt hin- und herschaufelst, ist das wie Postkarten schicken. Für solche Zwecke hat eine Kriminalpolizistin Zugang zu einem von Profis gewarteten Netzwerk. Stattdessen hat jetzt jeder, der ein paar Einsen und Nullen zusammenzählen kann, Zugang zu Nils Plögers digitalem Vermächtnis. Aber warum sollte sich irgendwer für Plögers Daten interessieren? Wer sich für Plögers Daten interessiert, das ist Peggy Storch, und Peggy Storch hat, was sie wollte. Sie hat außerdem eine kleine Sammlung aussortierter, aber noch funktionsfähiger Smartphones, nur falls das aktuelle mal ins Klo fällt. Sie schließt eins an und drückt auf Wiederherstellen. Damit wird ein exaktes Abbild von Plögers Smartphone zum Zeitpunkt des letzten Backups – zwei Tage vor seinem Tod – auf das Gerät gespielt. Als Peggy eine Dreiviertelstunde später das Handy öffnet, sieht sie exakt, womit sie gerechnet hat: Unten rechts auf dem Homebildschirm klebt nicht die knallgrüne Fitness-App. Die klebt auf dem nächsten Bildschirm oben links. Auf dem Homebildschirm unten rechts klebt eine App, die auf Plögers Originalhandy nicht mehr ist. Falls du zu den Harmsens dieser Welt gehörst: Wenn der Homebildschirm, wo die kleinen Vierecke mit den Apps liegen, voll ist, und du installierst eine neue App, richtet das Handy automatisch einen zweiten Bildschirm ein. Da legt es das neue Viereck ab. Wenn du jetzt vom ersten Bildschirm wieder eine App löscht, rutscht vom zweiten Bildschirm eine App auf den ersten zurück. Zumindest auf dem Smartphone, das Plöger benutzt hat. Und auf diesem Smartphone ist zwischen Sonntagmorgen und Montagnachmittag eine Fitness-App vom zweiten auf den ersten Bildschirm gerutscht. Weil nach Peggy niemand mehr Plögers Smartphone in der Hand hatte, muss jemand das Gerät gehackt und die App, die da vorher war, gelöscht haben. Und diese App, eine weiße Sprechblase mit pinkem Stacheldraht drum rum, heißt ChatFortress. Ein Dienst zum Austauschen von Kurznachrichten, dessen Verschlüsselung als besonders sicher gilt. Im Gegensatz zu Plögers Handy selbst und sämtlichen Apps darauf lässt sich ChatFortress nicht ohne den sechsstelligen Zugangscode öffnen. Aber ein Manöver fällt Peggy noch ein. Das allerdings ist dermaßen krumm und falsch und geschmacklos, dass sie dafür die Hilfe vom Alten braucht. Und von noch jemandem. Vor allem aber muss die Sache bis Montag warten. Was so viel heißt wie: keine Ausrede mehr, einem ausführlichen Gespräch mit Lars aus dem Weg zu gehen. Und, ganz ehrlich: Bei dem Gedanken fühlt sich die furchtlose Peggy Storch, als pumpte jemand sämtliche Luft aus ihrem Bauch. Nicht wegen dem, was sie sagen soll. Das hat sich quasi von allein geklärt, durchs reine Abhängenlassen: nämlich gar nix. Sie hat das auch gegoogelt, und die Psychologen im Internet sagen: Wenn du deinem Partner einen Seitensprung gestehst, dann ist das Einzige, was passiert, dass du die Last von deinen Schultern auf die deines Partners abwälzt. Und das kann ja keiner wollen. Ihr Bauch zieht sich zusammen wegen dem, was er sagen könnte. Denn auch wenn sie nichts gesagt hat über die Nacht zum Sonntag, jedenfalls nicht über den Teil mit Tobias: Komisch benommen hat sie sich trotzdem.

«Hallo, Peggy», meldet sich Lars.

Schlecht. So sachlich. Sonst nennt er sie *Storch* und begrüßt sie mit irgendwelchen albernen Formeln wie *Tachchen*.

«Hi, du!», ruft Peggy, nicht ganz so übertrieben fröhlich wie Jessika, aber ähnlich verlogen.

Lars sagt erst mal nichts.

«Danke noch mal, dass du deine Kontakte in Rotterdam aktiviert hast. Das hat uns auf 'ne völlig neue Spur gebracht.»

Lars sagt immer noch nichts.

Peggy auch nicht.

«Findest du das eigentlich normal?», fragt er schließlich.

Kommt auch selten vor: dass Peggy dermaßen nicht weiß, was sie sagen soll, dass sie das Visier runterschiebt.

Schließlich ringt sie sich zu folgendem billigen Schlenker durch. «Dass ich illegale Untersuchungen bei dir bestelle?»

«Du weißt genau, was ich meine.»

Natürlich weiß sie das. Aber wer will denn unbedingt darüber reden? Peggy versteckt sich nicht, wenn es was zu besprechen gibt. Nur haben die Männer in ihren bisherigen Beziehungsversuchen eher selten komplexe Deutungsversuche eingefordert. Wenn einem was nicht gepasst hat, hat er halt nix gesagt. Oder ist joggen gegangen. Ein oder zwei sind beleidigt abgezogen und haben sich nie wieder gemeldet. Damit konnte Peggy leben. Bei Lars ist es anders; Lars ist ihr nicht egal. Er ist aber auch kein Baby. Wenn er rumdruckst, selber schuld.

Bloß druckst er nicht rum. «Peggy, seit einer Woche redest du nicht mit mir. Entweder du stöhnst mir die Ohren voll, oder du bestellst 'ne DNA-Analyse. Ich bin kein Callboy. Ich bin auch keine Laborratte. Ich bin dein Freund oder gar nichts.»

Wäre er ein Arschloch, wenigstens ein Ignorant, könnte sie ruhigen Gewissens zurückignorieren. Aber Lars mit seinen grünbraunen Augen, die immer so ehrlich und auch ein bisschen abenteuerlustig gucken, macht wieder alles richtig. Er motzt nicht, er beschimpft sie nicht, er fordert einfach ein, was sie sich versprochen haben.

«Ich will, dass du mein Freund bist.»

«Dann sei du meine Freundin. Ich will nicht die Polizistin Peggy. Oder die sexy Peggy. Ich will die ganze Peggy. Ich will wissen, was in deinem Leben passiert.»

In ihrem Leben ist etwas passiert. Jetzt ist der Moment, aufzuräumen.

«Lars.» Kurze Pause. «In der Nacht, als der Bräutigam

bei seinem Junggesellenabschied gestorben ist, das war kein Notruf. Ich war dabei, als er gefunden wurde.»

«Ach, deshalb warst du so hinter der Probe her. Ist 'n persönliches Ding.»

«Nee. Ich kannte den nicht.»

«Warum warst du dann dabei?»

«Ich war mit einem von seinen Freunden unterwegs.»

«Warst du nicht mit Steffi unterwegs?»

«Anfangs ja.»

Lars schweigt die Art Schweigen, die man schweigt, wenn man ahnt, dass sich was Ungutes anbahnt.

Peggy zögert. «Ich hab mit dem Typen geknutscht. Dann rief einer von den anderen an, die schon gegangen waren, und sagte, der Bräutigam liegt tot in der Ferienwohnung. Mehr war nicht», lügt Peggy.

Bei Lars wieder Pause. Schließlich lacht er. «Das ist alles? Du führst dich 'ne Woche lang auf wie die drei Äffchen in einer Person, nur weil du 'n bisschen geknutscht hast?»

«Ich wusste nicht, wie du reagieren würdest.»

Lars lacht noch mal. «Solange du nicht mit dem Typen nach Hause gehst und ihn vögelst, während nebenan ein Toter liegt, hast du meinen Segen.»

Peggy räuspert sich. Soll sie so was sagen wie, kommt nicht wieder vor? Oder du hast einen gut? Sie schämt sich. Weil sie ihn angelogen hat. Und weil er selbst jetzt noch, wo sie immerhin circa ein Viertel der Wahrheit rausgelassen hat, alles richtig macht. Hat einer wie Lars nicht die Wahrheit verdient? Oder sollte sie gerade einem wie ihm erspart bleiben? Und sie schämt sich, weil sie ab jetzt ein Doppelleben führt. Höllisch aufpassen muss sie, dass die

Wahrheit nicht rauskommt. Zum Beispiel, falls Lars irgendwann mal auf Harmsen trifft. So fühlt sich das also an, wenn du was zu verbergen hast.

+++

Harmsen ist nach Hause gefahren wie einer aus diesen traurigen Filmen. Wie ein nasser Klumpen Teig hat er im Fahrersitz gehangen, todesverachtend langsam hat er den Rekord gesteuert, keinen Gesichtsmuskel hat er bewegt, weil kein Sinnesreiz zu ihm durchgedrungen ist. Sobald er in der Wohnung angekommen war, hat er angefangen zu saufen. Ist erst eine halbe Stunde her, aber er ist randvoll. Steht auf, torkelt zum Plattenspieler, hebt die Nadel zum zehnten Mal auf *Avec le temps*. Das ist der Song, den Sie hören können, wenn Sie ein gebrochenes Herz und noch mehr als zehn Jahre zu leben haben, weil, lehrt das Lied, mit der Zeit der Schmerz vergeht. Mit der Zeit, lautet der Schluss, liebt man nicht mehr. Harmsen lässt sich ins Sofa fallen. Steht wieder auf. Wankt den Flur runter und hoch. Geht die ganze Sache noch mal durch. Was heißt noch mal? Zum hundertsten Mal. Hätte er es besser machen müssen? Bloß wie? Wenn es ein Narr ist, der Ihnen im Herzen herumhüpft und Freigang fordert, und Sie schließen auf, dann springt nicht ein Bogenschütze heraus oder ein Bänkelsänger. Falls Sie zu jenen in der Liebe Erfahrenen gehören, deren Herz bereits gebrochen wurde, die selbst Herzen brachen, mögen Sie müde lächeln. Aber Harmsen macht das zum ersten Mal durch! Mit Mitte fünfzig hat er zum allerersten Mal jemandem seine Liebe gestanden, und das heißt auch, dass er mit Mitte fünfzig zum allerersten Mal spürt, wie das Herz bricht. Wenn man das mit vierzehn oder einundzwanzig erlebt, dann überwältigt einen das. Mit vierzehn oder einundzwanzig überwältigt einen alles, jeder Sonnenuntergang, jedes wehmütige Lied, jede Erinnerung an den Urlaub, den Sommer, die Kindheit. Das junge Herz ist dafür konstruiert, unter jedem Gefühl zu erbeben. Daran ist das erwachsene Herz nicht mehr gewohnt, schon gar nicht das Herz des Harm Harmsen. Die gute Nachricht: Wenn Ihnen das mit Mitte fünfzig zum ersten Mal passiert, liegt keinerlei Hindernis zwischen Ihnen und den einzigen funktionierenden Verdrängungsstrategien: Schmerz wegsaufen, Schmerz wegarbeiten. Weil Harmsens Hirn beim Herzbruch nur leichte Kollateralschäden erlitten hat, macht es sich daran, beide Strategien zu kombinieren: Harmsen geht ermitteln. Zu Fuß. Aus dem Handschuhfach vom Rekord holt er eine angebrochene Schachtel Zigaretten, die die Storch mal hat liegenlassen. Steckt eine an, hustet sich beinahe tot. Raucht weiter. Torkelt weiter. Stolpert über einen alten Ohrensessel, von dem wohl jemandem unterwegs spontan klarwurde, dass er nicht länger gebraucht wird. Plumpst auf das im selben blassen Senfton gepolsterte Sofa daneben. Ist, als er sich schimpfend erhebt, zu betrunken, um zu kapieren, dass er dadurch zufällig einem sehr großen Hundehaufen ausgewichen ist, in den zu treten er andernfalls angesichts der Dunkelheit kaum hätte vermeiden können. Hier biegt der Kommissar falsch ab und da auch, gleicht seinen Fehler manchmal wieder aus, indem er mitten auf dem Bürgersteig beschließt, in einem Bogen über die Straße weiterzutorkeln, erneut bei einer längst überwundenen Kreuzung anzukommen und doch noch richtig abzubiegen. Er schwitzt. Nicht nur wegen des Trenchcoats, sondern auch, weil zur Hitze Schwüle gekommen ist. Er pfeift, erst den Song von vorhin, dann zwei jungen Frauen hinterher, lacht mit, als sie ihn auslachen. Klettert an jenem Punkt der Weserstraße, wo die Zwanzigjährigendichte am höchsten ist, auf das Dach einer Limousine, legt die Hand aufs Herz und schmettert *avec le temps, va, tout s'en va,* avanciert, ohne jemals davon zu erfahren, für ein paar Stunden zum Hauptdarsteller des viralsten Videos in sämtlichen sozialen Netzwerken, übergibt sich hinter einem Müllcontainer. Stolpert in den nächsten Späti, spendiert sämtlichen Anwesenden ein Herrengedeck.

Anderthalb Stunden wird er sicher unterwegs sein. Dann steht er vor einer alten Backsteinhalle. Eine lange und nicht besonders steile Rampe führt einen halben Stock aufwärts, zum Eingang. War wohl mal ein Eisenbahndepot. Nirgends steht was von *Blindem Wiesel*, aber Harmsen ist sich sicher, denn er hat die Adresse überprüft. Von drinnen Bässe, davor eine lange Schlange. Harmsen beobachtet, dass die jungen Leute alle Schwarz tragen. Überlegt, wie viele andere Farben es überhaupt gibt. Kommt zu dem Schluss, dass Schwarz alternativlos ist. Beschließt, den Trenchcoat bei nächster Gelegenheit schwarz färben zu lassen. Belauscht eine Gruppe Jungs, die sich in Zweiergruppen aufteilen und tun wollen, als gehörten sie nicht zusammen, damit der Türsteher sie reinlässt. Wundert sich, dass die jungen Leute Treffpunkte des sozialen Lebens umso lieber zu besuchen scheinen, je herablassender sie dort behandelt werden. Fragt in eine Gruppe, die vor ihm steht, ob es gut da drin sei, erhält eine Antwort auf Englisch, fragt wärjukammingfromm, versteht die Antwort nicht, ext sein Bier, zieht das nächste aus der Tasche, öffnet es mit dem Feuerzeug, raucht, rülpst, hat Mühe, das Gleichgewicht zu halten, steht vor dem Türsteher. Der fragt irgendwas. Harmsen hört nicht groß hin. Weil der Typ weiterguckt, als ob er auf was wartet, sagt Harmsen: «Casse-toi, pauv'con.» Das ist ein geflügeltes Wort in Frankreich, weil es mal ein Präsident gesagt hat, es bedeutet, verpiss dich, du armseliges Arschloch, bloß welcher Türsteher spricht französisch. Dieser hier guckt wie eine frisch geleerte Mülltonne, dann winkt er Harmsen durch. Der Kommissar macht drei Schritte, einen nach links, einen nach rechts, dann wieder einen nach links, steht er an der Kasse, wirft einen Fünfziger hin, wartet nicht auf Rückgeld, taucht ab. Ntsch, ntsch, ntsch, ntsch, ntsch, der Kommissar fragt sich, wann der Discjockey seine Anlage fertig kalibriert hat und was Fetziges auflegt. Eigentlich fragt er sich das nicht. Eigentlich fragt er sich gar nichts. Er wankt zur Bar, schiebt zwei Typen zur Seite, die seine Söhne oder Fitnesstrainer sein könnten, passt den einen Moment ab, in dem der Blick der Barfrau seinen streift, brüllt «Bier», bekommt sofort eins hingeknallt, knallt einen Zwanziger zurück und fragt die Barfrau: «Kennst du Tamara? Blass, rote Haare, grüne Augen, Tätowierungen.» Sie schüttelt den Kopf und wendet sich wieder ihren Gläsern zu. Er bellt «hey», sie wendet den Kopf zurück, er hält ihr ein ausgedrucktes Foto hin, das die Storch in einem sozialen Netzteil gefunden hat. Wieder Kopfschütteln.

Harmsen stellt sich an die Tanzfläche. Eigentlich steht er nicht, sondern er wiegt sich in winzigen Schritten hin und her, vor und zurück, nicht im Takt der fortdauernden Schallkalibrierung, obwohl dieser maximal offensichtlich ist, sondern im Takt der Trunkenheit. Die jungen Leute sind offenbar so amüsiersüchtig, dass sie schon tanzen, obwohl die Musik noch gar nicht läuft. Genau genommen tanzen sie auch nicht, sondern, wie soll man das sagen, sie gleichen Schlafwandlern, die versuchen, mit ihren Körpern Vielecke darzustellen. All das ist in Harmsens Kopf, bloß nicht, wie sonst, funkelnd wie ein geschliffener Diamant, sondern als milchiger Schleier, wobei Milch angesichts seines Zustands wirklich nicht die richtige Vergleichsflüssigkeit ist. Jedenfalls, wenn er sich anguckt, wie die jungen Leute tanzen, und wenn er gleichzeitig bedenkt, dass seine eigene Ungelenkigkeit durch mehrere Promille Blutalkohol maximal aufgelockert ist, kann er es eigentlich auch versuchen. So kommt es, dass Kriminaloberkommissar Harm Harmsen die Tanzfläche eines Technoklubs betritt, die Gliedmaßen zu bewegen beginnt, bald die Augen schließt und erst mit den Füßen, dann mit den Hüften, bald mit den Schultern, schließlich bis über beide Ohren in der ewigen Monotonie der Bässe versinkt und für eine, anderthalb, zwei Stunden, wer kann das schon sagen, die Bibi und die Dörrtomate in seiner Brust vergisst. Als er die Tanzfläche verlässt, ist er von oben bis unten verschwitzt, denn erstens hat er sich mehr bewegt als sonst in einem Jahr, und zweitens macht die Hitze des Sommers, dass unter der Klinkerhülle des *Blinden Wiesels* Harmsen und den jungen Leuten der eigene Schweiß von der Decke auf die Nasen tropft. Der Kommissar hat sich minimal nüchtern getanzt; auf dem Weg zu der anderen Bar bei den Toiletten schlägt seine Silhouette um ein Siebtel weniger zu den Seiten aus. Wenn ihn nicht alles täuscht, hat ihm eine der wenigen anwesenden Frauen, die näher an seinem als am hier gültigen Normalter von dreiundzwanzigeinhalb sind, gerade zugezwinkert. Er hält kurz inne, warum eigentlich nicht, selber schuld, Bibi. Geht zu ihr rüber, sie hat braune Haare bis zur Schulter, einen nicht gerade langen Rock, ist jünger als die Bibi, hübscher auch, und wenn nicht, auch egal. Sie sagt, er sehe aus, als müsse er dringend was trinken, er bekräftigt das, sie kauft zwei Gläser mit irgendwas drin, er sagt, ihm sei gerade das Herz gebrochen worden, sie sagt, das sei ihr egal, solange der Rest von ihm funktioniere, sie küsst ihn, er schließt die Augen, leider dreht sich alles, dreht sich so, dass er gleicht umkippt, und wenn das Kaleidoskop kurz anhält, hüpft vor seinem inneren Auge das Gesicht der Bibi auf und ab, lacht ihn aus, leider muss er die Augen aufmachen, leider muss er ihr sagen, dass er nicht weitermachen kann, außerdem sei er beruflich hier, und überhaupt, *avec le temps, tout s'évanouit*. Er torkelt zur Bar, nimmt die zwei Flaschen Bier, die gerade zwei ins Gespräch vertieften jungen Frauen hingestellt wurden, verdoppelt also im Vergleich zu vorhin die Kaufkraft des Zwanzigers, den er über den Tresen segeln lässt, leert die erste in einem einzigen Schluck. Flüssigkeitshaushalt regulieren. Dann winkt er den Barmann ran. Wegen der Preslak. Kennt der auch nicht. Er schafft es, ohne mehr als acht bis zwölf Personen anzurempeln, zur dritten Bar; auch hier weckt das Foto der Preslak keine Erinnerungen. Dasselbe an der Garderobe und an der Kasse. Niemand im *Blinden Wiesel* kennt Tamara Preslak. Schließlich versucht er es noch bei dem Türsteher, der ebenfalls den Kopf schüttelt. Harmsen säuft das zweite Bier aus, tritt vor die Tür, steckt eine Zigarette an.

Und so hat sich des Kommissars erster und allerhöchstwahrscheinlich letzter Anlauf, das Herz einer Frau zu erobern, in mehrfacher Hinsicht gelohnt. Er ist zum ersten Mal in das sagenumwobene Berliner Nachtleben getaucht. Er hat zum ersten Mal mit einer Fremden geknutscht, von der er nicht mal den Namen wusste. Und er hat herausgefunden, dass die Preslak, als sie behauptete, sie gehöre quasi zum Inventar im *Blinden Wiesel*, geschwindelt hat. Das allerdings war nicht das erste Mal. Erst jetzt fällt Harmsen auf, dass es regnet, zum ersten Mal seit sechs Wochen. Es ist kein Wolkenguss, kein Sommergewitter. Der Regen kommt ohne nennenswerte Eigenschaften herunter, ein temperamentloser Regen, der Glückliche wie Unglückliche mit derselben feuchten Schicht überzieht. Harmsen läuft, in Schlangenlinien und mit offenem Trenchcoat, heimwärts. Das heißt, er macht noch bei einem Imbiss halt, verspeist zwei halbe Hähnchen, trinkt ein vorletztes Bier, dann ein letztes; schließlich sagt er zu den beiden jungen Pärchen neben ihm, die, wie er bei nüchternem Hinhören schnell gemerkt hätte, seit maximal einer Stunde miteinander bekannt sind: «Kinners, wenn ihr euch liebt, sagt's lieber gleich. Sonst endet ihr so wie ich.»

# MONTAG, 23. JULI

Harmsen ist eine Leiche. Keine Schnapsleiche. Das war er gestern, als er bis sechzehn Uhr seinen Rausch ausgeschlafen hat. Anfangs war der Kater noch so mächtig, dass er jedes andere Gefühl überdeckt hat. Dann ist das andere Gefühl zurückgekommen, und gegen das andere Gefühl war der Kater eine Wohltat gewesen. Der Kater, das sind eigentlich nur zwei vorübergehend im Körper installierte Drehmaschinen. Die eine ist im Magen, dessen Inhalt sie beständig umwühlt und dabei nach oben befördert. Die andere ist im Kopf, und da macht sie im Prinzip das, was Fingernägel auf einer Kreidetafel machen, und zwar entlang der Schädelinnenseite, von Stirn zu Nacken, von Nacken zu Stirn, von Ohr eins zu Ohr zwei und so weiter. Nichts davon ist angenehm, aber der Schmerz ist rein körperlich. Vor allem weiß jeder, der ihn empfindet: Spätestens morgen ist es vorbei. Oder, in Harmsens Alter, spätestens übermorgen. Wie es mit dem anderen Gefühl ist, dem in Harmsens Brust, wissen wir ja: Es hat aus seinem Herz die Schrumpftomate gemacht, und der Raum, den das Herz vorher eingenommen hatte, dieser Raum ist einfach nur leer. Keine Schnapsleiche ist Harmsen also, als er das Dienstzimmer betritt, sondern eine Seelenleiche.

Die Storch guckt ihn an, als sei er eine wahrhaftige Leiche, die nach mehreren Wochen ihr Grab verlassen hat. «Was ist denn mit dir passiert?»

Er wird einen Teufel tun und sich gleich der Nächsten anvertrauen. Er wird sich überhaupt niemandem mehr anvertrauen. Er wird ermitteln, bis die Rente kommt, und den Rest der Zeit werden er und der Calvados in der Wohnung überbrücken, solange er es noch vom Bett zum Fenster schafft, zum Sessel, oder wenigstens vom Bett ins Bett.

«Hallo?», hakt die Storch nach.

Harmsen hat eine Idee, wie er die Storch davon abhalten kann, sich weiter nach seinem seelischen Befinden zu erkundigen. «Ich war im *Wiesel.*»

Die Storch reagiert wie Harmsens als Pentium II bezeichneter Computer, wenn er versucht, eine Internetseite zu laden. Das heißt, äußerlich passiert nichts, aber innendrin versucht sie minutenlang, die Information zu verarbeiten. Plötzlich lacht sie lauthals auf. «Du? Warst? Im? *Wiesel*?»

«Hab's wohl ein bisschen übertrieben», sagt er und reibt sich, das Gesicht verziehend, die Schläfen. «Die letzten fünf Bier hätte ich mir besser gespart.»

«Weißt du, wie viele Touristen ich habe Männchen machen sehen, damit sie ins *Wiesel* kommen. Und du Columbo mit Glatze erzählst mir, sie haben dich reingelassen?»

Harmsen winkt ab. «Pas de problème.» Er findet tatsächlich Gefallen an seinem Auftritt; lenkt vom Denken an die Bibi ab.

«Was wolltest du überhaupt da?»

«Bisschen Dampf ablassen», sagt Harmsen. «War aber auch dienstlich unterwegs. Habe der Preslak ein wenig hinterherrecherchiert. Wissen Sie, was mir das Personal im

*Wiesel* über sie sagt? Die Frau an der Bar neben der Tanzfläche, der Junge an der Bar vor den Toiletten, der von der Bar, wo die Halbnackten sich küssen, das Mädchen an der Garderobe, sogar der Türsteher?» Möge der Blitz Harmsen niederstrecken, wenn im belustigen Blick der Storch nicht etwas Neugierde funkelt. «Nichts. Keiner hat jemals ihren Namen gehört. Selbst als ich ihnen das Foto von ihr gezeigt habe: nichts.»

Schwer zu sagen, was die Storch jetzt für ein Gesicht macht. Versuchen wir's mal so: halb wie eine Erstklässlerin, die es in eine Abiturprüfung verschlagen hat, und halb wie eine Mutter, die ihren jüngsten Sohn Feuerholz holen schickt, und der fällt den halben Wald.

«Was bringt uns das jetzt?», fragt sie schließlich.

«Warum sollte sie behaupten, dass sie Stammgast ist, wenn sie in Wirklichkeit nie hingeht?»

«Weil alles, was sie sagt, gelogen ist.»

«Weil sie von der Frage ablenken will, warum sie in dieser Nacht im *Wiesel* war. Nämlich nicht zufällig. Die wusste genau, wo sie Plöger findet.»

«Und ich kann dir auch sagen, warum», entgegnet die Storch. «Du hast mir doch am Freitag den Tipp mit Plögers Smartphone gegeben. Hat sich tatsächlich jemand nach seinem Tod reingehackt und eine App gelöscht. Wer das kann, der findet auch den Standort von einem fremden Handy raus. Zum Beispiel das von Plöger im *Wiesel*. Oder in der Ferienwohnung. Seine Verlobte war übrigens so freundlich, mir ein Backup rüberzuschieben.» Harmsen will gerade den Mund aufmachen, als sie es selber merkt. «Eine Sicherungskopie sämtlicher Inhalte auf seinem Handy, erstellt ein paar Tage vor seinem Tod. Ich habe die gelöschte App wiederhergestellt. Die dürfte voll mit verschlüsselten Nachrichten sein. Leider kommen wir da nicht einfach ran.»

Warum erwähnt sie es dann überhaupt? Ohnehin hat der Kommissar seinen Redebedarf für heute gedeckt. Er greift nach der Zeitung.

«Es sei denn …»

Schon klar, er soll den Kopf heben und nachfragen. Die Alternative ist, sich über Pros und Kontras bezüglich einer geplanten Dreißigerzone in Harmsens Kiez zu informieren. Kopf bleibt also unten.

«… Harmsen!»

Kaum zu glauben: Nach dem Ende einer zwischen zweiundzwanzig und sechs Uhr gültigen Dreißiger zur Wahrung der Nachtruhe älterer Mitbürger folgt kurz vor der Kreuzung eine Fünfziger, die unmittelbar nach der Kreuzung durch eine von sieben bis siebzehn Uhr gültige Dreißiger zum Schutz nahebei beschulter Kinder abgelöst wird. Danach dann wieder Nachtruhe. So gesehen spricht alles für die Zone. Harmsen ist gespannt, welche Argumente die Gegner vorbringen, wird aber in seiner Lektüre durch ein Papierknäuel gestört, das nicht nur präzise, sondern auch mit Wucht auf seine Stirn prallt.

«Ich brauch deine Hilfe», sagt die Storch. «Dein Freund in der Rechtsmedizin, der Zombie …»

«Vampir», berichtigt Harmsen.

«… den müsstest du bitte mal besuchen fahren.»

Ohne weitere Umstände steht Harmsen auf, greift den Trenchcoat und geht zur Tür. Das ist definitiv das Beste, ja, das einzig Gute, was jetzt noch passieren kann: Ruhe vor der Storch und ihren Fragen. Zwar ist auch Gustav Hinterlechner, seiner Blässe und Gnomenhaftigkeit wegen gemeinhin als Vampir bezeichnet, ein mühsamer Zeitgenosse. Redet noch mehr als die Storch. Aber anders als sie stellt er keine Fragen, zumal keine nach Harmsens Gemütszustand.

«Hallo?», macht die Storch schon wieder.

Harmsen guckt sie ausdruckslos an.

«Willst du gar nicht wissen, warum du zum Vampir fahren sollst?»

Harmsen zuckt mit den Schultern.

«Meine Güte, Harmsen, bist du sicher, dass du noch am Leben bist?»

Oh nein, Peggy Storch. Ist er nicht.

«Die App, die Preslak wahrscheinlich von Plögers Handy gelöscht hat, hat eine Codesperre. Die einzige App, für die er eine Sperre aktiviert hatte. Spricht meines Erachtens sehr dafür, dass wir da endlich die Verbindung zwischen Plöger und Preslak finden.» Die Storch macht eine Pause, als wäre ihr unangenehm, was sie als Nächstes sagen wird. Als ob die sich jemals für irgendetwas schämen würde. «Ich frage dich nur, weil ich gern ein experimentelles Verfahren einsetzen würde. Sagen wir mal, steht so nicht im Lehrbuch. Eventuell leicht makaber. Ich denke, es wird helfen, dass du mit dem Zombie befreundet bist.»

Harmsen guckt gönnerhaft, wedelt ungeduldig mit der Hand.

«Es gibt nur eine Möglichkeit, die Codesperre zu umgehen», sagt die Storch. «Nämlich mit dem Fingerabdruckscanner. Soll heißen, ihr müsstet bitte Plöger aus dem Kühlschrank fahren und mit seinem Händchen die App öffnen.» Sie sagt das, als stünde am Ende ihrer Aufforderung ein Fragezeichen. Als sei das etwas, das man nicht alle Tage von seinem Kollegen verlangt. Aber Harmsen trägt unter seinen Rippen diesen kalten, toten Klumpen mit sich herum; warum sollte er sich daran stören, einen kalten, toten Finger auf ein Mobiltelefon zu halten? Er nimmt das Gerät entgegen und macht sich auf den Weg.

Auf den Fluren der Rechtsmedizin fällt ihm auf, dass er genau am richtigen Ort ist. Die meisten hier sind tot. Er könnte es sich einfach machen: eine leere Schublade suchen, sich reinlegen, warten, bis jemand zumacht, bis sein ist die Kälte und Stille und die Dunkelheit, in Ewigkeit. Stattdessen kommt unterm Neonlicht der Vampir auf ihn zu.

«Kollege Harmsen, erlauben Sie mir, meine außerordentliche Freude über Ihren außerordentlichen Besuch zu äußern. Allerdings bleibt mir nichts anderes übrig, als die Feststellung zu tätigen, dass es, den inneren wie äußeren Zustand des Nils Plöger betreffend, keinerlei neuen Befund zu übermitteln gibt.»

«Gustav, ich muss Sie um einen Gefallen bitten.»

«Jederzeit, mein höchst verehrter Herr Kollege, jederzeit. Auf welche Weise kann ich meiner Bereitschaft zu bedingungsloser Behilflichkeit Ausdruck verleihen?»

«Plögers Finger. Den bräuchte ich mal.»

«Für den Fall, dass Ihr Wunsch das Abtrennen besagten Extremitätsfortsatzes umfasst, sehe ich mich leider gezwungen, Ihnen mangels legaler Handhabe einen abschlägigen Bescheid zu erteilen.»

Wie leer es in Harmsen ist, erkennen Sie daran, dass ihn die gestelzten Sätze des Vampirs tatsächlich kaltlassen. Bei ihrem letzten schriftlich dokumentierten Gespräch hätte er ihm wegen seiner Ausdrucksweise beinahe die

Dienstpistole über den Schädel gezogen. Heute genießt er sie beinahe. Eben wegen jener Nebenwirkung, dass, wer wenig in vielen Worten sagt, meist darauf verzichten kann, seinerseits zu hören, etwa von einem malträtierten Herzen.

«Nur einmal die Leiche rausfahren, damit ich den Finger auf das Mobiltelefon halten kann.»

Der Vampir schnipst mit den Fingern. «Kriminaloberkommissar Harm Balthasar Harmsen, selbst der Vorhut der Avantgarde forensisch stets um Längen voraus. Ganz fabelhaft, mein Bester!»

Harmsen heißt nicht Balthasar; er hat keinen Zwischennamen, aber wenn er anders nicht an Plögers Fingerabdruck kommt, dann sei es so.

«Wenn Sie sich bitte die Mühe machen würden, meiner Wenigkeit zu folgen.» Der Vampir geht zu den Schubladen, zieht eine heraus. Der Kommissar greift in die Trenchcoatinnentasche, zerrt das Mobiltelefon raus, das ihm die Storch zugesteckt hat. Was sollte er gleich wieder machen? Entsperren durch Wischen. Harmsen wischt nach oben. Nichts passiert. Nach unten. Nichts. Nach links. Keine Reaktion. Nach rechts. Na also. Ein Bildschirm wird sichtbar, den bunte Quadrate bevölkern. Unten rechts, wenn er sich recht erinnert, soll er auf ein Quadrat drücken, das eine weiße, von pinkem Stacheldraht umgebene Sprechblase zeigt. Gefunden, gedrückt. Auf der Anzeige des Mobiltelefons erscheint ein sich drehender Fingerabdruck. Er soll den Finger des Toten auf den Sensor unten am Gerät halten. Es ertönt ein Geräusch, das einem sich öffnenden Schloss nachempfunden ist. Jetzt, hat die Storch gesagt, soll er keinerlei Knöpfe mehr an dem Gerät drücken, sondern es mit spitzen Fingern sofort zurück ins Dezernat bringen. Er bedankt sich beim Vampir, der ausnahmsweise nichts sagt, sondern einen Diener macht und dabei mit der einen Hand lustige Kreise wedelt.

+++

Peggy ist fast so weit, dass sie sich bisschen Sorgen um den Alten macht. Erst das am Freitagabend, als er irgendwas sagen wollte und es nicht gesagt hat. Oder er hat zwar was gesagt, aber in dem, was er gesagt hat, war nix drin. Dann gerade, als er reinkam. Dieser Blick. Nicht dass er sonst groß rumgucken oder irgendwas mit Mimik machen würde. Trotzdem gibt es einen Unterschied zwischen einer leeren Flasche und einer Flasche, aus der mit einer Vakuummaschine jedes einzelne Molekül abgesaugt wurde. Klar, Peggy dreht auch langsam durch. Erst spielt sich die Sonne sechs Wochen lang als Südländerin auf, jetzt meint auch noch die Luftfeuchtigkeit, sie müsste einen auf Amazonas machen. Peggy läuft nur noch in Caprihosen und Tanktops rum, egal ob das scheiße aussieht. Ist ihr im Prinzip recht, dass der Alte das nicht auch macht, schöne Oberarme hat der bestimmt nicht. Aber selbst wenn er in Badehose kommen würde: Das kann nicht allein an der Hitze liegen. Irgendwas ist doch mit dem! Seien wir ehrlich: Das mit den Sorgen ist nicht komplett uneigennützig. Peggy will diesen Fall lösen! Und dafür braucht sie Harmsen. Nicht die untote Version von ihm, sondern die mit Hirn. Hoffentlich fährt er nicht gegen einen Baum. Peggy zieht die Füße aus den Flipflops, legt sie auf die Schreibtischplatte, nimmt sie sofort wieder runter. Wenn der Alte endlich mit dem Telefon zurückkommen würde, könnte sie endlich anfangen. Sie könnte natürlich auch was anderes machen. Papierkram oder so. Aber, sorry, wenn du einen Millimeter davor bist, deinen Fall zu lösen, fängst du doch nicht an, Formulare auszufüllen. Oder du vielleicht schon, aber nicht Peggy Storch. Sie steht auf, tänzelt eine Runde rum, macht ein paar Ap Chagis in die Luft. Beinahe hofft sie, der Dezernatsleiter würde reinkommen und rummeckern, dann wäre sie ein paar Minuten beschäftigt. Sie überlegt kurz, mal das ganze Papier wegzuschmeißen, das Harmsen auf seinem Schreibtisch hortet. Bloß, so lange, wie das dauern würde, wird er auch wieder nicht unterwegs sein. Gut, surft sie halt rum und bestellt eine Klimmzugstange. Kann sie nächstes Mal ihre Ungeduld wegtrainieren. Der Alte kommt nach einer gefühlten Ewigkeit. Hat immer noch diesen Vakuumblick. Hat aber auch das Smartphone in der Hand, exakt so, wie sie es angeordnet hat: Als wäre es eine Schale, randvoll mit Nitroglyzerin. Sie hat extra vorher eingestellt, dass sich das Gerät nicht von allein sperrt. Damit die App auch schön offen bleibt. Ist ihr erst zwischendrin eingefallen, dass sie auch einfach in die Rechtsmedizin hätte mitkommen können. Andererseits, so hat sie einen Tanzbären aus dem Alten gemacht, und das war ja auch ganz lustig.

ChatFortress enthält genau eine Konversation, und die fängt an, als Plöger sein Praktikum in Berlin gemacht hat.

01.05., 21:08 Uhr: So, nils. Sicherer geht's nicht. Tamara-approved. Zufrieden?
01.05., 21:08 Uhr: Cool. Danke! Wann sehen wir uns?
01.05., 21:09 Uhr: Ich steh vor deiner tür.

02.05., 11:07 Uhr: Man, tamara, war das gut gestern. Bin immer noch ausgepowert. Sehen wir uns heute Abend?
02.05., 11:12 Uhr: Jeden abend, nils. Du gehörst jetzt mir.
02.05., 11:15 Uhr: Heute wieder tango?
02.05., 11:18 Uhr: Klar, nils. Tradition ist tradition. Aber vorher bitte noch tango in meinem bett.

Du findest das bisschen peinlich, wie die sich schreiben? Dann lies mal deine eigenen Nachrichten! Jedenfalls geht das ziemlich lange so weiter, das Liebesgeflüster. Auch der Tango wird öfter erwähnt; allerdings bleibt unklar, was genau damit gemeint ist.

13.05., 14:42 Uhr: Okay, tamara, ich machs. Dieses we ist schluss mit janne.
13.05., 14:43 Uhr: Das ist mein nils! Go, nils, go!
13:05., 14:45 Uhr: Ich lieb dich so!
13.05., 14:43 Uhr: Luv u 2
15.05., 23:04 Uhr: Es ist was dazwischengekommen. Ich konnte nicht schluss machen. Erklär ich dir morgen.
15.05., 23:04 Uhr: Das will ich hoffen! Sonst muss ich dir leider die eier abschneiden ;-)

Das muss nach dem Wochenende gewesen sein, als Janne ihm gesagt hat, dass sie schwanger ist. Feigling! Von wegen, was dazwischengekommen. Du hast überhaupt keine Eier, die Tamara dir abschneiden könnte! Anscheinend konnte Nils sich sozusagen analog rausreden; zumindest spielt das Thema im Folgenden keine Rolle mehr. Interessant wird es wieder am letzten Tag von Plögers Praktikum.

27.05., 12:37 Uhr: Tamara, ich muss dir was sagen: Es kann nicht weitergehen mit uns beiden. Ich liebe dich über alles, aber ich muss den Kontakt abbrechen.

Arschloch!, denkt Peggy. Sich 'ne schöne Zeit machen und mächtig Honig um Tamaras blasse Lippen schmieren, die Schwangerschaft komplett verschweigen, dann am letzten Tag bequem per SMS Schluss machen.

27.05., 12:37 Uhr: So nicht, mein lieber. Ich hol dich ab, dann sprechen wir. Du wirst es dir anders überlegen. Ich liebe dich nämlich auch. Über ALLES.
27.05., 19:40 Uhr: Lauer mir nie wieder auf, tamara.
27.05., 19:41 Uhr: Ich habe dir gesagt, du gehörst mir, und mir gehörst du. Frei bist du, wenn ich es sage. Aber das wird nicht passieren. Niemals, nils.
27.05., 19:43 Uhr: Zum letzten Mal: Lass mich in ruhe.
27.05., 19:43 Uhr: Du wirst mich lieben, nils. Und wenn du mich nicht liebst, nimm dich in Acht.
27.05., 19:59 Uhr: O.k., tamara, wenn du mir noch einmal drohst, gehe ich zur polizei. Das zwischen uns ist nie passiert.
27.05., 20:00 Uhr: Ach ja: Ich werde janne heiraten. Leb wohl!
27.05., 20:01 Uhr: Ich werde auf dich warten. Du weißt, wo, du weißt, wann. Aber ich rate dir: lass dir nicht zu viel zeit.

Das war die letzte Nachricht. Peggy guckt in das Menü mit den gesperrten Kontakten und findet Tamaras Nummer. Plöger hatte sie nicht nur bei ChatFortress gesperrt, sondern auch für normale Nachrichten und Anrufe.

Versuchen wir mal, die Sache aus Tamaras Perspektive zu sehen. Was wissen wir über sie? Sie neigt dazu, Besitz von ihren Liebschaften zu ergreifen. Sie ist eine Hackerin. Als ihr Lover plötzlich eine andere heiraten will und verschwindet, wird sie richtig sauer. Hackt seine Konten, Facebook, WhatsApp, Instagram, vielleicht sogar die Konten seiner Freunde. Findet raus, dass es diesen Junggesellenabschied gibt. Findet raus, dass der sich in Berlin abspielt, im *Blinden Wiesel*. Sie schlägt da auf, vielleicht spricht sie in einer dunklen Ecke mit Plöger, vielleicht nicht. Jedenfalls verschwindet er irgendwann ohne sie. Aus ihrer Sicht ist nichts geklärt. Also macht sie einen von den anderen Typen an, geht mit ihm in die Ferienwohnung, von der sie genau weiß, dass Plöger da liegt. Als der Typ fummeln will, wehrt sie ihn ab, rennt empört raus. Sie verlässt aber nicht die Wohnung. Sie dringt in Plögers Schlafzimmer ein und kümmert sich darum, dass der ganz sicher keine andere heiratet.

Peggy ruft bei der Staatsanwaltschaft an und bekommt sofort ihre Anordnung, von Preslak eine ganz offizielle DNA-Probe zu nehmen. Teilt Harmsen ihre Erkenntnisse mit. Entscheidet, dass Preslak sofort in Untersuchungshaft genommen wird. Würde am liebsten dem Alten die Autoschlüssel aus der Hand reißen. Hat aber, so wie der gerade drauf ist, ein bisschen Angst um ihn. Der würde wahrscheinlich gleich zusammenbrechen. Statt in den drei Wimpernschlägen, in denen Peggy das erledigt hätte, kommt Harmsens Rostschüssel also erst nach einer Woche in Preslaks Straße zum Stehen. Ein weiteres halbes Jahr später hat der Alte dann auch eingeparkt. Ist eh egal, wie lange sie gebraucht haben, denn Preslak macht nicht auf. Sie geht auch nicht ans Telefon. Einer der wenigen Momente, in denen Peggy ihre Unbeherrschtheit bereut: Sie hätte am Freitag nicht darauf bestehen dürfen, sofort zur Preslak zu fahren. Sie hatten nichts in der Hand, das irgendein Gericht akzeptieren würde. Jetzt, wo sie alles beisammenhaben, ist die weg. Klar kann das Zufall sein. Aber eine wie die wartet doch nicht auf die Bullen. Die hat wahrscheinlich mit einem selbergemachten Pass in Lappland eine Blockhütte gemietet und dünstet ihre Tattoos in der Sauna.

+++

Soweit das in seinem seelischen Zustand möglich ist, amüsiert Harmsen sich beinahe ein wenig über die Storch. Die ganze Rückfahrt ins Dezernat hat sie nichts gesagt. Aber er hat gesehen, wie sie die Fäuste geballt hat. Die Lippen zusammengekniffen. Hätte ihn nicht gewundert, wenn sie den Unterboden durchgetreten und den Rekord mit ihren Turnschuhen beschleunigt hätte. Und so ähnlich sitzt sie jetzt auf ihrem Drehstuhl. Wie es sie ärgert, dass die Preslak abgetaucht ist! Wie wichtig sie überhaupt alles nimmt! Als würde es einen Unterschied machen, ob sie nun eine gottverdammte Mörderin mehr oder weniger finden. Genau genommen ist jeder Mensch auf irgendeine Weise Mörder. Der Typ, der im Restaurant ein Schnitzel bestellt, der sowieso. Die ganzen Leute, die Stechmücken erschlagen oder Wespen in Limonade locken, die auch. Und was ist mit dem Vater, der seiner Tochter sagt, Mädchen spielen kein Fußball oder so. Die Ministerin, die einen Skandal mit einem Bauernopfer abwürgt, was ist mit der? Die sind doch alle Mörder, Traummörder, und keiner zieht sie zur

Rechenschaft. Oder die Geliebte, die nach langen Jahren ihren aufrichtigen Liebhaber abblitzen lässt, ihn verlacht, ihn nach Hause schickt, ihn zu einem erbärmlichen Trottel macht, einer Karikatur von einem Kommissar, einem Mann mit einem ganz und gar nutzlosen Leben. Was ist mit der, he! Warum geht die Storch nicht die festnehmen, in einen fensterlosen Kerker werfen bei Wasser und Brot und ewigem Liebesentzug. Außerdem regt sie sich umsonst auf. Wie gesagt, sein Denkapparat hat am Sonnabend bei der Bibi kaum Schaden davongetragen und anscheinend auch nicht in der wilden Nacht danach. Als die Storch ihm die Nachrichten vorlas, ist ihm etwas aufgefallen. Oder nennen wir es beim Namen: Da hat Harmsens Hirn seiner ohnehin beachtlichen Galerie der Meisterleistungen eine neue hinzugefügt. Da hat sich ein weiteres Mal gezeigt, dass, wenn es darauf ankommt, der Schachspieler der Gameboyspielerin überlegen ist. Sie erinnern sich vielleicht: Leute wie die Storch, die glauben, alles auf der Welt lasse sich exakt messen und jeder Mord lasse sich mit exakten Messungen aufklären, solche Leute bezeichnet Harmsen als Gameboyspieler. Aber wenn Sie einen Mörder fangen wollen, brauchen Sie mehr als Einsen und Nullen oder was da im Gameboy drin ist. Dann brauchen sie auch ein Alphabet und ein Geschichtsbuch und ein paar Jahrzehnte Lebenserfahrung. Also eigentlich alles, was die Storch nicht hat. Und deshalb war es Harmsen, ganz allein Kriminaloberkommissar Harm Harmsen, höchstens am Rande assistiert durch Gameboypraktikantin Peggy Storch, dem der Durchbruch im Fall Plöger gelungen ist.

«Jetzt hören Sie mal zu», Harmsen ist beflügelt. «Plöger hat doch diese Tätowierung am Handgelenk. Jeanne.»

Die Storch guckt hoch.

«Hat eine Weile gedauert, bis ich das einsortiert hatte, weil die Preslak überall tätowiert ist. Aber am Handgelenk hat sie eine, da steht Paul.» Kunstpause. «Jeanne und Paul.»

Die Storch guckt verständnislos.

«Jeanne und Paul, meine Güte.» Ein bisschen auskosten will er seinen Geistesblitz schon. «Denken Sie an die Nachrichten, die die beiden sich geschrieben haben.»

«Fertig», sagt sie nach einer Sekunde. «Nichts gefunden.»

«Die beiden haben über Tango gesprochen, Frau Storch. Jeanne und Paul sind die Hauptdarsteller in *Der letzte Tango in Paris*.»

Die Storch rollt mit den Augen wie seinerzeit der junge Harmsen, wenn der Urgroßvater vom Kaiser anfing.

«Sagen Sie nicht, den kennen Sie nicht?» Harmsens Empörung ist nicht gespielt. «Also, passen Sie auf: Marlon Brando und Maria Schneider treffen sich in einer Wohnung in Paris und schlafen miteinander. Keiner kennt den Namen des …»

Die Storch springt auf, stürmt auf ihn zu, knallt beide Hände auf seinen Tisch, Brustkorb hoch, runter, hoch, runter. Hat Harmsen so ähnlich schon mal gesehen, in einem Tierfilm über Hyänen. Das Schicksal des Büffels in diesem Film möchte er nicht teilen.

«Kurz bevor Plöger starb», lenkt er ein, «ist er doch durch einen Spätkauf getaumelt und hat gebrabbelt: ‹Von wegen Lunochod. Für mich bist du tot.› Eigentlich war Lunochod so ein Mondlandefahrzeug von den Sowjets. Deshalb hatte ich zuerst an Andrej Freindlich gedacht. Aber jetzt hab ich's kapiert. Raten Sie mal!» Die Storch steht immer noch ziemlich nahe an ihm dran, schnell hebt und senkt sich ihr Brustkorb, auch die Fäuste hat sie immer noch geballt. Vielleicht besser nicht raten lassen. «Lunochod ist ein Kino in Kreuzberg. Im Lunochod läuft an jedem Montagabend *Der letzte Tango in Paris*. Ist so eine Marotte der Besitzerin. Überlegen Sie mal, die waren anscheinend jeden Montag zusammen im Lunochod und haben den *Tango* gesehen. Und Preslak hat Plöger geschrieben, dass sie auf ihn wartet: ‹Du weißt, wo, du weißt, wann.›»

Die Storch hat sich beruhigt. Hingesetzt. Scheint ihm tatsächlich zuzuhören. Scheint sogar mitzudenken: «Heute ist Montag.»

«Als wir am Freitag bei ihr waren, war doch eindeutig, dass wir sie im Visier haben. Aber hat sie angefangen zu zittern? Sich für irgendetwas zu rechtfertigen? Hat sie sich verplappert? Die hatte kein Stück Angst vor uns. Bei der stimmt was nicht im Kopf, die denkt nicht wie wir. Aber sie denkt, dass wir keine Ahnung vom Lunochod haben. Würde mich nicht überraschen, wenn sie heute Abend ihren Tango gucken gehen würde. Einfach weil sie besessen ist.»

Harmsen versteht, warum die Storch skeptisch guckt. Sie ist nicht direkt Expertin für Zwischentöne. Und sie ist berechenbar. Berechenbare Menschen, in fünfeinhalb Jahrzehnten Leben kriegen Sie so was mit, können unberechenbare Menschen nicht berechnen. Klar? Nicht dass Harmsen nebenbei Psychologe wäre oder so. Aber als Schachspieler weiß er, was eine Gameboyspielerin nie sehen wird: Wenn ein Gegner nur noch ein, zwei Figuren übrig hat, um sich zu verteidigen, dann ist es nicht selten, dass er einen scheinbar sinnlosen Zug macht. Meistens geht es nur noch darum, in Schönheit zu sterben. Manchmal geht es aber auch darum, den allerletzten Zug spektakulär vorzubereiten.

Harmsen wuchtet sich in den Fahrersitz, die Storch sitzt längst daneben. Er kurbelt das Fenster runter. Das von der Storch ist schon offen. Er beugt sich nach hinten, will da wegen der Dampkochtopfhaftigkeit der Luft auch runterkurbeln. Kommt nicht ran. Steigt aus, öffnet die Fondtüren, kurbelt runter. Steigt wieder ein, fährt los. Keine Sorge, die Vorstellung beginnt erst in einer halben Stunde, und das Lunochod ist am Südstern, das ist nicht weit. Der Kommissar parkt den Rekord. Tastet nach der Dienstpistole. Weil: Sie wissen es nicht; vorher können Sie es nie wissen. Die Preslak war imstande, einer ehemaligen Liebschaft die Kehle mit einer Glasscherbe zu durchtrennen. Warum sollte sie nicht auch zwei Polizisten angreifen? Viel zu verlieren hat sie nicht. Wenn sie überhaupt da ist.

Das Lunochod können Sie ins Lexikon als Fallbeispiel für ein Programmkino aufnehmen. Im vierten Hinterhof, dritter Stock, offen liegende Ziegel, die Wände voll mit Plakaten, mexikanische Surrealisten, dänische Superrealisten, chinesischer Film noir, gutsortierte Bar. Der Typ, der die Karten verkauft, maximal missmutig, genauso die Abreißerin am Eingang zum Saal, der keine Nummer hat, weil es nur einen gibt. Drinnen düster, vielleicht zwanzig Plätze, zerschlissene Polster, die Leinwand rissig. Da sitzen exakt sieben Personen. Ganz hinten links zwei, die küssen sich. Eine Reihe weiter vorn ein mittelalter Mann mit Popcorn, sieht aus wie Harmsen, bloß mit

Haaren. Den hat er schon öfter gesehen, hat einen guten Geschmack. Recht weit vorn drei junge Frauen ohne Popcorn, eine mit sehr kurzen Haaren, eine mit einer dicken Brille. Filmstudentinnen. Ist keine Vermutung. Neben denen stand er mal in einem anderen Kino in der Schlange, haben sich über ein Proseminar unterhalten. Die siebte Person, mittlere Reihe, mittlerer Platz, trotz der Schummrigkeit dank ihrer Haarfarbe sofort zu erkennen, ist Tamara Preslak. Neben ihr ein großer, randvoll gepackter Reiserucksack, in der Hand hält sie eine Flasche Cola. Die Storch sucht sich einen Platz schräg hinter ihr. Harmsen setzt sich neben sie.

«Wo soll's denn hingehen?»

Die Preslak wendet sich ihm zu. Richtig überrascht sieht sie nicht aus. «Hätte ich Ihnen gar nicht zugetraut. Welcher von Ihnen beiden Schlaumeiern hat sich das denn zusammengereimt?»

«Wir haben die App mit Ihrem und Nils Plögers Liebesgeflüster wiederhergestellt», sagt die Storch. «Jeden Montag Tango, das war ziemlich eindeutig.»

«Mal ganz abgesehen von Jeanne und Paul», sagt Harmsen, der durchaus vermeiden möchte, dass die Storch den Ruhm komplett für sich einfährt.

«Und hier hätten wir noch eine richterliche Anordnung für eine DNA-Probe», macht die Storch weiter. «Wenn Sie so nett wären …»

«Ich nehme an, wir haben ein Geständnis?», sagt Harmsen.

Keine Reaktion bei der Preslak.

«Frau Preslak, gestehen Sie den Mord an Nils Plöger?»

Sie dreht den Kopf zu Harmsen. «Mord?», fragt sie wie

die Kellnerin eines veganen Restaurants, bei der jemand Tatar bestellt. «Oh nein. Wenn hier einer gemordet hat, dann Nils. Kennen Sie das etwa nicht? Sie lassen sich auf jemanden ein, Sie beide sind füreinander gemacht. Plötzlich rammt Ihnen dieser jemand einen Dolch ins Herz und dreht die Klinge in der Wunde. Serviert Sie mit ein, zwei Sätzen ab, als wäre nie etwas gewesen. Wer das macht, Herr Kommissar, der ist der Mörder!»

Tja, Harmsen. Da kannst du der Preslak nicht wirklich widersprechen. Diesem Jemand gleich die Kehle durchzuschneiden, das geht allerdings ein bisschen weit. Auch wenn Harmsen, um ehrlich zu sein, sich in den letzten zwei Tagen mehrmals bei der Vorstellung ertappte, der Bibi beispielsweise eine Bratpfanne über die Rübe zu hauen.

«Es gibt andere Wege, mit dem Schmerz umzugehen.» Meine Güte Harmsen, endlich hast du's mal geschafft: zu klingen wie die eine Fernsehkommissarin, die immer so schön die richtigen Worte findet.

«Habe ich alles versucht. Habe versucht, ihn anzurufen, habe ihm Nachrichten, Mails geschickt. Sogar einen Brief. Zigmal habe ich ihm angekündigt, dass es unangenehm wird, wenn er nicht zurückkommt. Es hätte nicht so enden müssen! Aber er hat nicht reagiert. Stattdessen wollte er ernsthaft diese Nudel heiraten, Johanne oder wie sie heißt. Wenn er sich wenigstens eine gesucht hätte, die mir ebenbürtig ist …»

«Also haben Sie seine Konten gehackt», sagt die Storch. Groß anklagend klingt das nicht, so wie sie das sagt. In demselben Ton spricht Harmsen nach den Spielen der D-Jugend am Hertzbergplatz den Trainer auf seine Taktik an.

«Seine Konten waren nutzlos», sagt die Preslak. «Glauben Sie, ich wollte Bussibussimails von ihm und seiner Verlobten lesen?»

«Woher wussten Sie von dem Junggesellenabschied?», fragt Harmsen.

«Ach so. Easy. Hab seine häufigsten Kontakte gehackt. Bünte, Redecker. Wenn ich Ihnen sage, was die für Passwörter benutzen, schmeißen Sie sich weg.»

«Dann haben Sie Plöger im *Wiesel* aufgelauert», sagt die Storch.

«Ich wollte ihm noch eine Chance geben. Er sagte bloß, dass ich tot für ihn bin. Das hat mich eigentlich erst auf die Idee gebracht. Als er dann abgezogen ist, war klar, dass ich hinterher muss.»

«Warum?»

«Weil er nicht lernen wollte.»

«Dafür haben Sie Dennis Bünte benutzt.»

Die Preslak lacht. «Der Typ denkt so was von mit dem Schwanz, dem hätte ich auch einfach direkt sagen können, bring mich in deine Wohnung.»

«Was hätten Sie eigentlich gemacht, wenn Bünte Ihnen aus dem Zimmer gefolgt wäre?», fragt Harmsen.

«Aus dem Zimmer gefolgt?», sagt die Preslak, als hätte er versucht, den einen Witz zu erzählen, von dem er sich zumindest den Anfang merken kann. «Mit vier Millilitern Liquid im Blut?»

Der Witz fängt übrigens damit an, dass Trump, Putin und Merkel an der Ostsee stehen und ihre U-Boote vergleichen. Wie gesagt, mehr kann Harmsen sich nicht merken.

Der Vorhang schwingt zur Seite, die Lichter gehen aus.

«Woher hatten Sie eigentlich die Scherbe?», fragt die Storch.

Die Preslak lacht. Nur ein Mal, kurz und hart. Dann dreht sie sich nach hinten um zur Storch. Und diese Bewegung, die ist so schnell, so was hat Harmsen noch nicht gesehen. So schnell ist nicht mal die Storch. Die Preslak und ihr Arm und ihre Hand mit der Colaflasche beschreiben einen Bogen, Lichtgeschwindigkeit, die Flasche prallt mit der Unterkante gegen die Schläfe der Storch. Während die zur Seite kippt, macht die Preslak denselben Bogen zurück, diesmal ohne Flasche, nur mit dem Ellbogen, genau in Harmsens Gesicht.

Als er sich berappelt, ist sie verschwunden. Die Storch auch.

+++

Hast du schon mal eins auf die Fresse gekriegt? Richtig geradeaus, direkt drauf? Das ist eine Explosion; nicht der Schmerz, der kommt später. Sondern der Schock. Wie eine Explosion, Licht und Knall und Druckwelle, das haut dich nach hinten, und du bist benommen. Dann kommt das Adrenalin. Peggy springt hoch. Preslak nirgends zu sehen. Peggy rennt über die Sitze, den Flur hoch, aus dem Saal. Die paar Leute im Foyer gucken komisch. Klar, schon die Zweite, die rausrennt. Peggy Richtung Ausgang, ins Treppenhaus, ein Stockwerk, zwei Stockwerke, durchs Fenster sieht sie Preslak, wie sie über den Hof rennt. Peggy ist nahe genug hinter ihr, dass sie nicht ungesehen abbiegen kann. Sie muss weiterrennen. Versuch das mal, ein Wettrennen gegen Peggy Storch! Andererseits, so wie die gerade zugeschlagen hat, wer weiß, was die noch kann. Peggy ist im Hof, wie gesagt, vierter Hinterhof, Preslak rennt auf die Straße, biegt rechts ab. Sprinten, Peggy, sprinten! Wie eine Hundertmeterläuferin, bloß nicht hundert Meter, sondern vierhundert, fünfhundert, sechshundert, bis du dich auf sie werfen kannst. Durch einen Torbogen, durch den nächsten, den übernächsten. Letzter Bogen, Straße, rechts, Männer kommen entgegen, wegrempeln, Kind auf Fahrrad, sorry, trägst ja Helm, dahinten rennt Preslak. Beschleunigen, von Höchstgeschwindigkeit auf Überhöchstgeschwindigkeit, klar geht das, du musst nur die glühenden Drähte in deinen Oberschenkeln ignorieren, Quatsch, musst sie nutzen, den Schmerz nutzen, den Schmerz in Tempo verwandeln. Peggy wird wirklich noch ein Stückchen schneller. Schneller als Preslak. Abstand schmilzt. Problem bloß, das geht so nicht ewig, Schmerz zu Tempo machen. Irgendwann ist da nur noch Schmerz, bleibst stehn, automatisch. Wieso rennt Preslak weiter? Wieso kann die das? Peggy wär fast mal zu Olympia gefahren, wieso hält die Friedhofsgärtnerin länger durch? Ha! Sie wird auch langsamer. Dreht sich um. Sieht Peggy stehen, keuchen. Hält auch an, beugt sich auch vornüber, keucht auch. Steht kurz vor der U-Bahn-Treppe. Peggy tastet nach der Pistole. Das kann sie aber nicht bringen. Nicht an der U-Bahn-Treppe. Zu viele Leute. Das muss mit Füßen und Händen erledigt werden. Sie denkt an den Schlag mit der Flasche. Der rote Blitz vor den Augen, der Schock, der Schmerz, die Wut auf die Angreiferin, die Mörderin. Die Kraft kommt zurück. Peggy rennt weiter. Ein Stückchen noch, dann hat sie sie! Preslak auch wieder los. Peggy gleich bei der Treppe, Treppe runter, beschissene

BVG, immer spät, immer Ersatzverkehr, bloß jetzt steht die Scheißbahn aufm Gleis, Türen weit offen. Wenn Preslak das schafft, ist die Jagd vorbei, Preslak unten an Treppe, Peggy erst auf der Mitte, Bahn steht, Licht blinkt, Tür tutet, Preslak schafft das, die schafft das, und Peggy schafft es nicht. Preslak rennt auf die Bahn zu, und es gibt nichts, was sie stoppen könnte.

Außer, rein theoretisch, einer von den zwei kaugummikauenden Jungs, die sich gegenseitig hin- und herschubsen. Einer hat eine Spidermanpuppe, der andere einen blinkenden Tyrannosaurus aus Hartplaste. Aber was sollen die schon machen? Die wissen ja gar nicht, worum es geht. Die sehen bloß zwei Frauen, die hintereinanderherrennen. Sieht sicher lustig aus, warum sollten die was machen? Andererseits, überleg mal kurz: Kennst du noch dieses Alter, kurz bevor die Pubertät richtig reinknallt, wo du kein Kind mehr bist, aber auch noch kein Jugendlicher? Das ist eigentlich noch schlimmer als die Pubertät selber, da hast du wenigstens diese Wut in dir. Mit elf, so wie diese zwei, bist du einfach in einem zu langen Körper gefangen, kannst dich ausschließlich tapsig bewegen, und die Klamotten, die du anfängst dir selber zu kaufen, sind immer daneben. Die meisten Elfjährigen versuchen, bis die Hormone endlich kommen, einfach unsichtbar zu werden. Aber so fünf Prozent, die kompensieren ihr Geschlotter mit purer Frechheit. Die lachen dich auf der Straße grundlos aus, beschimpfen dich mit dem übelsten Slang, werfen dir Müll vor die Füße, rempeln dich an. Jedes Mittel, irgendwen bloßzustellen, ist denen recht. Peggy weiß, wovon sie redet, sie war eine von denen. Diese Fünfprozentgören, die erkennst du jederzeit und überall ganz einfach an ihrem comichaften Fieslingsgrinsen. Spiderman und T-Rex hier, die gehören definitiv dazu. So gesehen ist es nicht abwegig, dass der eine den anderen in den Oberarm boxt und auf die heranstürmende Preslak zeigt. Doppeltes Fieslingsgrinsen. Der eine macht einen Schritt zur Seite, schon steht er ihr im Weg. Wenn Peggy das richtig versteht, sagt er: «Den Fahrausweis, bitte.» Der andere stellt sich vor die Waggontür. Preslak schickt den Ersten mit derselben blitzschnellen Bewegung wie im Kino zu Boden. Aber als sie sich dem Zweiten zuwendet, schließen sich die Türen bereits. Das war die Sekunde, die Peggy gebraucht hat. Würfe und Griffe hat Preslak offensichtlich nicht auch noch drauf. Sie boxt und tritt, Peggy weicht ein-, zweimal aus, dann kriegt sie sie zu fassen, schickt sie zu Boden. Preslak will sofort wieder hoch, aber Peggy ist schon auf ihr. Die stinkt wie eine Tigerin. Peggy aber auch. Kein Wunder. Ein Kilometersprint bei siebenunddreißig Grad Außentemperatur, dann reintauchen in die Luft vom U-Bahn-Schacht, die du schneiden und stapeln könntest. Problem beim Schwitzen: die Haut wird nass. Preslak windet sich, selbst ihre Arme sind glitschig, Peggys Handflächen auch, schwierig, beinahe unmöglich, jemanden so festzuhalten. Endlich kriegt sie Preslaks Arme in den Griff, aber der eine flutscht wieder weg. Jetzt! Peggy drückt Preslak beide Arme auf den Rücken und dann das Knie drauf. Da kommt sie nicht mehr raus, die hat sie sicher. Peggy hechelt wie der kurzatmigste Hund, den du jemals gesehen hast. Ruft den Alten an, der nach zehn Sekunden drangeht, also in Rekordzeit. Der Alte hat die Handschellen im Trenchcoat. Ausnahmsweise hat sie das Kommunikationsproblem. Weil ihr selbst für einzelne

Silben die Luft fehlt. Aber irgendwann kapiert er, was sie ihm durchgibt.

«Richtig blöd sind Sie ja eigentlich nicht», sagt Peggy zu Preslak. «Warum haben Sie so lange mit Ihrer Flucht gewartet?»

Preslak zischt. «Hatte nicht befürchtet, dass ihr in den nächsten Wochen groß weiterkommt. So wie ihr zwei euch aufführt.»

Der Alte braucht eine Ewigkeit, bis er, Pistole im Anschlag, die Treppe runtergeschlurft kommt. Dann hat Preslak die Handschellen an. Peggy wischt sich den Schweiß von der Stirn, lehnt sich gegen den beige gekachelten Pfeiler hinter ihr und guckt zum Alten hoch. Er reicht ihr die Hand, Peggy zieht sich hoch. Der Vollständigkeit halber nimmt sie noch die DNA-Probe von Preslak und drückt jedem der Jungs, die für ein paar Minuten das Grinsen gegen offene Münder getauscht haben, einen Zwanziger in die Hand.

Als Preslak abtransportiert worden ist, geht Peggy zum Kiosk zwischen den Bahnsteigen, kauft eine Flasche Indianertee und leert sie in zwei Zügen. Falls du das schon mal probiert hast, weißt du, da ist nicht nur hundertmal so viel Koffein drin wie in Cola, sondern auch hundertmal so viel Kohlensäure. Lässt sich nicht vermeiden, dass der Rülpser nicht nach Mensch klingt, auch nicht nach Peggy, eher nach besagter Tigerin. Harmsen zuckt zusammen. Peggy nickt zur Treppe. Harmsen humpelt hinterher. Sie ist nicht sicher, ob ihr das gefällt: dass sie beide schon wieder einen Fall gelöst haben. Klar, Fußballerinnen schießen gern Tore, Schriftstellerinnen schreiben gern Bestseller, Architektinnen bauen gern neue Städte in China. Peggy löst gern Fälle. Zumal, die Stürmerin, die Autorin, die Städtebauerin, die erfreuen auch irgendwen, manchmal Millionen. Aber Peggy bringt mehr Gerechtigkeit in die Welt. Das ist eine besondere Sache. Darüber kannst du nicht diskutieren. Das Blöde ist nur: Der Dezernatsleiter hat Harmsen und sie aneinandergekettet, damit sie sich gegenseitig bisschen ausgleichen. Wie ein alter Kleinwagen, dem vorne links und hinten rechts ein Reifen fehlt. Du schraubst neue Reifen dran, dass er einigermaßen geradeaus fährt. Dass die Kiste auf einmal losrast wie ein Ferrari, damit rechnest du nicht. Aber ein Dezernatsleiter, der zum Preis von zwei Reifen einen Fiat fünfhundert zum Sportwagen gemacht hat, nimmt diese Reifen nie wieder ab. Was heißt das für Peggy? Entweder mit Harmsen ermitteln, bis er pensioniert wird. Oder in Zukunft schlechtere Arbeit machen. Ihr fällt auf, dass sie noch nie mit ihm irgendwohin *gegangen* ist. Entweder sie fahren, oder einer rennt. Jetzt weiß sie auch, warum. Zwar ist sie diejenige, die sich gerade die Beine abgerannt hat. Trotzdem, selbst wenn sie den allerlangsamsten Museumsgang einschaltet, du weißt schon, schlendern, dauernd stehen bleiben, Arme hinterm Rücken, jede Sportlichkeit vermeiden, selbst dann ist der Alte höchstens halb so schnell wie sie. Sie gehen den Hügel hoch, der in einen Park führt. Der Alte fragt, ob sie wüsste, dass der Hang die Flanke des Warschau-Berliner-Urstromtals ist und sie dabei sind, das Hochland des Teltow zu erklimmen. Echt wahr: Sie haben eine Mörderin überführt, beide eins auf die Nase bekommen, die Mörderin nach Verfolgungsjagd festgesetzt, und womit fängt der Alte bei der erstbesten Gelegenheit an? Mit seinem Poserwissen Geologie. Ist auch nicht so, dass er von allein aufhören würde. Fängt stattdessen noch mit dem Fläming und dem Barnim an, bis sie allmählich glaubt, Berlin liege nicht auf einem weitgehend flachen Teller, sondern auf halber Strecke zwischen München und Mailand.

Peggys Lieblingsplatz ist die Schänke. Das ist so eine Imbissbude mit einem geschwungenen Dach, wie eine Tankstelle aus den Fünfzigern. Da gibt es Bier und Bockwurst. Eigentlich mag Peggy keine Bockwurst, aber hier isst sie die. Harmsen sowieso.

«Mal ehrlich», sagt Peggy, den Mund voller Brühfleisch. «Wie blöd kann man sein? Wenn ich abhauen will, verschwinde ich sofort. Nicht erst drei Tage später. Und setz mich dann auch noch den Bullen vor die Nase.»

Der Alte schweigt.

«Unterschätzt hat sie uns», sagt die Storch.

«Die war völlig besessen von ihrem Nils», erwidert Harmsen schließlich. «Die dachte, er gehört ihr.»

«Meine Güte. Abhaken, vergessen, weitermachen. Dann würde sie jetzt in ihrer lappländischen Blockhütte sitzen.»

«Abhaken», wiederholt der Alte. «Vergessen? Weitermachen? Wenn das so leicht wäre. Und welche Blockhütte überhaupt?»

Was soll das denn? Schlägt der sich auf die Seite einer psychopathischen Mörderin? Peggy zündet eine Zigarette an. Nee, der starrt so in die Ferne. Das hat irgendwas damit zu tun, wie er seit dem Morgen aussieht. Dieses Leichenmäßige. «Jetzt sag endlich, was mit dir los ist. Du implodierst ja gleich.»

Der Alte guckt noch komischer. Sonst guckt er entweder blöd oder müde oder wie ein Fisch, zuletzt eben auch leer. Jetzt aber guckt er wie ein Plumplori. Gut, bisschen weit hergeholt, kennt keiner. Aber googel das mal, dann weißt du sofort, warum Peggy das findet. Die gucken einfach unendlich traurig und hilflos. Er fummelt eine Zigarette aus Peggys Packung und steckt sie an. Hustet. Zieht noch mal. Hustet wieder. Dann fängt er tatsächlich an zu reden.

«Ich habe eine Freundin. Oder eben nicht.» Pause. «Wir sehen uns seit über zehn Jahren, aber wir sind nicht zusammen.»

Wenn der Alte nicht so quallig und glatzköpfig und verschwitzt wäre, würde Peggy ihn jetzt beinahe süß finden: Wie er das sagt. *Zusammen.* Wie zwei Teenies, die sich Whatsapps schreiben, wobei, in seinem Fall eher Zettel, *ja/nein/vielleicht*.

«Am Sonnabend habe ich ihr gesagt, dass ich sie liebe.»

Er wird rot. Peggy muss dringend mal was mit einem Plumplori posten.

«Eigentlich habe ich sie nur gefragt, ob sie meine Freundin sein will.» Die Pausen beim Alten werden immer länger. «Sie hat nein gesagt.»

«Was?» Peggy schafft es, so zu tun, als könnte sie das überhaupt nicht verstehen. «Warum das denn?»

Harmsen zuckt mit den Schultern. «Einfach nur nein.»

«Hattest du schon mal Liebeskummer?», fragt Peggy.

Der Alte schüttelt den Kopf. Da fragt übrigens die Richtige: Peggy auch nicht. Wobei der Alte wahrscheinlich nie eine hatte, die ihn verlassen konnte. Peggy hatte einfach keinen, der schneller war als sie. Sie will gerade den Mund aufmachen und ihm von diesem kauzigen Briten erzählen, der eine Formel mit sechs Variablen ausgearbeitet hat. Damit kannst du berechnen, wie lange dein Liebeskummer dauert. Aber stell dir vor, der Alte macht das, und es kommen dreißig Jahre raus.

«Steh mal auf, Alter.» Peggy geht um den Tisch rum und nimmt ihn in den Arm, so wie sie Steffi tröstet, wenn die Pillen alle sind. Sie streicht ihm über sein Hemd, das am Rücken klebt, und dann gibt sie ihm einen dicken Kuss auf die Wange. «Den Scheiß lässt du dir nicht gefallen», befiehlt sie. «Das ist wie bei deiner Wohnung. Nach zehn Jahren kann dich dein Vermieter nicht einfach zu übermorgen rauswerfen. Sie muss dir mehr liefern als nein. Wenigstens ‹nein, aber› oder ‹nein, weil› oder sogar ‹vielleicht›. Wenn sie dich zehn Jahre lang mochte, warum soll sie dich plötzlich nicht mehr mögen!»

Harmsen guckt, als würde ihm das einleuchten.

«Zumindest eine Erklärung schuldet sie dir. Die holst du dir jetzt, Harmsen!»

Der Alte steht da mit hängenden Schultern.

«Versprichst du mir, dass du direkt zu ihr fährst und eine Erklärung verlangst, Harmsen?»

«Hou», sagt der Alte. Dann trottet er davon.

Peggy geht in das kleine Tiergehege neben der Schänke. Die haben Lamas und so einen zotteligen Stier mit riesigen Hörnern. Klar gibt es im Zoo aufregendere Tiere. Das Lustige an dem Gehege ist aber: Außer Peggy sind hier nur Kinder, und die liefern gute Vorlagen, was sie den Tieren, die sie fotografiert, in den Mund legen könnte. Am Ende stehst du immer bei den Kamelen. Eins guckt zur Kamera und lässt dabei was fallen, das andere guckt zur Seite. Dem malt Peggy eine Sprechblase über die Schnauze: *Rück mir nicht auf die Pelle. Ich behalt meinen Mist für mich.* Denn wenn sie was gelernt hat aus der Geschichte von Tamara Preslak und Nils Plöger und aus der Geschichte vom Alten und seiner Freundin, dann das: Die Liebe darfst du echt nicht zu ernst nehmen. Und wenn sie was gelernt hat aus der Sache zwischen ihr und Jessika, dann das: Wenn du glaubst, andern was sagen zu müssen, lass es.

+++

Harmsen wandert durch den Abend, die Stoffschichten auf seiner Haut verklebt, verklebt die Haare auf seinem Kopf. Fußballerinnen umdribbeln ihn lachend, Basketballspieler werfen Körbe über ihn hinweg, Rollschuhballerinas eskortieren ihn rittbergernd. Kinderlachen, Vogelgezwitscher, im Gebüsch das Plätschern von Urin. Es ist Sommer, aber Harmsens Brustkorb liegt im südlichsten Süden der Südhalbkugel. Die Storch hat recht: Er muss die Bibi zur Rede stellen! Er muss ihre Zurückweisung zurückweisen! Er muss auf seiner Sehnsucht beharren! Er schließt den Rekord auf; im Rot der Karosserie glüht die gerade noch über den Häusern stehende Sonne. Er lässt sich in die Delle im Fahrersitz fallen. Als er den Motor anlässt, kommen die Fragen: Braucht er nicht erst einen Deluxe Döner, bevor er zur Bibi fährt? Wäre nicht auf dem Weg zu ihr jetzt viel zu viel Verkehr? Hätte sie vielleicht sowieso gerade Besuch? Sollte er nicht nachgucken, ob er heute Morgen den Herd angelassen hat? Es wäre ihm zu wünschen, dass er anders gestrickt ist. Aber sicher ahnen Sie längst, was er selbst erst bemerkt, als er an der Autobahnauffahrt vorbeifährt, die Richtung Bibi geführt hätte: Sie können ihn mehlen, buttern, panieren, klopfen und wenden. Bloß, wenn Sie die ganzen Krümel von ihm runterpusten, dann sehen Sie, dass Harm Harmsen nie etwas anderes sein wird als Harm Harmsen.

## SCHÖNEN DANK AN

- S. für ihre Geduld
- M. und F. für ihre Ungeduld
- Hanne Reinhardt, Marcus Gärtner und Susann Rehlein, die mit der jeweils gleichen Anzahl Augen immer mehr sehen als ich
- Sie: fürs Lesen

FSC
www.fsc.org
MIX
Papier aus verantwortungsvollen Quellen
FSC® C083411

Das für dieses Buch verwendete Papier ist FSC®-zertifiziert.